老婆急急如律令

1

風 文創 664

白糖 著

目錄

序文

白糖

《老婆急急如律令》是一本輕鬆搞笑的古裝言情。那時，我每天一個人坐在那裡對著電腦寫到半夜，寫著寫著，自己都覺得寫得好嗨好過癮，好像季六和玉七就在我的眼前一樣。從頭到尾，這本書自己寫得很開心，猶如嚼著一塊巧克力在打字，可是當時在生活中，我的生活卻十分不如意。真應了那句話：何以解憂，唯有打字。

是的，寫故事會使我快樂，比任何事情都快樂。

在這本《老婆急急如律令》中，是先有了「急急如律令」這個想法，才有了季六和玉七兩個人，讓皇子配上一個神棍，讓心高氣傲的小七，拜倒在臉皮厚如城牆的季六石榴裙下，我十分喜聞樂見，因而有了木桶中的強吻，有了廂房中的海誓山盟，有了江山與妳若只可選一樣，那我只要妳的不悔……

這是一個讓我寫著寫著會發甜、發笑的故事，願能讓你看著看著，也會發甜、發笑。若能博君一笑，足矣。

第一章

春天百花開，春風窈窕。這樣的天似乎連空氣都帶著微甜。

季雲流抬起頭，半眯著眼，望了望即將掛在西山的夕陽，又收回目光來，倚在門框上。

顧嬤嬤在裡屋找不到人，房門外尋了尋，看見季雲流像無骨一樣倚在門框上，哎喲一聲，忙道：「六姑娘，風寒才好不久，斷不可再在這裡吹風，還是趕快進屋去歇息。」說著，四下去找跟在她身邊伺候的丫鬟。「紅巧呢？這小蹄子怎麼一點規矩都不懂，姑娘在這裡吹風，她自己倒不見了！」

「紅巧讓我派去廚房佈置晚飯了。」季雲流目光落在顧嬤嬤臉上，見她眉頭緊蹙，微微立起身體，笑起來。「沒事的，嬤嬤，我身體已經好了，讓我再靠會兒曬曬太陽，待會兒我就進屋。」

薄薄日光照在她臉上，閃出一層金光。

她一雙眼睛都在笑，眼角略彎，似春天桃花一般。身上是緋紅交襠、紅緞做襯的素色春衣，這樣映襯之下，越發讓季雲流面上顏色粉白，如花似玉。

顧嬤嬤看著，眼眶微紅。「我的姊兒命苦啊，前些天得了風寒都沒有好好補補，現在都瘦成這模樣了……」她心中難過，語氣更加憤恨，連帶聲音都高上幾分。「季家的全都不是個東西！可憐您母親去得早，那何氏竟敢就這麼一步一步謀算六姑娘，當日說什麼水痘好了就會讓人接回宅子裡，可如今都在這個莊子待了快兩年，可有人來接您回去？六姑娘怎麼說都是他們季家的正經嫡出姑娘，怎麼可以一直待在這鄉野地方！季德正身為禮部尚書，居然也不管不顧這麼多年，他們季家盡是些沒臉沒皮的東西！」

季雲流全然插不上話，只側耳傾聽顧嬤嬤的絮絮叨唸，看著天空，想著：晚飯可以吃些什麼？

剛從那個科技發展的年代，過來這古風古樸到連廁紙都沒有的朝代時，她在床上睜開眼，就聽過顧嬤嬤這樣的悲痛訴苦。

顧嬤嬤說，原主本是季家三房名正言順所出的嫡女，眾兄弟姊妹中排行第六，母親在她八歲那年病去。

母親撒手人寰，她沒了打點庇佑的人，也不懂得與人相處，從小到大，一直被季家人不喜。

十一歲那年，更是被父親之前的妾室、現在的三夫人何氏，以水痘會傳染的理由，安置在這個離京城很遠的莊子裡，艱難困苦地過了近兩年。

顧嬤嬤說，她還有個嫡親舅舅，現如今被外派到西蜀之地做知府，只要嫡親舅舅一朝調回京城，她一定也會吐氣揚眉，不再受氣於季家。

還有一個每天都要用來寬慰這個季六姑娘的，那就是她還有個從小訂親的未婚夫君，張家二郎張元詡。

顧嬤嬤說，張少爺性子溫厚，學問極佳，定會是個好夫婿，她只要等著張元詡高中後來下聘就好。

其實，這些都不用顧嬤嬤說。

她剛剛來到這個身體時，順道把這個身體的記憶也吸收了，所以這些事，不用顧嬤嬤每天念叨一遍，她也全知道。

太陽西斜，映在季雲流的眼上，她被夕陽的光束刺得微微瞇起眼，伸手用袖子擋了擋陽光。

天快黑了，該吃晚飯了。

按照現代算法，現在應該是五點鐘左右。

古代人睡得早，五點鐘吃一頓，九點還能趕上一頓消夜，然後洗洗再睡，嗯，正好！

顧嬤嬤還在日行一遍地數落著季家的種種不是，全然沒有看見季雲流已經神遊太虛。

季雲流想完所有打算，身子站直，兩步過去扶了顧嬤嬤。「嬤嬤，沒有人的命中全然是一帆風順、十全十美的。我與嬤嬤得上天厚愛大福之人，就算沒有十全十美，也必能活個十全八美，不必記掛這些小小災難。對了，嬤嬤，晚飯我們吃個芙蓉蝦吧，我今早見得外頭有鮮蝦送來，個個肥大無比，就讓紅巧去廚房準備了，再配個虎皮肉與雞湯，真是太好不過！欸，嬤嬤，您什麼時候給我做最拿手的燜爐烤鴨，我最近嘴巴淡，想吃那烤鴨想得緊呢！」

一個風寒，讓這個身子正經的主人駕鶴西去，掛了。季雲流來了之後，顧嬤嬤遵循大夫囑咐，風寒之後飲食清淡，讓她整整吃了半個月的青菜豆腐。

這半個月的青菜豆腐讓季雲流差點想撲到後院的水井裡，一個淹死了再讓自己穿回去！

沒手機，能忍。

沒Wi-Fi，忍。

沒廁紙，還是可以忍。

忍字心上一把刃，但是頓頓吃青菜與豆腐……

就算用刀子捅穿了皮肉、捅涼了心窩，也絕對不能忍！

顧嬤嬤整條手臂都被季雲流攙扶著，聽著她不像以前一樣不耐煩，竟還善解人意地寬慰自己，立刻改口連連說：「我的姊兒懂事了，懂事了。」可這邊才剛說她懂事，季雲流立刻就轉到吃食上，顧嬤嬤都不知道該哭還是該笑？

古代菜色講究一個「鮮」字，這頓晚飯吃得季雲流自是滿意無比，待吃完飯，夜幕漸漸降臨。

沐浴完後已到戌時，季雲流走出房間，站在院子裡抬頭望天。

頭頂是滿天的繁星，顆顆明亮，猶如燈火一樣閃耀。

古代空氣好，至少霧霾這種東西是絕對沒有的。

夜深人靜，連遠處農田中的蛙鳴蟲叫聲都清晰可聞。

「似此星辰非昨夜……」她十分有意境地站在院子裡吟了一句，卻想不起來下一句是什麼？

不過這沒有妨礙她賞星的興致，她繼續走到院子裡的躺椅上就躺了上去。

紅巧讓婆子收拾完屋中的一切，手中捧著一件外衣出來時，季雲流已經在躺椅上唱起歌了。

紅巧聽不懂自家姑娘唱的是什麼詞，只覺得她五音不全，歌聲刺耳得很，比那些田中漢子唱的插秧山歌都難聽不下十倍。

人都說，大家閨秀琴棋書畫須樣樣精通，但「大家閨秀」這四個字到了季六姑娘這裡竟然全然無剩，湊都湊不出一樣手藝來。

紅巧想著，季雲流容貌與身段這麼如畫的人兒，在這莊子待了兩年就變得這麼粗俗不堪，就算以前也知道自家姑娘歌喉不佳，難以入耳，但到底還會藏掖一下，斷不會這樣不管不顧、自暴自棄到當院就吟唱的。

她悲從中來，越想越難過，簡直肝腸寸斷，撲上前兩步就跪地哭道：「六姑娘！顧嬤嬤說得對，都是季家害得您這般，他們季家全都不是個——」

紅巧的「東西」兩字還沒有說出來，倒是那邊院子牆頭上「唉唷」一聲，滾下一團影子來。

那黑影如月光，從天而降，不可阻擋。

「咚」一聲摔在地上後，連帶紅巧那句「東西」就噎在嘴裡，雙目直瞪，五臟齊跳，魂飛天外，這一嚇，讓她立刻打了個響嗝。

季雲流剛被紅巧的一跪一哭懵得彈坐而起，那邊牆上就立刻應和著「唉唷」一聲，滾下一團漆黑影子。

這人來得太莫名、太奇妙、太出人意料，季雲流雙眼直愣愣地轉過去看向那牆角，目瞪口呆。

顯然，她真是沒見過有人竟能同大石一般落地而下，然後又同死魚一般撲倒在地。

「嗝……嗝……」紅巧這嗝打得又急又惱，但她又怕又驚，猛拍季雲流的手，示意她這是個刺客或小賊。

無論是哪個，陌生男人出現在女眷院子中，就是件要命的事！

可她此刻又驚嚇又打嗝，那句「有賊啊，來人」就是怎麼都叫不出來。

季雲流按住紅巧的手，往地上的少年看去。

看那身高長短胖瘦，再看衣服配飾，地上的應是位富足人家的少年郎；更有一點，少年身上有紫氣繚繞，但他自身又不帶紫氣。

顯然，這少年身邊定有個身分顯赫無比的貴人，剛才與他一起，繞給了他一絲紫氣。

季雲流眉尖微挑，出聲詢問道：「地上的這位公子是從何處而來？這般匆匆，又是要到哪裡去？」

那在地上的少年顯然沒有想過自己會從牆上摔下來，此刻也沒有比兩個女流之輩鎮定上多少。

他落地之後，聽見季雲流實為詢問，但怎麼聽口氣與意思都像「你這是要趕去哪裡投胎」的話語，滿面通紅地跳起來。「呃，對不住、對不住，實在是……」抬眼看去，少年心想，這應當就是自家嫡親姊姊口中，與那張家二郎自小訂親的山野村姑季家六娘子了。

他目光落在季雲流的面上，倒映在澄澄的桃花眼中，陡然又愣在那兒，口中的那句「實在是歌聲太難聽，我被這歌聲給震下牆頭來」的話語，又生生嚥回肚子裡去。

少年急急忙忙地道：「實在是今晚的月色太亮，晃了我的眼……」

原來與張家那二愣子訂親的小娘子長得這麼好看。

還沒有說完，又是一道壯碩的黑影踏牆而來，如流星飛馳，翻落院中。

「對不住，驚擾了，明日定到府上賠罪。」丟下這話，那壯碩的黑影抱起之前那團黑影，又幾步踏上牆壁，似話本裡頭的大俠，飛簷走壁一樣地出了院牆。

由前面少年的一滾一落，到後面壯漢的一抱一走，不過半炷香的工夫。

「啊——」這麼一幅光景，終於讓紅巧吃驚到不打嗝了。「快、快來人哪！」

中氣十足，聲音可傳千里。

這一叫，讓院子中的所有人都夜起。院子小得很，前後屋中衝出來到這裡，只用片刻工夫。

顧嬤嬤帶著兩個粗使婆子匆匆跑過來。「怎麼了、怎麼了？是不是有賊？是不是有賊翻院牆了？」

紅巧指著那邊的牆，還在驚疑不定。「嬤嬤、嬤嬤，那邊、那邊有……」

這時候，季雲流已經從紅巧手中抽了外衣，正往自己的身上披。

外衣袖寬，迎風一抖，袖子口順勢就拍到紅巧那張未叫完話的嘴上，她嗚咽一聲，讓人聽不清後面是什麼話？

「那邊有隻貓兒。」季雲流接下道：「今晚月光又亮。」

紅巧被季雲流的袖子一拂過，聽見季雲流的話，身體與腦子統統一抖，驀然驚回了魂魄。

姑娘家最重名聲，就算現在自家姑娘只有十三歲，到底是個清白未出閣的小娘子，如果壞了名聲，身上留下的就是個洗不清的污點，日後有的是機會被人指指點點！

她連忙改口。「是、是啊，那邊有隻大黑貓，讓我看岔了，以為是個賊，因此失了禮數叫出聲。」

紅巧連聲音都快噎了，羞得難以自持，險些就掉下眼淚來。

自己怎麼就這麼蠢，當著這麼多人的面想大叫「那邊有個男人翻牆過來」，這不是給六姑娘招事嗎？

好在六姑娘的衣袖打中自己，不然就要禍從口出、萬劫不復了！再偷偷抬起頭看季雲流，只見她一臉不以為然，已經把兩隻手都套進袖子裡，那神情真真就是見到一隻貓兒那麼簡單。

紅巧連忙垂下首來，不敢再看。

季雲流上前一步扶了顧嬤嬤，笑道：「嬤嬤不用擔心，我沒事，一隻貓兒躍上牆角，嚇岔了紅巧。」

後面的一個婆子聽了之後，笑著應聲道：「這春天一到啊，貓兒就會亂叫亂跳，是想尋伴思春呢！紅巧姑娘以後也小心些，貓兒惱起來也厲害得很，可不能去逗牠們玩喲。」

季雲流朝後頭過來的人擺手道：「沒什麼事，都散了，回去睡吧。」

粗使婆子應聲退下去。

顧嬤嬤反手扶了季雲流。「六姑娘，這天都這麼晚了，您怎麼也不早點睡，若在院子裡著涼，再次生個風寒，可怎麼是好喔！」

季雲流瞥了那邊牆頭一眼，又垂下眸子來，輕輕笑了一聲，從善如流。「是呢，這大晚上一隻貓兒出來其實也挺嚇人的。嬤嬤說得極是，我日後入夜必定不再出房門。」

兩人邊說邊扶，一道出了後院，進了上房。

院落那頭，剛才撲落在地的少年郎正被人點著鼻子取笑。

「聽到沒有，這春天一到啊，貓兒就會亂叫亂跳，這是思春跳牆尋伴呢，莊小貓！」

莊少容撫開他的手惱道：「謝飛昂，可不是你跟我打包票，說什麼只要跟寧護衛學上那麼兩招，就能穩穩當當立在牆上。你看我如今被你騙的是個什麼模樣？臉都讓你的出招給丟盡了！」

「莊小六，明明是你腿腳功夫還練不到家。如果今日不是寧護衛救你出來，你今日就睡在人家的後院裡頭吧！」謝飛昂哈哈大笑。「今日從牆上這麼一掉也沒什麼，你本就沒什麼臉皮；往後要是一掉，掉在姑娘家閨閣中的床榻上，那可不得了，人家還不把你當採花大盜送官法辦了！」

說著，謝飛昂幾步跨到亭中，在石凳上坐下。「七爺，你瞧，我說的是這個理吧？」

「謝三，你、你身為國子監學生，還說自己讀萬卷書，竟然沒臉沒皮地說出這些污言碎語！」莊少容也跑到亭子內。「七爺，謝三簡直欺人太甚，你可得為我作主責罵他幾句，不然指不定日後還要給我們兩個出什麼餿主意，讓我等丟臉！」

玉珩本是靜坐在亭中喝茶，聽見謝飛昂與莊六的話，轉過來看莊少容。「飛昂說得對，你的腿腳功夫還練不到家，被人當成思春貓兒也是應該。」

「七爺，連你都這麼說我！」莊少容被玉珩一說，轉首向謝飛昂磨牙。「就是你說那隔壁院落中的就是季家六娘子，不然我何必爬這個牆！」

「非也非也，」謝飛昂搖頭晃腦。「明明是莊六少爺想過來替你嫡姊看一遍這季六娘子到底是圓是扁，怎可賴在我頭上？我可不能受這個罪名。」

「謝飛昂！」莊少容聽他這麼說，更惱。「把你的嘴閉起來！」

女子名聲重要，謝飛昂這麼一提，可不把自家姊姊那些不好的名聲全都給提出來了？

何況，在那件事情中，他家姊姊也是個受害者！

第二章

謝飛昂看莊少容真的生氣了，連忙舉手投降。「好好好，是我的錯，全是我的不是，我給你賠罪。不過……」他話鋒一轉，探過頭去，朝莊少容小聲道：「莊小六，你家姊那邊到底如何？張家與張元詡，你們有沒有去探探口風？這事總不能這樣一直吊著啊！」

莊少容沒好氣地瞥他一眼。「你一個大男人打探這些婆婆媽媽的閨閣秘事做什麼？閒得慌！」

「嘿，」謝飛昂喝了口茶，潤了嗓子。「說說嘛，張元詡該不會想坐享齊人之福、魚與熊掌兼得，這莊家與季家的兩家小娘子都要了吧？不得了，莊國公孫女與季尚書姪女若都娶了，這助力可不得了，能讓張元詡日後在朝中一飛沖天啊！」

「呸！」莊少容吐了謝飛昂一臉痰。「張元詡他敢想，小爺我還不去把他大卸八塊了他！」

「那是幾個意思哩？你倒是說說啊，你們與張家、季府可有商議此事？」謝飛昂探著脖子再問：「莊國公與莊老夫人到底是什麼意思？」

莊少容左右看了看，剛才還在伺候的小廝已經全都被玉珩揮退下去。

此刻院中靜悄悄，外頭蛙聲響徹一片，熏香在腳邊裊裊而上。

莊少容暗嘆了一聲，他心細如髮。

這些未出閣女子的秘事本就不能多傳，為了防止讓人嚼舌根、在京中成為笑柄，他們自家商討時也都是關起門來屏退左右的，更有甚者，連他這些男眷都不能在場。

莊少容與他們兩人從小就交好，且他們也都知道整件事的來龍去脈，於是也不再隱瞞，一一道來。

「我祖母的意思是，張元詡毀了我姊姊清白，定要認了這門親事的，就該讓張家退了季家那邊的親事，再下聘我家姊。但季家那邊全然不鬆口，說季六娘子自訂親後並無過錯，張元詡從小與她就定下婚約，這女子一旦被人退親，是名聲盡毀。若張家退了季六娘子，季家就會讓六娘子一輩子待在五雲山道觀，束髮白衣，一了此生。」

一個月前，二皇子景王大婚，禮成後三日，在景王府宴請群臣命婦。

上流勛貴的喜宴就是各家夫人挑女婿、挑兒媳的好時機，何況還是二皇子這樣的喜宴？這一宴請，幾乎是大昭國的群臣與適齡女眷都過去了。

那日，卻出了個莊家四娘子落水、侍郎孫子跳池相救的事情來。

陽春三月，姑娘在池中溺水，被一個男子救上來，身子上該動的、能動的地方可全動過了，這樣毀名聲的事，只有讓男方認了這親事才是最完美的解決辦法。

奈何張元詡是個打小就訂親的男兒郎，若定的是一般的阿貓阿狗人家也就罷了，退了親再娶莊國公府的四娘子也是可以。

可季尚書這邊也是有頭有臉的人物，就算季六娘子是自己的姪女兒，他也斷然不會輕易就這麼讓張家退親。

聽著莊少容的話語，謝飛昂看著玉珩，出謀劃策道：「欸，不如你讓玉七爺出面替你家姊作主這件事……」

三人的身分與家世中，只有玉珩身分最尊貴，只要玉珩出面，定能解決這事。

玉珩瞥到兩人的視線，緩緩放下茶盅，道：「女子出嫁這事全然沒有我說話的分，何況這是季府與張家的事，要麼你讓莊老夫人自己找我母后去。」

他聲音又清又冽，短短一句，把話全說死了。

莊少容垂下頭來。「我也知道我姊的事怎麼都管不到七爺頭上，其實……」

「其實什麼？其實你家人已經去……」謝飛昂直拍他催促。「欸，你倒是快說啊！」

莊少容被他幾把拍惱了。「你這麼愛嚼舌根、這麼婆媽，怎麼不去酒樓裡說書或去當個官媒？還去什麼國子監，讀什麼聖人文章，都讓你白讀了！」

「誰說讀聖人文章就得清心寡慾？我就愛聽這些閨閣秘事，就愛婆媽，就愛嚼舌根！怎麼了?!」

玉珩倒是滿足謝飛昂的好奇心。「其實莊老夫人已經有打算，過些日子，會親自去找我母后請旨吧。」

「呀！」謝飛昂吃大驚。「莊老夫人這麼看好那張元詡？」

玉七的阿娘，那可是當今的皇后娘娘，莊家老夫人的嫡親大閨女，莊六的嫡親姑姑。莊家是什麼身分？那是一等一尊貴的國公府，皇后娘娘的親娘家！就算這個皇后娘娘是前皇后病逝後再封娶的，那也是如今的後宮之首，乃是正經皇后。

張家雖說也是書香門第，但門楣家世都擺在那裡，他們祖上就有個舉人，後面的子孫全是些不成器的，差點敗光整個張家。

直到張元詡翁翁這一輩才又中個舉人，進了禮部，可年過五十，做到頭也就是個侍郎。後來，張元詡的父親二十四歲時中了舉人，進了大理寺，做了大理寺少卿。

這門親事，當初是季尚書替三房在季六娘子的母親走後，見她可憐，才與張家定下的。所以，就算莊老夫人想逼迫張家退親也有的是方法，哪裡需要去請當今皇后娘娘下旨？如果不是看好這張元詡，哪裡捨得下這樣的狠本，去得罪季家而招攬張家，怎麼說季家大爺也是個二品尚書郎！

莊少容苦笑一聲，看著玉珩道：「我翁翁在我姊姊落水後，就去看了看那張二郎作的文章，然後說他有一甲之才；且這人看著也忠厚老實，如今已經年十六，家中據說一個近身的丫頭都沒有，因此我祖母就打算去跟皇后娘娘請旨了。」

還有一個原因，他卻是沒有說出來。

莊家四姑娘莊若嫻被救以後，對於張元詡的溫文爾雅很有好感，回去再聽了自己祖父的話語，更是好感倍增。

莊家雖是一等一的勛貴世家，但張元詡若真能一甲進士及第，中個狀元郎，也能是個京城新勛貴。

這樣的少年郎，與他訂親的姑娘卻是個從小沒娘，爹又是個糊塗到任憑妾室拿捏的！莊四姑娘自然滿滿心疼，只覺得張元詡這朵鮮花插在季雲流這坨牛糞上。這才有了私下託嫡親弟弟，趁著上紫霞山參道的時機，讓他早些過來瞧瞧這季雲流到底是圓是扁、是人是鬼，是個什麼模樣？

謝飛昂見莊少容不知想什麼想得出神，伸手在他眼前晃了晃。「想什麼呢？話說回來，莊小六，你適才見到季家六娘子覺得如何？剛才聽她那歌聲，可把我嚇出一身冷汗來，那五音實在是……難以形容！欸，她長什麼模樣，你到底看清楚了沒有？」

莊少容不說話。

青樓女伎可以當眾談論樣貌身形，但大家閨秀斷沒有被幾個男子圍著討論的道理。他雖年少氣盛，做出爬牆看人家小娘子容貌之事，到底也做不出這等編排、消遣人家的事來。不過他真沒有想到，季家的六娘子歌聲難聽，容貌卻跟天仙一樣，如今年歲尚少，還未長開，等長開了，定是一張禍國殃民的臉。

謝飛昂一直拉著莊少容問長問短，見他這裡套不出什麼來，轉首又向玉珩道：「我現在想了想，那季六娘子唱的詞我卻是未曾聽過的。七爺，你可記得她唱的是何詞？」

玉珩抬頭望了望空中明月，站了起來，伸手整了整自己的袖口，答非所問道：「時辰不早，早些就寢吧。」

說著腳步輕抬，步出院子走了。

謝飛昂看了玉珩的背影，直到他出了院落，眉往中心聚攏，朝莊少容輕聲道：「莊小六，你覺不覺得……你玉七爺的世俗之氣越來越淡薄了？」

「什麼？」莊少容半分不解。「你說什麼，世俗之氣？那是什麼東西？」

謝飛昂道：「就是七皇子越來越出塵，越發如謫仙了。」

「那是，七爺可是多少京城貴女眼中的情郎，自然出塵如謫仙。」莊少容滿臉驕傲。

「情郎個鬼啊！」謝飛昂覺得自己完全在雞同鴨講。

他又往那邊玉珩走掉的方向看了看。

剛才的少年紫衣青帶，髮色漆黑泛藍，連走路的姿勢都如同仙人乘風而去一樣。

明明是個十五歲的少年郎，可是這樣的一舉一動、一顰一言卻不帶塵俗之氣。

這說好聽了是謫仙，說難聽了，可不就越來越如鬼魅！

哪裡有人活在塵俗中，卻不帶塵俗之氣的？就連當今皇上也是個有脾氣、有七情六慾的九五之尊。

玉珩獨自站在窗前望天，想的是剛才在院中聽到季雲流五音不全唱出來的詞曲。

我醉，一片朦朧，恩和怨，是幻是空；

我醒，一場春夢，生與死，一切成空。

那他一朝醒來，重回十五年紀，到底是幻、是真？

還是他之前爭權奪位，死在弱冠之年，是一場春秋大夢？

他明明、明明記得，自己死去的那天，天寒如冬，六月若飛霜。

那樣的……死不瞑目。

再抬首看了看星空一眼，玉珩喚了一聲。「席善。」

席善從外院進來，見玉珩負手立在窗前，半跪行禮。「七爺有何吩咐？」

「準備一份厚禮，明日去季家莊子代莊六少賠個歉禮，就說我們院子的貓嚇到季六娘子了。」玉珩不轉身，吩咐過後就道：「下去吧。」

「是。」席善應了一聲，抬頭再看玉珩一眼，退了出來。

連他都覺得自家的七爺自從半月前的那晚醒來後，舉止就越來越難以捉摸，彷彿有很重的心事。

季家農莊的上房。

季雲流讓顧嬤嬤回屋，便讓紅巧更衣就寢。

站在床几上，她低頭看著在底下替自己脫衣的紅巧。

圓臉圓眼，厚唇高鼻，是張忠心耿耿的臉；但眉毛與手指粗短，走路姿態不穩，卻又是個愚忠之人。

愚忠之人可供差遣，卻擔不起什麼大任、沈不住什麼大氣，更有甚者，還會拖累主家之人。

紅巧這樣的人若在高門大戶中，怕是很難安身立命。

季雲流的目光從紅巧的臉上轉到紅燭明亮的絹絲燈罩上，從胸口呼出一口氣。

以她的疏懶性子，天道為何要讓她重活在這樣一戶關係複雜的人家呢？

小門小戶的人口簡單、自己豐衣足食，不是挺好嗎？勾心鬥角什麼的，她最討厭了……

第二日一早，季家莊子迎來個挑夫與一個嬤嬤。

那嬤嬤見到顧嬤嬤，笑容如花，臉上褶子全擠在一起。「對不住，對不住，我家少爺說，昨夜我家的貓兒驚到貴府娘子，今兒我家少爺特意讓我來向貴府娘子賠禮的！」

顧嬤嬤吃驚。這是一隻貓兒跳牆就要抬著一大擔東西來賠禮的人家？為了哨探那戶人家的主人，她直接塞了五兩銀子的荷包，卻見對方嬤嬤言笑晏晏地收下，模稜兩可地道了一句：「我家少爺啊，只是路過此地，今日就會離開，往紫霞山去聽道法的京城人士。」

往紫霞山上聽道法的京城人？哎喲。顧嬤嬤想了想，一拍腿就往後院奔去。

紫霞山上的紫霞觀乃皇家道觀，一年大開一次觀門，皇家名門的命婦與勛貴子弟都會去聽這道法大會，以得賜福。

但每年的這日子卻沒有個講究，皆是由紫霞觀的道長秦羽人觀星擇的吉日。

由於季家那邊有人來相告過，讓季雲流跟著一起去，顧嬤嬤雖知道會是這幾日前後，卻不知道具體是哪個日子？

如今聽隔壁嬤嬤傳來的意思，可不就是今日或明日了?!

顧嬤嬤火燒火燎地跑到上房，可並沒有找到季雲流，緊接著又匆匆往廚房繞，果然在廚房找到她。

「我的小祖宗欸，這可使不得！」她瞧著臉上半邊沾白麵粉的季雲流，不只那雙手，唇角都沾上了。「指不定待會兒季家人就路過我們莊子，帶姑娘上紫霞山，您這模樣讓季老夫人看到可不得了，還不讓她老人家氣得讓姑娘永遠待在這裡，不讓您回季家了！」

「嬤嬤放寬心，季老夫人最快也要明兒才到這裡。」季雲流把手中的麵粉捏出一個圓形，又擀出了一個薄餅來。「紅巧，快幫我下鍋。欸，不要油，只要燒熱了鍋就好……」

「季老夫人明兒才到這裡？」顧嬤嬤站在那兒，分外不解。「六姑娘是怎麼知曉的？」

季雲流在鍋壁上貼了梅菜餅，朝顧嬤嬤露齒一笑。「猜的。」

開陽星還要暗三天才能亮出來，之後，七政星才能一齊明亮，可不就要再等幾天才是所謂的良辰吉日嗎？

不過，會觀星這種高技術的事，怎麼能告訴別人呢？

季雲流口中兩個字差點讓顧嬤嬤雙膝一曲，跪到地上去。「六姑娘！現在都什麼時候了，居然還有心思同我說笑？季老夫人上紫霞山這事，我們可一件都錯不得！」

顧嬤嬤說著就拉著她往後院上房去。「趕緊趕緊！紅巧，妳可不要再搗鼓那麵團了，趕快扶著姑娘去上房收拾收拾！」

莊子實在小，前院通後院，連著上房。這邊為了給季雲流居住，特意整修過一遍，前院的土牆被推倒，重砌了磚牆，那牆上還有幾處扇形窗，以示院子的精巧。

三人出了廚房，正從前院繞後院時，隔壁院落的三個公子爺也正啟程往山上而去。

「姑娘，您到了紫霞山上，也要收斂下這……」顧嬤嬤見季雲流臉上裹著半邊麵粉，忍不住小聲提醒一聲。「這張愛吃的嘴。」

許是那半個月的風寒忌口實在讓自家姑娘餓過頭，只是短短兩天，季雲流的胃口猶如猛虎下山一般，勢不可當，讓顧嬤嬤刮目相看，越看越慌！

這樣的胃口要到了季老夫人、到了季家面前，讓人看見了，還不是妥妥的把柄！

季雲流略感無奈。「好，我到了紫霞山一定謹記嬤嬤的話，管住嘴，少吃。」

顧嬤嬤想了想她的話，總覺得哪裡還是不妥。只到紫霞山少吃？

還未想出來，就聽見牆外傳來馬蹄聲。

外頭安靜，襯得馬蹄聲格外清晰。

之前因從隔壁嬤嬤套出來的話，讓顧嬤嬤匆匆往窗外望過去。

昨夜那少年滾落在地的情形，讓紅巧也連忙轉首，好奇地瞧去。

季雲流順著兩人目光望去。

窗後，三名少年身騎純血馬，居高臨下，也正以打量的目光向窗內望來。陽光爛漫，一陣風拂過，空氣彷彿都蕩漾出一絲顏色。

第三章

玉珩坐在馬上，一手握著馬韁繩，一手拿著鑲寶石馬鞭，漆黑的眼珠子一望，就望到了院中的季雲流。

翦水烏眸，四目相視。

兩人隔著院牆，透過那扇小窗，遙遙相看。

季雲流嘴角輕開，彎了眼角，細細笑了。

好一個通身都紫氣環繞的少年郎。

玉珩眼一頓，還未收斂起，只一眼，院外院內兩行人，如春風拂面般錯身而過。

「欸，中間那人便是季家六娘子？」走出一些距離後，謝飛昂第一個出了聲。「雖然半張臉裹著白麵粉，但也能看出這季六娘子真是容顏妍麗非常……」

「謝飛昂！」莊少容出聲阻止道：「收起你口不擇言的嘴！」

出了家姊的事，見了這一個月家人為他姊姊煩惱，嫡姊每天以淚洗面，他也跟著明白女子名節的重要。

他們在馬上，能居高從窗戶看到院子中的季六娘子，但在馬下的小廝與護衛卻是不能的。雖說帶出來的小廝都是自己信得過之人，卻也不能當著眾人面，這般討論人家未出閣的娘子。

「莊小六，才昨夜一面，你對人家還真上心！」

玉珩行在兩人後頭，不言不語，微垂了首，閉上眼。

上一世，他死在弱冠之年。

那一世，他在各種宴席、各種地方，見過各式大家閨秀、小家碧玉。

他乃當今皇帝第七子，那些人見他，或面露羞澀，或眼露柔情，或嘴洩懼怕之意……百態模樣皆已看過。

就算有人因不知他身分，與他坦然對望，也絕不會是這樣的……這樣的一種表情。

那唇角若有若無的笑意中，無羞澀、無柔情、無懼怕，似乎只有「原來如此」的頓悟模樣。

是了，季家六娘子那一眼，根本不是在看一個人，而是看一件猜測已久的貨物。

那貨物終於得見，於是她滿意而笑。

是什麼緣由讓一個深閨女子見了男子，能坦蕩露笑，並且眼中是「原來如此」的意思？

玉珩再次側首瞧了磚牆後的莊子一眼，面無表情地抬首，策馬往前而去。

進了上房，廚房很快送來水，紅巧在一旁伺候季雲流沐浴。

她邊幫季雲流擦背，邊回想道：「姑娘，昨夜翻牆的那人，就是剛才的馬上之人。」

其他人紅巧都沒有看清，唯獨莊少容可是清清楚楚看全了，就是昨日翻牆的小賊！

「嗯。」季雲流趴在木桶邊緣，輕聲相應。

「姑娘。」紅巧再次出聲。「昨夜那人來翻牆，是不是會有什麼我們難以猜想的事？」能上紫霞山的京城人士，非富即貴，若不是有什麼特殊事情，那少年何須半夜爬牆，還掉在自家後院中？

季雲流眼皮也沒抬，笑了一聲。「我也不甚清楚。」

她前世只是個會看相算命、擇風水位的，又不是通曉一切的神仙。昨夜那小少年翻牆的事情，與她何干？

不過卻沒想到，那通身紫氣環繞的貴人，竟是個十五、六歲的少年而已。

鼻梁高起、貌端神靜，面色白如凝脂，眉長過眼，那少年端的是一張惹人嫉妒的極貴富之相。

只可惜那嘴寒冷而薄，是個要早亡的命。

身帶紫氣卻是病龍之相，可惜可惜……

顧嬤嬤與紅巧從頭到腳毫無遺漏地把季雲流一番打扮，思思念念等了許久，到底沒有迎來季家老夫人。

過了晌午，下人還真把昨日顧嬤嬤吩咐的肥鴨送來了。

鴨肥肉實、膘肥體胖，季雲流看著那鴨子，眼中精光閃現，大喜。「嬤嬤，我們來燜爐烤鴨！」

顧嬤嬤看著身穿藕荷色綢緞衣袍，容貌恍若仙人，神情卻如市井貪吃小民的季雲流，悲在胸口難開，只覺死路一條。

蒼天，這可如何是好？這樣的小娘子要送到季老夫人面前，還不是鯉魚下油鍋——死透了！

玉珩、莊少容與謝飛昂駕著馬，一行人午後就到了紫霞山山腳。

紫霞山平日還有一些村野鄉夫在山腳擺攤為生，有些世俗熱鬧之氣，這幾日已經被驅散得一人都不剩，整座山中只剩花柳山水，幽靜空曠，鳥聲、猿啼聲，聲聲不絕。

「紫霞山歷來說是道家成仙之地，這景色還真是不錯。」莊少容四周轉首張望，十分滿意。「果然是地靈人傑，能讓人離境坐忘。」

「那是。」謝飛昂應道：「也不看看朝廷每年給紫霞觀撥下多少銀兩；再看看每年那些夫人、小娘子來的香禮、問卦占卜錢，金山銀山都能堆出來，更何況這種樹的紫霞山，再堆個十座都沒問題！」

莊少容鄙夷。「謝三，別滿腦子都是銀錢銀錢的銅臭之物。謝家門第清貴，也是百年世家，你怎麼跟下九流商戶一樣，腦中全是這些不入流的東西，一身銅臭。」

「嘿，我滿腦子是不入流之物？我一身銅臭？」謝飛昂指著自己的臉，眉尾往上翹，聲音直接高上去道：「哪天等你缺銀錢，就知道這銀錢的重要了！你有那清風明月的骨氣，過幾年，有本事你去娶個一擔嫁妝都抬不出來的農家小娘子看看，看你阿娘同意不？你要是覺得我一身銅臭，你用銀子扔死我呀！明兒，我就叫人拿籮筐來接你莊家的銀子。不要怕我謝府沒籮筐，我就怕你捨不得你那口中的銅臭之物。」

謝飛昂八面玲瓏、言語鋒利，講得莊少容眼睛大睜，啞口無言，反駁不得。

「我……」莊少容轉首看向玉珩，示意讓玉珩幫他爭辯一下。

卻看見玉珩的心思似乎全然不在此，只一心一意盯著高聳在山頂的紫霞觀，目不斜視。

莊少容與謝飛昂也停了爭執，往紫霞觀看去。

紫霞觀的主樓建了三層，通身朱紅，上蓋琉璃瓦，筆直地矗立在山頂，就像立在雲端一樣，雲霧繚繞，雄偉壯觀。最上層為觀望臺，取觀星望月，有飛升之意。

這一望，讓一行人都有了莊嚴肅穆之感，不再言語銅錢之物，一心往山上而去。

三人到了別院，把馬與鞭子一扔，讓小廝伺候著沐浴更衣後，就直奔紫霞觀而去。

近距離觀看這個紫霞觀，雕梁畫棟，更覺它氣勢恢宏。

報了三人的姓名，通身純白道服的道士親切相迎，行了個作揖禮。「七皇子有禮、莊六公子有禮、謝三少爺有禮，三位裡面請。」

隨後將三人迎到道觀的大殿中，拿來香燭，讓三人誠拜。

小道士雖是禮節周到，卻隻字不提因皇家來人，紫霞觀的觀主秦羽人會親自出來相見的話語。

大昭不僅重文輕武，還重道輕佛。這秦羽人據說是百年來，唯一能夠修道羽化成仙之人，會觀星象、可測天機，在大昭，就連當今皇帝都要恭敬喚一聲：秦羽人。

玉珩站在大殿中，環首而觀。

他上一世到死都沒有來過任何道觀佛堂，今日實實在在是第一次。

三尊神面色嚴肅，在殿中如真身親臨，坐雲椅俯視人間的苦苦眾生，一切盡在三神眼中的模樣。

玉珩招了侍從，拿了三炷清香，雙手執香一跪而下，態度恭敬肅穆。

當今皇子都跪了，莊少容與謝飛昂也不再怠慢，拿了隨身小廝遞上的清香，就跟在玉珩身後跪下來。

三炷清香在額前，玉珩虔誠許願。

感謝天尊讓他重來一世，這一世，他掌握先機，望能登上龍位！

這龍位，他就算死過一次也無法撒手。

從前，他不信天，只信命在自己手中，自己掌握。而今能重活一世，物換星移，命運天道，他信這世上有神有仙。

玉珩跪在天尊面前，恭敬稽首。

不僅是莊少容與謝飛昂，連一旁的道士都看得出他莊嚴肅穆下的重重心事。

玉珩三人拜完三清，起來相問秦羽人在何處？

他們來得早，若能見秦羽人，讓他為他們各自卜上一卦，問問這日後前程，也是一樁好事。

小道士見眾人相問，行禮歉然道：「先生半月前突然測到天機變幻，正在閉關，還望幾位在紫霞山等上幾日，參悟道法，等待先生出關，告知眾人上蒼旨意。」

聽見是半月前測到的天機，玉珩驀然眉一動，雙眼飛速斂了下。

半月前，正是他由二十歲重回十五歲那日。

這次天機有變，是不是就意味著他這一世的大業可成，龍椅可坐？

晌午過後的季家莊子裡也忙碌非常。

顧嬤嬤見天色漸黑，季老夫人定然不會在月黑風高的半夜上路，於是應了季雲流的興致，與她在廚房弄起了爐子，烤鴨！

季雲流本著技多不壓身、多門手藝餓不死的原則，在忙碌的顧嬤嬤身邊鞍前馬後。

顧嬤嬤看她雖偶有性子脫跳的時候，但到底平時的舉動都是見機就知曉的敏捷，想她畢竟才十三的年紀，難免年輕不懂事，慢慢引導，終會有所成的。

於是與季雲流坐在一旁等待烤鴨成熟時，顧嬤嬤又慈眉和目地提了一句。「六姑娘，恕嬤嬤多嘴再說一句，姑娘嫁到張府後，定要把這跳脫的性子再收一收。張家大爺早夭，二少爺如今乃是張家長子嫡孫，又是個沈穩之人，您嫁去之後，日後就是當家主母，可得沈穩持重，才能幫張二少爺處理府中事宜，讓他無後顧之憂。」

季雲流坐在廚房桌旁，轉首看壁爐正燜著的烤鴨，又轉回來，朝顧嬤嬤微微含笑，柔聲道：「好，嬤嬤的話我記下了。」

她一笑，伸出右手在桌上隨意地攤開手掌來。

十指不沾陽春水的前主，一雙手細柔瑩白，整個手掌猶如上等美玉，掌中的細紋也清晰可見。

那道姻緣紋理自上而下卻錯了幾折。

桌下的左手掌被季雲流慢慢屈攏，拇指在食指、中指、無名指各個關節上一一掐算過去。

配合五行與年月，直到「留連」這個節上才停下。

留連，卒未歸時，五行屬水，有暗昧不明、延遲、糾纏、拖延、漫長之含義。

想嫁張家？怕是有許多磨難。

她穿來這個身體時，在鏡中已經打量過自己，桃花杏眼，眼窩處有顆微小的淚痣，正是婚姻多折的面相。

又或許，多磨之後，與張家這樁美事還是不成的。

作為二十一世紀看面相能知富貴、掐指能知吉凶的知名神棍命理師，這點面相自是一看便明。

季雲流緩緩收起手，再次抬首看向壁爐。

只要夠混吃等死，嫁與不嫁什麼的，還是先放放吧！

今晚又是星辰明亮夜。

「七爺。」席善端了碗燕窩粥推門進來，看見玉珩又在臨窗望月，垂下首來，把托盤放在桌上，打算輕聲退出去。

自家的爺自從半月前醒來，在房中獨自坐了一天後，便常常這樣，每天夜晚望著明月繁星，魔怔了。

席善把腳跨出時，卻聽見玉珩的聲音。「昨夜帶莊少容出季家莊子的人，可是寧石？」

席善腳一頓，忙上前兩步道：「是，是寧石。」

「他可有說，是否記得那時候季六娘子的神情？」玉珩接著問，也不轉身，那語氣透著漫不經心，似乎只是隨口一問。

席善心中驚了驚，猜不準自家主子為何突然就對那季家六娘子上心？但他到底沒敢怠慢，也沒有自作主張，只道：「小的也不甚清楚，不如讓寧石來回話？」

「嗯。」

不一會兒，寧石就邁著沈穩步伐過來。

他是玉珩侍從，在玉珩面前也可以持武器。

兩人過來時，玉珩已經坐在書桌前，看見寧石，微微一愣，停了那掀燕窩粥瓷蓋的手，靜心問道：「你可有看清楚嗎？」

他雖然這麼問，但也知道寧石肯定是看清楚的。

習武之人耳聽六路、眼觀八方，季六娘子與那驚叫丫頭的神情，定是沒有一絲紕漏地全數收入他眼中。

上一世，寧石在救他的時候，被二皇子玉琳的人亂刀砍死。

那光景，時隔五年，他依然驚心動魄地記得。

是的，上一世的他在這一年沒有隨貴家子弟來紫霞山參道，而是私下以出遊松寧縣為藉口，去尋一個舉國聞名的幕僚。

但直到那裡才知道，原來一切根本就是二皇子所下的一個局。

那一日，四面圍敵，寧石與席善還有那幾十護衛為了救他，統統死在那場二皇子布下的陷阱中。

從那時起，他玉珩就發誓，勢必要將這個人面獸心的二皇子連根剷除，連帶他那個草包大哥——太子，都要從一人之下、萬人之上的位置上推下來。

龍生九子都各有不同，何況他們還不是一個娘生的！

寧石沒有隱瞞什麼，更沒有廢話。「回七爺，昨夜季六娘子面上鎮定，沒有懼怕之意，至少小的沒有看出來她在害怕。一旁那丫鬟卻是眼睛直直的，確實是嚇著了。」

「是這樣嗎？」玉珩微不可聞地應聲，然後掀開瓷蓋，用調羹勺出一口燕窩粥，慢慢「嗯」了聲。「我知道了。」

寧石也不退出門外，他還有話要說。

他見玉珩已經端起瓷碗慢慢食用燕窩粥，又垂首道：「七爺，之前派去松寧縣的人已經傳來消息，埋伏在那邊的人已經全數被我們殺盡，共計三十一人。七爺真是神機妙算，把他們的位置都查得如此清楚。」

玉珩握著調羹的手一頓，又輕輕「嗯」了一聲。

讓二皇子死了三十一人，他自然高興。

神機妙算嗎？可是用一世的代價換來的。

寧石把所有事情稟告完才退下。

玉珩抬首望著窗外明亮的月光，眼神一沈，彷彿眼中無星無月，恍若冬日的黑夜。

他醒來之後的半個月，一直在看窗外明月，每天都算著自己上輩子到達松寧縣的日子，以及當初刺殺他的那些死士人數。

上輩子，他的手下在松寧縣被二皇子的人斬殺殆盡，只剩下他一人，導致他後來在宮中舉步艱難。

這輩子他重活過來，掌握先機，知道一切陰謀，怎麼不會將計就計，派人去把二皇子埋伏在那裡的人全數都一窩端了呢？

玉琳以為螳螂捕蟬，但他玉珩就要來個黃雀在後。

冤冤相報，定要弄光對方的人，這口氣才能順心，這個仇才能算一了百了！

第四章

第二日中午時分，季家莊迎來季老夫人一行人。

顧嬤嬤聽見下人遠遠稟告過來的消息，只覺季雲流判斷如神，說季老夫人第二日到就是第二日到了。

季老夫人下了馬車，季雲流與一干婆子、丫鬟早已經等在門口處，見人下車，整齊行了個萬福禮。

季老夫人環顧看了看莊子，不動聲色地攏了眉頭。

這樣的地方確實太簡陋了些，為了大兒子不受朝中御史彈劾，還有為了不讓張家以「季六娘子不通庶務、無母教導」為由退親，她這次必要把六姑娘給接回府中。

季老夫人雖然愛子，把三老爺溺愛成這樣一事無成又遊手好閒的模樣，到底也知道整個尚書府的厲害榮辱。

如果季雲流的婚事被張家退了，那季府剩下那些還未出閣姑娘的親事都要變黃花菜——涼掉了！

季老夫人想著，再抬眼看了看站在眾人中間的季雲流。

兩年不見，見她容貌越發出眾，就算在尚書府眾姊妹中也是出類拔萃，於是滿意地向她伸出手。「六丫頭，過來讓祖母好好瞧瞧。」

季雲流抬起首，微微一笑，幾步上前扶了上去。「祖母，孫女這幾日盼您來盼得緊呢。」

她嘴角含笑，雙眼如弦月，這般乖巧模樣讓季老夫人很受用，拍了拍她的手，慈愛道：「看妳，都瘦了，在這裡讓妳受苦了，等過完紫霞山參道日，就與我們一道回季府。」

跟在季老夫人後頭的是季家長媳，尚書夫人陳氏。

陳氏聽見老夫人這麼說，心道：老夫人妳個榆木腦袋終於開竅！要還拎不清，妳的孫子、孫女們可都要跟著妳的寶貝三兒子完蛋了！

陳氏隨後便跟在一旁笑道：「是呢，我瞧著六姊兒精神不錯，在這裡養了兩年，越發水靈，此次紫霞山中參悟道法之後，可真要回季宅，讓她在老夫人身旁盡心伺候。」

季雲流看了陳氏一眼。

面白素雅臉圓，目似明星，眉長秀麗，口角菱形，是個玲瓏剔透的賢慧人物，且旺夫旺子。

垂了眼眸，季雲流含笑屈膝。「大伯母說得是，雲流必定會盡心孝順祖母。」

乖巧話語讓季老夫人越發滿意。

在後面的二夫人王氏也兩步上來，看著季雲流笑道：「六姊兒這麼亭亭玉立，老夫人的孫女個個都是玉人兒，可真是羨煞旁人，張家二郎可是出了大福氣，得了小娘子如此。」

季雲流欠身，給王氏也行了個禮，眼一瞥，看清王氏面目。面若春花，目如點漆，唇厚且寬，十指纖長，是個性情爽朗、臉不藏事的，但也是有兒女孝敬的有福之人。

季老夫人看著王氏笑道：「妳呀，誇我孫女，連帶把自己的女兒都誇上一遍，還真是……」

王氏笑嘻嘻地拉住季老夫人。「老夫人，自家的娃兒可不是越看越喜，我這麼說也沒錯呢！」

說著，她在心中冷笑一聲，微微轉首瞥了一眼後面馬車下來的一個少女。

這庶女被提為嫡女，妾室被扶為正房，又把真正嫡女放到莊子上的，也就老三這房能做得出來了。

這老三從小不學無術，文不成、武不出，做出這種寵妾滅妻的不要臉之事，當真腦中蠢到只剩下漿糊！現在若是真出了張家向季家退親的事，自家的女兒還不因此也要惹人非議，親事受阻？

王氏正這般想著，眼色便向著後面三房那本是庶女，如今變成嫡女的季雲妙剜過去。

隨後就是三名一起下來的少女。

穿黃綠色衣裙的正是王氏所生的季府四姑娘，季雲薇；跟在季雲薇旁邊的是先為三房妾室，後又被扶正的何氏之女，七姑娘季雲妙。最左邊的一個是季老夫人帶過來的嫡親外孫女，表姑娘宋之畫。

三個姑娘來時坐的也是同一輛，此刻站在莊子前頭，見了這莊子的模樣，表情也是全都不一。

季雲薇端的是好奇，季雲妙露的則是不屑；宋之畫看著莊子，面露謹慎，不願出任何差錯。

她雖為季老夫人的嫡親外孫女，但母親所嫁非人，父親在考春闈那年與友人上山作文章，把腿給摔斷了。至此，父親脾氣突變，宋家走上家道中落之路，母親的嫁妝全數拿出變賣典當，家中還是日益難維持。

這次還是季老夫人看自家女兒可憐，這才接了年十六的長女來這裡，讓她聽道法賜福的同時，望她找到個如意郎君。

說起來，這個參悟道法、無為清靜修道之日，於這些十幾歲未出閣的小娘子來講，又何嘗不是在這裡遊玩踏青，找尋如意郎君的大好時機？

每年的紫霞山參道日，可是各家小娘子搶破頭要來的地方。

一群人浩浩蕩蕩地進了莊子裡頭。

走過前院就是上房，這裡已經讓顧嬤嬤全都佈置好，放了一張大圓桌，桌上已擺上冷菜。

桌上菜色豐盛，冷菜都擺了足足十個。

一行人落坐後，先是喝了些八寶紅棗湯暖了脾胃，廚房也開始陸續上菜。一道接一道，足足端了十個熱菜上來，雞鴨魚肉，樣樣不同。

莊子裡連丫鬟帶婆子一共才五個人，就算加個季雲流也才六人，這短短時間就佈置出一桌家宴酒席來，讓陳氏都對季雲流刮目相看，仔仔細細看了她兩眼。

「六姊兒真妥貼細緻。老夫人您瞧，六姊兒都能獨當一面了。」陳氏放下筷子，飲了口茶漱口後，笑道：「這滿盤的菜色，我可是全都沒有吃過，這味道還是一等一的鮮。」

季雲流面帶微笑，坦然接受讚賞。

在吃這個字眼上，她的確不遑多讓。

王氏接道：「是呢，六姊兒可真是個寶，這樣的人可不能委屈在這裡，定要接了回府。老夫人您覺得呢？」

季老夫人和睦道：「六丫頭這兩年長進許多，我自然高興得很。」

季雲流繼續微笑，驀然感覺有人以強烈的目光注視自己。

轉過首去，對面的姑娘瓜子臉，鳳目細長，眉秀而不正，粉光脂豔，端的是一副富貴卻又不能容人之相。

那姑娘雙眼直瞪，似乎在咬牙切齒，又似乎在強忍心中妒意。

七姑娘季雲妙還真是耿直又不聰明，居然這麼明晃晃地在這麼多人面前對自己流露敵意。

季雲流側過頭，對著對面的少女眼角一彎，微微笑開，一派天真爛漫。

剛才陳氏在跟季雲流說話，一桌子的目光都在她臉上，現在看她沒回答，反而對另一人露齒而笑，自然也都把頭轉過去，看向了季雲妙。

季雲妙臉上神情還未還來得及收起，就被眾人收入眼中。

此刻看了季雲妙臉上的神情，季老夫人的臉色立刻沈下去。

十二歲的姑娘，隱藏得再好，她一個五十多歲的老太婆哪裡會看不出來明晃晃的嫉妒之意？

陳氏在心中微微嘆息。這個七姑娘被那商賈之母帶大，雖時常圍繞老夫人左右，但到底是庶女，上不得檯面。

此刻就算六姑娘故意炫耀，她也該把持住自己面上的臉色，竟是這般不知沈穩……

王氏看著季雲妙吃癟，心裡一笑，看著季雲流又覺得順眼了幾分。

幹得漂亮！這招話語都不用出的打人臉面之事，這個六姑娘還真是用得絕妙極了！

見大家一下子盯著自己，且季老夫人的眼中還帶著不滿，季雲妙臉上騰地一下通紅起來。「我……我……」看著季老夫人，她眼眶一紅，聲音軟軟的。「我只是羨慕六姊手藝。能把這屋子的丫鬟、婆子都管得這麼井然有序，我覺得與六姊比起來，雲妙真是差上太多了。」

她剛才只是看季老夫人誇季雲流，再看她容顏似乎比兩年前所見還要秀麗幾分，心中嫉妒而已，卻這般被季雲流不言不語地揭出來，好想此刻一筷子戳死她！

「七妹冰雪聰明，學什麼都快得很。」季雲流笑道：「七妹來莊子住個兩年，也能同姊姊一樣有手藝，指不定是姊姊不及妹妹妳呢！」

季雲妙聽著季雲流的話，瞪大了眼。

什麼是尖酸刻薄？她季雲流現在就是生生的尖酸刻薄！居然在那麼多人面前，詛咒自己也要來這個破莊子住兩年！

但季雲妙此刻又什麼都說不出來，難不成要說：我母親把妳送到這裡來，就是看妳厭煩得很，巴不得妳一直不要回家，巴不得妳被那張元詡退親，孤獨終老一生嗎？

反而季老夫人聽到季雲流這話，又去拍拍她的手。「妳這麼小就讓妳一個人住這麼多年的莊子，確實是受苦了。」

季雲妙只覺得自己要拽破桌下的秀帕了。有這麼多人伺候，衣冠整齊嶄新，臉皮這麼白嫩還透著紅，她季雲流到底哪裡受苦了?!

用過午膳，一行人連午歇都不用，又再次搭上馬車準備上山。

出了莊子門口，馬車也已經整理妥當，都等在門口。

陳氏看著四個妙齡小娘子，笑了一聲，柔和道：「妳們四人年紀相仿，平日也不常走動，現在同坐一輛馬車，正好能增添姊妹情誼，日後守望相助。」

四人齊齊屈膝行了個禮，道了聲「是」，先後上了馬車。

馬車裡頭不大，坐了四個身形纖細的姑娘，雖說不算擁擠，到底再沒有多餘空隙。

四人先後坐定，車子緩緩啟程。

季雲妙見對面的季雲流靠著小枕，微微掀起車窗看外頭的景色，一副鄉下農婦入城、沒見過世面的模樣，終是忿忿地壓下滿肚子的惱怒，臉上又笑了。「六姊在莊子，怕是沒聽過京城裡的一些趣事，我給六姊講講可好？」

是呢，要給季雲流難看，不需要自己這麼明明白白地露出討厭她，只要給她講講她心中最記掛的事，挫挫她銳氣，不就好了嗎？

季雲流不轉首，也沒有半分多餘表情，臉依舊朝著車外，輕輕應了一聲。「七妹有興趣就講講吧。」

季雲妙於是靠著枕頭開始講。「上個月二皇子大婚，在景王府大擺宴席，六姊是不知道，那一日的後院中可熱鬧了……」

「七妹！」季雲薇聽到開頭，立刻出聲提了一句。

季雲妙這是擺明要講張元詡下水救莊家四娘子的事情。

季雲妙開了這個話題，怎麼會就此打住？看了季雲薇一眼，她又繼續無辜至極地笑道：「四姊，妳說那日是不是特別熱鬧？三月的天，百花爭豔，湖水冰清，而莊家四娘子卻咕咚一聲，就掉到那冷冷的水池中了。」

季雲流轉回臉來，對此八卦來了興趣，側耳傾聽。

見她轉首，季雲妙笑得更加快樂。「六姊，妳猜怎麼著？莊家四娘子可是人比花嬌的人兒呢，一個姑娘家，這麼掉下水池去還不得凍死了？」

她戲這麼多，季雲流反而笑開了。「是呢，後來呢？」

「後來呀，」季雲妙往前一傾，離季雲流近了一些，蘭氣微吐。「後來張家二郎一個奮不顧身，就跳下池子去救她了。三月天寒，張家的二郎抱著莊四娘子游回岸邊，把人給拖上來……哎呀，真的是拖上來的，那一路的池子那麼長的路程啊，於是才子佳人可不就這麼出了一段佳話嘛！」說著，歡快一笑。「六姊，妳可知道是哪個張家不？正是那個當朝禮部侍郎的張家呢！」

「七妹！」季雲薇這次真的惱上了。「妳怎可在此胡言亂語，小心我告訴祖母，讓她罰妳跪祠堂！」

季雲妙見四姊是真的生氣，努了下嘴，靠回小枕上。

反正該講的都講了，她的目的本來就是讓季雲流這個鄉下農婦知道，與她訂親的那個張元詡已經打算另娶他人，嘔心嘔血嘔死了季雲流自己，那可不就夠了？

看她不再講，季雲流朝季雲妙笑道：「後來呢？七妹，後來怎麼樣了？」

哈？還有後來？季雲妙再轉首看她。

她眼角彎彎，一副好奇模樣，似乎對自己想要讓她難堪的心思全然不知。

「後來？」季雲妙眼珠一轉，看著季雲薇，勾唇一笑。

這一笑似乎要告訴季雲薇，現在是季雲流自己找羞，不干我事呢！

季雲薇看著季雲流，輕聲一嘆。

剛才聽見張家二郎跳水救莊家四娘子，什麼才子佳人的，不就應該全清楚了嗎？六妹居然還詢問後來，這不是自找難堪？

「後來莊家放話說，張二郎若是不賠莊四娘子這名聲，就要把莊四送到道觀束髮當道士呢！莊國公府四娘子乃當今皇后娘娘的嫡親姪女，若是皇后娘娘一道懿旨下來，讓張二郎娶她，誰又能攔得住？誰又記得張二郎之前從小訂親之人呢？更何況，莊家可是一等一的尊貴，莊四娘子可比我們尚書府的姑娘金貴多了，誰家兒郎不想娶呢？」季雲妙笑得很歡，聲音帶上了陰陽怪氣。「六姊，妳說是不是這個理？」

「是七妹說的這個理。」季雲流點頭。「再後來呢？」

再後來？事情都還沒發展到皇后賜下懿旨的時候，哪裡還有什麼後來？

我現在就等著看後來的妳哭死過去呢！

「再後來，」季雲妙見她蠢得死不停歇，想了想，想出更直白的話語。「再後來可不就是六姊要被張家給退……」

季雲流接下話，清晰道：「再後來，我順理成章被張家退親，祖母嫌我丟人，會把我安在道觀裡。道觀是無拘無束的自在之地，而為七妹前來議親之人卻都要望而卻步，就此不會再有什麼好姻緣。為何要望而卻步？只因家中出了個無緣無故被退親的親姊姊，京中之人就會猜想，季家定是門楣不佳，才會出了個被退親之人。三哥就算高中，日後入了廟堂之內，也要句句被人挾帶私諷，家中有個無故被人退親的妹妹，也許一生都要仕途坎坷。再後來，何二娘每天以淚洗面，日日鬱鬱寡歡，大夫卻說，心病無藥可醫。七妹，」

她轉過首，眼睛如漆，瞬也不瞬地瞧著季雲妙。「妳說是這個理不？」

第五章

「妳！我——」

季雲妙睜大眼，整個人都被季雲流說出來的話給弄癡傻了！

怎麼會是這樣？難道會是這樣？

季雲流被退婚而已，怎麼會引發到她和哥哥還有母親身上？

季雲流伸出手，抖了下手上的帕子。「一根藤上要是綁了幾隻螞蚱，無論動了哪隻，這個藤都是要抖上幾抖的，餘下的螞蚱也都要受波及。七妹若是懂了我們其實同坐一條船這個理，就不要再做這般心急眼熱、先吐為快的事，三思而行才是正經，不然船沈了，妳也要掉下河的。」

「我……」季雲妙只覺得自己腦子空空蕩蕩。

她母親出身商賈，她隨了母親，不好讀書，倒是通曉銀錢的活，此刻聽了季雲流這段算是通俗易懂的道理，一時居然想不出什麼話來反駁。

季雲流手肘拄著馬車窗口，單手托著下巴，看著季雲妙目光如銅鈴一樣地瞪著自己。

兩人對望半晌，季雲流終於側頭斜視道：「七妹，妳這麼一直瞪我也沒有用，我長得比妳好看，那是明眼人都看得出來的事實啊！」

「呵……」季雲薇與宋之晝摀嘴低笑開來。

季雲妙只覺得自己腦中血液全湧到喉管處，當場就想噴出來。

「季雲流，妳……妳這般無恥下作，這般不要臉，這麼不懂丟人兩字怎麼寫！妳在祖母眼前一套，身後又是一套，妳這種人最好被張家給——」

「七妹，夠了！」季雲薇放下帕子，一個小枕甩過去。「六妹說的妳一點都沒有記住嗎？一榮俱榮，一損俱損，這個理不懂嗎？莫說六妹是妳同一個父親的親姊姊，就算我有何過錯，也能牽連妳們，甚至牽扯整個尚書府的名聲！」

直視季雲妙，季雲薇這嫡四姑娘的氣勢迸出來。「大姊嫁於余伯府世子多年，每每被人提及，從來都是被人稱為尚書府的大姑娘，哪裡指過名？妳與我還有六妹同為尚書府姑娘，在閨中也好，出嫁從夫後也罷，能給我們在夫家撐腰的便是整個尚書府，而不是妳母親給妳準備的那些銀錢！而尚書府的名聲，不只要妳父親、哥哥等人的仕途通順來維持，還需我們後宅姑娘的和睦相處。妳這樣還沒長羽毛就忘了根，以後想飛高枝，又如何可能呢？這個道理妳若不懂，我明兒直接告訴祖母，讓她教妳便是！」

長長的一句話讓季雲妙的唇抖了抖，連帶手指都微微顫抖起來。

季雲薇的話說得明明白白，她就算不理解，也被最後一句「讓祖母教導」給嚇到了。

半晌，季雲妙終於眼眶通紅，指頭纏著帕子，氣虛道：「我知道錯了，四姊莫要生氣，我定會好好反省的。」

季雲流放下手肘，倚在小枕上，目光細細看著季雲薇。

臉不能藏心事的二夫人生了一個通透明白事理的四姑娘，季雲薇鼻正粱高，額角寬闊，眉清目秀，這一生也是順利富貴。

季雲薇罵完了季雲妙，頭轉過來，朝著與自己同坐的宋之畫歉然一笑。「讓宋姊姊見笑了。」

「沒有。」宋之畫也是尷尬一笑。

姑娘出嫁，靠的可不是整個府邸的名望嗎？門貴門貴，門楣落魄又怎麼出貴女？就像她，此生怕是都不能被人冠上「貴女」兩字了。

宋之畫說話之餘，再次偷瞄了一下季家這三位姑娘。

季雲薇沈穩老練，是穩穩當當的大家閨秀；季雲妙生嫩不懂世事，是嬌氣的受寵小娘子。唯獨這個季雲流……

本以為她會像季府那些婆子口中說的，是個打不還手、罵不還口的木頭愣子，卻不想是這樣的口才辨給。

看來，這個季六姑娘也是袖子一甩，能出一場戲的人物。

宋之畫打量完畢，垂下頭來。有這麼多人在自己面前各領風騷，這趟紫霞山之行，真的輪得到她尋得一個如意郎君嗎？

若是找不到，她可就要十七了！而家中卻落魄成這樣子……

季雲薇出聲罵過之後，馬車中便一直安安靜靜的。

季雲流再次拉開簾子一角去看外頭的景色。

來這裡半個多月，她連一次莊子的門檻都沒有出去過。

沒了高聳的煙囪、成排的大廈、喧鬧的車聲，只有草木鬱鬱蔥蔥，路旁野花鮮豔。

馬車不快，一路上山。

季雲流在車中起先只看外頭景色，後來只覺越看越心驚。

因為一路過來，她的視線只看得見南北一角，也把這個坐北朝南的紫霞山風水瞧了個仔細。

這裡群山環繞，地形四周環抱，似一朵大蓮花，而紫霞山便是群山的最高主峰。

太陽為火，大地為土，草木為木，山石為金，河流為水；金木水火土，五行皆占，地靈人傑之地，這紫霞山風水原來這麼好，簡直好到爆！

若在山頂最高的龍頭建個觀，道觀中再建個觀星臺，這個紫霞觀便真的是名不虛傳——紫氣東來，霞光漫天！

天黑之前，季家馬車終於趕到紫霞觀門前。

這大門開得也是非常講究，占據八卦中的巽位，即風位，是和風、潤風吹進的位置，以取「紫氣東來」之意。

各種馬車停滿紫霞觀的門口，若想進觀，還得等上一等，讓前頭先走才能保持順暢。

季家雖然出了尚書大人，到底沒有資格在這山上擁有一座別院，只能早早定下紫霞觀內的一座小院落，讓眾人居住。

車入門時，季雲流果真看到紫霞觀中的觀星臺，與自己想像的位置完全吻合，甚至風水之位比自己想的還要好！

這個觀星臺建造得極考究，外形如蓮花，上有蓋頂，但蓋頂不大，四面無牆，只有四根大梁柱。這樣的位置……怕是此時，觀星臺是正對北斗七星。

季雲流心中深深詫異，面上也有些激動之色。

她前生所學的東西就是所謂的玄學，玄學後人與道家淵源頗深，細細算起來，她也算道家子弟，對於這樣的觀星臺，如何不嚮往？

就像玩遊戲之人定然想要一個頂級鍵盤，殺豬之人定期望有一把最鋒利的刀，她季雲流也十分迫切想登上這觀星臺觀一觀。

可女眷不能輕易露面，到了觀門口，男子可以下車從正門進入，女眷還要坐於車內，一路行駛至觀後的獨立四合院中才能下車。

一路坐在車內，只聽到外頭傳來一聲。「各位姑娘，到了。」

眾人一一下車，見到小院的主要面貌。

是個小小的四合院，四面皆有一屋，門開東南側，中間一個小庭院，院中只能放一張八仙桌，上房與院門不過三十餘步。

「院子怎麼這麼小？」季雲妙看到之後，不由小聲嘀咕一句，看見季雲薇目光朝自己掃過來，又住了嘴。

宋之畫瞧著只有四面屋、一個小庭院的院落，也是暗暗心道：怕是要四個姊妹同睡一屋了。

此時的院子門口一直等著一個丫鬟，看這邊進了人，飛快地跑回不遠處的院落中，低低向席嬤嬤稟告道：「季府的女客都來了，確實住在梅花院。」

席嬤嬤隨手打發了這丫鬟，提著裙襬，跨進荷花院的上房中。

她快步走近坐在書桌後的莊二夫人孟氏旁邊，低聲道：「二夫人，季家的女眷已經在梅花院住下了。」

莊二夫人還未有何反應，旁邊一個眉清目秀的姑娘就站起來。「果真？那季雲流長得是何模樣？可有看清楚，是否粗笨無比？」

看見自家女兒這麼魯莽、沈不住氣的樣子，莊二夫人攏了細眉。「嫻姊兒！看看妳這樣子，成何體統？」

莊若嫻意識到自己確實太過上心，以至於失了禮數，於是又坐下來，聲帶委屈道：「母親，我只是擔心那季雲流會不同意張家的退親，所以才這般急躁了些。」

孟氏眼珠盯著自家女兒，半晌，慢慢道：「嫻姊兒，我再最後問妳一次，妳真的沒有私下與那張家二郎私相授受？」

「沒有！」莊若嫻聽了莊二夫人的猜疑，立刻坐得端正，手上絞了帕子，眼淚如滾珠般往下掉。「母親，您怎可這般懷疑我？您也知道出了那落水的事，我已經生無可戀，死亦不怕，但人言可畏，我都快被京城中的人說死了。若連您都懷疑我，我可就真真沒臉再活了！」說著一邊想起身準備往牆上撞。

一旁的丫鬟趕緊扶住她。「姑娘，夫人定是相信的，您可千萬不能想不開……」

席嬤嬤在莊二夫人一旁勸道：「是呢，夫人無須擔憂，四姑娘就算再怎麼傻，也不會拿自己的名節去糟蹋的。好人家哪裡沒有？我們四姑娘乃莊國公府的嫡親姑娘，議親之人那都是踏破國公府門檻的！若不是出了落水這檔事，怎麼輪都輪不到那張家二郎呢！」看見莊若嫻的臉色，她笑了笑，又替那張元詡開口道：「不過張家二郎也是個不可多得之人，單說他房中一個伺候的丫頭都沒有，也是要讓人稱讚的，更不用說莊國公都說他有一甲之才呢，這樣的男兒郎配了那無娘爹又糊塗的季六娘子，也委實可惜。」

四姑娘那模樣，分明是對張元詡上心得很，私下也與她通過氣，讓她在莊二夫人面前美言幾句。

莊二夫人心中也是贊同席嬤嬤所言，不然在外頭有別院的他們，哪裡還需要委屈在這個院落裡住一宿，就是為了想看看那個季家六娘子到底是個什麼模樣？

「嫻姊兒若是沒有與那張家二郎私下……」一嘆，莊二夫人握著莊若嫻的手道：「我就怕妳年紀小，心裡沒個算計，被人給騙了。若不是你們私下商量這麼一齣落水之事，那張元詡也算一門人傑。妳嫁與他，也是他張家高攀我們莊國公府，日後他入了仕途，還要靠妳祖父與大伯提拔他，定不會委屈了妳，我也確實放心一些。」

莊若嫻被莊二夫人這麼直白的話語說得滿臉通紅，用秀帕擋了擋面，垂下首來。

其實，她的心中就是這麼想的。

張元詡是家中嫡長子，就算現在張家現在門楣不顯赫，但張元詡有一甲之才，只要一朝高中狀元、金榜題名，她就是狀元夫人，張家就是朝中新貴，日後還能掌管整個張府，與張元詡一道攜手讓張家步步高升。

這樣的良緣她豈能錯過？

從莊二夫人的上房出來，回到自己耳房時，莊若嫻的臉依舊通紅。

她看著外頭漸黑的天色，轉首低聲問自己身旁的丫鬟。「薔薇，妳去打聽打聽，張二少爺可已經到紫霞山了？」說著，又走了幾步，向她探頭道：「若已經在前院住下，妳跟他說，明日未時三刻，我在後山的風月亭那邊等他。」

「姑娘！」薔薇看著自家姑娘這般糊塗地約男子私下見面，急了。「明日那麼多人在聽道法大會，若是有心人抓到姑娘與張家少爺的把柄，夫人肯定會知道姑娘與張二少爺有過私下往來的！」

莊若嫻想了想，而後道：「不會的，風月亭那邊一向人煙稀少，前院聽道法大會，一般人不去後山那邊。再者，妳也說明日的人那麼多，我獨自散步到那裡巧遇詡郎，誰又知道是不是私下約好的呢？」

薔薇緊抓著帕子，捂著胸口，出了門外。

四姑娘真的被鬼遮眼，不管不顧，連臉面和名節都不要了。親事都還沒有定下來呢，就連詡郎都叫出口了！

季府四姊妹果然同住一間客房。

這日，每人都風塵僕僕，又許是等著明日的道法大會，季雲妙也沒有弄什麼么蛾子與季雲流逞口舌，洗完澡吃完飯，就早早在自己的炕上睡下。

這裡的齋菜吃得季雲流食之無味，吃過飯後，看了看外頭的星辰，知道明日正是七政星最明的時刻，也準備躺炕上入睡。

但還未轉身，卻見那天樞星莫名強閃了一下，又暗下去。

季雲流眼一瞇，伸出左手快速掐算一遍。

天樞星在道家看來就是貪狼星，貪狼代表殺氣很強，個性衝動。

這貪狼星強閃，就代表事情有變！

把年月帶進去，各個關節依次過去，停在「赤口」上。

赤口，六畜多作怪，病者出西方，官非切要防，行人有驚慌。

明日……怕是有事不宜，不宜啊！

季雲流抬頭再看了一次夜空中的七政星，搖了搖頭。

這些朝廷上的事，如今於她又有什麼關係呢？五毛錢關係都沒有的事，她剛才又激動個屁。

於是她也不再理會，在炕上睡下。

也不知道明日的道法大會還能不能如常舉行？如果不能如常舉行，那可還要在這裡吃上好多天青菜豆腐的。喔，太殘忍，這日子根本沒法好好過了！

第六章

夜幕低沈，行宮內，玉琳接到屬下的稟報，說他們埋伏在松寧縣的三十一個人全軍覆沒。

「全死了？」玉琳眼色一沈，扣下了茶盞。「一個活著的死士都沒有回來？」

「是。」張禾如實稟報。「七爺也沒有去松寧縣，反而隨著莊六公子與謝三少去了紫霞觀，目前就在紫霞山的別院中。二爺，這次我們失策了。」

玉琳氣得把手中的茶盞向牆面甩過去，瓷片四濺，茶水把白牆染上一片青色。

氣完了，他轉首問一旁的人。「鴻先生，當初可是你跟我說，這次的甕中捉鱉，就算不能取玉珩性命，也能斷他左右臂膀的。現在怎麼回事？他不僅沒有事情，人還在紫霞觀遊玩呢！」

他的身後還有一個人，老而瘦小。那人聽見玉琳的話，從燈燭照不到的地方步出來，看著張禾。「明日紫霞山好像有道法大會？」

「是。」張禾應聲。

玉琳道：「鴻先生，你打算下一步該如何？你覺得那殺光我們死士的人，是不是就是玉珩派去的？」

翁鴻看著玉琳，緩緩嘆口氣。「二爺，看來這次是我們小瞧了七皇子。」他的手搭上玉琳所坐的椅背，沈思片刻，輕聲道：「一計不行，那便再施一計，道法大會也是人多眼雜的好時機。」

「好時機？」玉琳眼神一瞇。「你的意思是……」

翁鴻點頭。「七皇子這次定不會想到，我們會在眾目睽睽之下下手。」

張禾震驚地抬起頭。

翁鴻的意思是，明日他們要在紫霞山下手，解決掉七皇子？可那是皇家道院，且明日山上的人那麼多！

玉琳倒是不在意山上人多的事，他想的是另外的問題。「玉珩身邊有兩個護衛，該如何調開他們？」

翁鴻道：「二爺，到時只須調開一個七皇子的護衛便可。」

玉琳醒悟過來。紫霞觀中，先皇下過令，眾仙神面前不可褻瀆，不可帶刀槍進入，貼身丫鬟與小廝也限定只能帶一人，以免打擾紫霞山中的清靜。

翁鴻往前邁了兩步，出謀道：「引開七皇子身邊的一個護衛倒好辦。若之前松寧縣之局真是七皇子所破，那麼二爺您與七皇子就已經撕破臉皮，明日這事就算失敗，也不算打草驚蛇，只折了幾人而已。讓那些死士乾淨俐落一些，這把柄也不會留下。」

玉琳面有難色。「在紫霞山中殺人，父皇若怪罪下來……」

翁鴻不疾不徐。「若不可在上山下手，便綁了人，帶到無人之地再下手。倘使七皇子學過腿腳功夫，用些曼陀羅也能制住。現下最好的時機，只剩明日的道法大會，不然日後想要再近他的身可就難辦了。一來七皇子剛剛以為攪破松寧縣之局，料不到我們這麼快便有動作，因此也不會有所防備；二來就是紫霞山只帶一人上山的規定，於我們而言，確實百利而無一害！」

玉琳前後仔細想了想，也覺得是這個理。

人手與死士，他不缺這麼幾個人，但若用這幾個人換到玉珩一命，卻是天大的好事！

他與太子為親手足，嫡母已病逝，玉珩卻不同。

就算這個弟弟只有十五歲，卻不能以半大的孩子去考慮。他三歲識字，五歲誦文，八歲已會騎馬射箭。

除了嫡親同胞的大哥、太子玉琤，一共還有五個其他妃子所生的弟弟，其中死了兩個還剩三個，但從來也沒有一個才十五歲年紀就準備去尋幕僚，想參進朝中政事的！

這個七弟不除，再加上有個皇后親母，日後自己可沒好日子過！

想完後，玉琳續拿了一個茶杯，倒了茶水，看著裡面綠澄澄的模樣，笑了。

「明日我那七弟會不小心掉下紫霞山，你說我這個兄長該送什麼禮去探望呢？哈哈哈，直接給他下葬哭喪那是最好了……」

次日一早，紫霞山後院中，各家女眷們全都早早就起床。洗漱、穿衣、梳妝，一絲不苟，每人幾乎都把藏家底的行頭都拿出來。要清秀不張揚，又要襯托整個人的長相，還不能失了家族顏面，貴女如何穿衣是門高深學問。

季雲妙連換幾身衣服，換了套白色煙籠梅花百水裙，問了所有人，得到肯定後才作罷。三個姑娘各有特色，唯獨季雲流在莊子兩年，拿得出手的衣服竟只有那麼幾件。

季雲妙看著她一身水藍寬袖裙裳，笑道：「六姊穿得這麼寒酸，是沒有衣服穿嗎？穿這樣的衣服，還以為我們尚書府平日刻薄了六姊呢。」

紅巧看著季雲妙瞪眼。自家的姑娘可不是就被季府一直刻薄著嗎？

季雲流看了看自己身上的衣服，再看看季雲妙身上的，頷首。「比起七妹的，我的衣服確實清素些。紅巧，再幫我找件衣服來換換。」

紅巧步到季雲流身邊，聲帶難過，輕聲道：「姑娘，咱們就這一件最嶄新了，還是雲繡坊做的。」

雲繡坊是民間最好的衣繡，但尚書府這樣的人家，衣服其實都不是在雲繡坊這樣的民間小鋪做，而是在規格更高的官家衣紡鋪，毓繡坊。

紅巧的話讓季雲妙嗤笑一聲。「雲繡坊的衣裳還真上不得檯面，六姊還是別穿了吧，等下祖母見到，都要說六姊寒酸無比，給尚書府失了臉面。」

季雲流也不尷尬，腳步輕抬，到了季雲妙面前，輕笑道：「七妹都注意到我的衣裳給尚書府丟臉，四姊妹中也就七妹與我身形相仿，那麼七妹借件衣裳給我，應該無妨吧？」

季雲妙沒想過季雲流這麼恬不知恥，因此頓了頓，無從出口。

她轉眼看向自己放炕上的衣服。因她還沒有訂親緣故，為了這次紫霞山的道法大會，母親在她的衣服上可是下了重本。

若是借給季雲流，拿回來的衣服她才不穿呢！

登時，季雲妙脫口而出。「我不要借給妳！」

此話一出，季雲妙果然又看見季雲薇攏了眉，一臉不喜地看著自己。

她心中正打鼓，又聽見季雲流似笑非笑的聲音。「原來七妹指出我給尚書府丟臉是想羞辱我，而不是真心想幫助我的？」

季雲妙轉了目光，看見季雲流雙手輕搭，一身亭亭玉立地站在自己面前，臉上還是一貫的莞爾，讓人見了便生厭！

偏生季雲流還在那裡說：「七妹，妳在季府月月領著月錢，享著毓繡坊量身訂製的衣裳；我在莊子裡兩年，府中也沒有把我們每月的分例送到莊上給我，如今穿了件衣服還要被自家姊妹變著花樣取笑，這又是為何呢？」

季雲妙聽不明白。「妳是生了水痘才住莊子的，與我又何干?妳自己把別人的好心當成驢肝肺，就是想不要臉地借我的衣服罷了，不要找諸多藉口！」

「好。」季雲流整了整袖子，看向她。「那我便不找藉口了。」

這句話才落下，所有人就見季雲流如蝴蝶展翅般「飛」出這間耳房，邊跑邊眼淚滾滾，直入塵土。「祖母……」

季雲妙與自己的丫鬟金蓮面面相覷。

這季雲流是得失心瘋了吧？她只道一句而已，就當面大哭找祖母是什麼意思？這般反覆善變，完全跟不上她的步伐啊！

紅巧忠心，看見季雲流跑出廂房，立刻也在後面跟出去。

季雲妙這邊完全摸不著頭腦，而季雲薇卻聽明白了季雲流的意思。

她說兩年都沒有拿到府中分例，那是何氏刻薄她；說她穿件衣服還要被自家姊妹變著花樣取笑，那是季雲妙小心眼的緣故。

季雲流借衣服，那是要為尚書府保臉面，選擇彎彎繞繞地告訴季雲妙，是要留下這姊妹情誼。現在說不找藉口了，那就準備跟祖母講明白自己被何氏刻薄的事情。

「七妹，妳比六妹只小了幾個月而已，多長些心智吧。」季雲薇冷冷清清說了一句，也往上房去了。

宋之畫抿抿嘴，最後還是招了自己的丫鬟，也跟著季雲薇往上房去了。

「金蓮，」季雲妙怔怔的，看著敞開的房門，問丫鬟。「妳可聽懂了季雲流的話？還有，四姊的話是什麼意思？」

金蓮想了想，哎呀一聲，連忙道：「七姑娘，我們還是趕緊去老夫人那裡瞧瞧吧！指不定六姑娘就要去老夫人面前告狀了！」

「她要告我什麼？說我不借衣裳給她？」

「六姑娘說，在莊子裡沒有得到過月錢分例啊！」

「妳是說，她要說我母親私自扣下府中發給她的月錢，她要去祖母面前揭發我母親？」

季雲妙一猜測，整個人全身一震，連忙提著裙襬跑出去。

待季雲妙跑到上房時，季雲流正被季老夫人抱在懷裡拍著背。

季雲妙看見如此，只覺得季雲流已經伶牙俐齒地把全部事情都講完了。她上前屈膝請安，連忙道：「祖母可不能聽六姊一人胡言亂語，母親沒有剋扣六姊的一分月錢，這兩年只是幫六姊暫時攢著而已，待六姊姊回了季宅……」

話一出，滿屋刺眼的目光都掃了過來。

季雲妙立刻住了口，可是，為時已晚。

季老夫人鐵青著一張臉，道：「何氏一直剋扣六丫頭的月錢？」說著，拍了拍季雲流的手。「妳的月錢和用度被何氏扣著，那麼莊子上那些丫鬟、婆子的月錢呢？誰給的？」

紅巧那叫一個老實忠厚，撲通跪地就哭泣道：「回老夫人，奴婢們的月錢一直是六姑娘給的，是從已故的三夫人嫁妝中支出的。這兩年來，夫人給姑娘備的嫁妝已用去大半，待日後姑娘出嫁，怕是、怕是……」

怕是一擔嫁妝都抬不出，都要從尚書府的公帳上給她備嫁妝了。

陳氏與王氏全都睜了眼向季雲妙瞧過去。

季老夫人一把抓起一個茶盅，就朝季雲妙的身上砸過去。「混帳東西！季家怎麼出了妳們這樣的孽障！」

茶盅在她身邊迸裂開來，水濺一地。季雲妙只覺得耳中嗚聲作響，眼前一黑，暈倒在地上。

季雲妙被婆子掐了人中後才幽幽轉醒。

季老夫人雖然大清早就大動肝火，但是在紫霞山這種清修之地，也不能把季雲妙給怎麼了。

山不轉水轉，一切還是要等回到季府再處置。

「姑娘，您總算醒了！」金蓮坐在炕邊，眼淚漘漘。「可嚇死奴婢了。」

季雲妙一個抬手，金蓮立刻扶她坐起來。

季雲妙剛坐起，直接抬手甩了金蓮一巴掌。「蠢貨！妳說，妳是不是故意讓我在祖母面前犯下大錯的？若不是妳跟我講我母親的事，我哪裡會跑到祖母那裡口不擇言！」

金蓮連忙跪地磕頭，哭道：「姑娘明鑑，我就算有一萬個膽子，也不敢讓姑娘在老夫人面前犯錯啊！實在是、實在是那六姑娘……」

實在是那六姑娘太會作大戲、太刁滑有心機；實在是自家姑娘太傻，蠢到超凡脫俗。

但這些話她只能在心中想想而已，是萬萬不能說出口的。

季雲妙抬腳想踹過去，聽見門外敲門聲，那聲音規矩地敲了兩下。「七姑娘，老夫人要您去外頭一塊兒用早膳。」

她才記起來這屋子的簡陋。

剛剛醒來片刻都不到就已被人知曉，過來敲門，那剛才的話應該也被別人聽清楚了！

季雲妙全無他法，此刻惱不得、怒不得、氣不得，更不能衝出去與季雲流撕她個披頭散髮，滿臉指甲印，只好一股腦兒要把衝到喉嚨的血給全嚥下去，抓起金蓮道：「趕快讓我再換身衣裳，梳整一番！」

看見金蓮翻箱籠找衣服，季雲妙定了定心神，又問：「六姊剛才大哭著跑出去，不是說我母親之事，那是跟祖母說了什麼？」

金蓮手一頓，低頭輕聲道：「六姑娘說，昨夜噩夢，夢見每日在道觀中與青菜豆腐為伴，沒有雞鴨魚肉下食，心中很擔憂……」

嘶啦！季雲妙直接撕爛手上的秀帕。

好！好妳個季雲流，好好的大家閨秀不做，偏生要去轉性子耍大戲！如今祖母惱了我、稀罕妳，我倒要看看妳這個大蒜到底能不能裝成水仙！

荷花院的莊二夫人那邊早早掐好了時辰，聽見來人稟告季家已經出院子，正朝這裡過來，才攜了莊若嫻一道緩緩出了荷花院。

母女倆嫋嫋娜娜，方邁出門，就與季家女眷撞個正著。

陳氏看見莊二夫人，拉著季雲流的手驀然一緊，然後定神拍了拍她的手，帶著她走上去，微微頷首，行了個禮。「莊二夫人與莊四娘子昨兒也在這後院過夜？」

季雲流跟著陳氏行了個禮。「見過莊二夫人。」

她輕輕一瞥，瞥到莊二夫人的面容，印堂光潔，天平廣闊，是個子孫昌盛的，只是鼻梁帶結，眉毛缺漏，是個重利輕義之人。

莊二夫人目光在季雲流臉上掃過，眼中略略詫異之後，對陳氏回禮。「是呢，雖說莊府在後山有座別院，但都到了這裡，若嫻這丫頭就說要對天尊表誠心，可不就在荷花院與我過了一夜嗎？」

莊若嫻也朝陳氏行禮。「見過季大夫人。」

後面一批人過來也紛紛按輩分行禮，而後眾人錯身又開始往前走，好像這一遇，真的是不期而遇。

莊二夫人帶著一群人走在最前頭，手一扶，握上女兒的手，對莊若嫻輕輕一笑。

莊若嫻回了個笑，那笑裡藏著志在必得的模樣。

陳氏看著面前的莊二夫人與莊若嫻，攏了眉，握上季雲流的手，輕聲說：「妳且寬心，大伯母定會為妳作主。」

季雲流看著前面緩慢行走的背影，輕輕笑了一聲。「好。」

前面的莊若嫻腳步又急又暴，身輕腳重，這一生只怕會同這步伐一樣，前路難走。

莊四娘子想與張元詡成良配？算了，與她何干。

陳氏低頭看她模樣，暗嘆一口氣。

傻丫頭欸，讓妳寬心，妳還真寬心上了，那可是終身大事啊！

季雲妙此刻想到季雲流最後慘敗的模樣，就想仰頭大笑。

季雲薇與宋之畫也是聽過莊若嫻與張元詡之間亂七八糟的事情，此刻都在心中嘆了口氣。

季雲流也忒可憐了些，生母不在世間，生父不聞不問，後母又欺負她，現在連未婚夫君都要沒了……

那明眼人都看得出，莊家應該是對張元詡上了心的，不然出了這事，一般人家哪個不是把自家姑娘藏掖起來，哪裡還會這麼大搖大擺地帶到紫霞觀聽道法，還要與張二郎的訂親之人來個偶遇？

第七章

一行人前後到達三清大殿的側殿。

殿中已經候了許多人，季家女眷到的時候，好些人都到了。人雖多，可大家都自矜身分，敬重各路神仙，見到對方也只是微微點個頭就表示敬意，不會斜眼打量與喧鬧。

在自己位子上入座，等了片刻，就聽見一道是女非女、是男又非男的太監聲音。「皇后娘娘到──」

所有人起身，跪地相迎。

皇后莊氏被人扶著，一身沉香色挑絲雙窠雲雁的廣袖宮裝，頭戴圓框之冠，外冒翡翠花鈿，從三清殿的正門跨步入內。

與她身後兩步的是當今七皇子玉珩。

行了個參拜大禮、上過香後，皇后才慢慢轉身看向眾人，啟唇道：「諸位與我一道聆聽道法，清靜之地不必有此大禮，都起來坐吧。」

眾人謝恩後，無聲尾隨皇后之後落坐。

皇帝忙於朝政，每三年才會來一次紫霞觀；皇后倒會每年親自蒞臨，眾人也已習慣，因此面上還是原本模樣。

心中激動的大約也是那些第一次過來的姊兒與哥兒，但自家長輩也告知過，這一日千萬不能出任何差錯，所以也無人抬頭探究皇后娘娘的容顏到底如何？

許多小娘子聽說這日七殿下隨皇后過來，都不禁抬首想瞧一瞧據說風采如畫的七皇子。此處人多，明目張膽的到底沒有幾個。

季雲妙也只是微微抬眼，看見了半張容顏，僅這半張，也知此人定是人中龍鳳。

皇后與一屋子人坐在三清大殿，等候秦羽人到來。

一個時辰過去了，大家終於從原先的淡定從容變得焦慮。

道家注重黃道吉日、良辰吉時，秦羽人主持道法大會已十八年之久，從未遲誤過，今日難不成是出了什麼事？

皇后低聲囑咐旁邊的公公一番，接著眾人的眼角餘光便瞥見那公公快速步出三清大殿。

玉珩目光直視前面的三清神像，心中想起的是，前日那小道士說的天機變幻。是什麼天機讓秦羽人整整閉關半個多月都未推算出來？

眾人約莫又等了半盞茶時間，就見之前的太監領著一個小道士進來。

小道士先對皇后跪地行了大禮，然後又站起來，轉身對在座眾人揖禮到底，態度不卑不亢。「諸位，家師秦羽人閉關未出，此次道法大會因此延後，請諸位在紫霞山暫住幾天，若家師出關，必定第一時間告知。」

眾人抬起頭，面上都有些愕然。

道法大會都能延後，這秦羽人的閉關倒是真的非同小可了。

皇后聽見小道士這麼說，攏眉思索了會兒，最終站起來，一手被宮人攙扶著，朝在座的眾人道：「既然秦羽人閉關參悟天機，事關我大昭興旺，我等還是等上一等，且在紫霞山中住上幾日吧。」

皇后都這麼說了，大家不再，也不敢有何怨言。

沒了道法大會，皇后帶頭又向三清行了參拜禮，離開正殿。

女眷個個講究體面，等皇后離去後，都目不斜視地從側殿小門有序地離去。

男眷這邊也依次從側殿離去。也有些兒郎會留在大殿中，讓小道士為他們卜上一卦，問問運道與前程。

莊少容早上來得晚，到達殿內時，一眾男客已經各自入座，如今一邁進側殿，頭一揚，就看見了張元詡。

張元詡站在一眾已入了官場的後起之秀中，溫文爾雅地說著話。

許是感覺到目光，他轉首向莊少容瞧過去，見是莊六公子，展顏笑起來，微微頷個首，權當打了招呼。

莊少容怎麼說也是世家公子，微怔片刻，隨即淡淡頷首，回了個笑。

張元詡落落大方，微笑著轉回去，繼續和友人談天。

肩膀一動，還未回神的莊少容被謝飛昂勾住肩膀拖到一邊。「莊小六，這裡悶得很，咱們出去一道走走。」

「謝三，仙家面前不要動手動腳！」莊少容很想一巴掌把謝飛昂拍死在各路神仙面前，但如此莊嚴肅穆的氣氛下，他生生忍住了。

就聽見謝飛昂語聲一轉，帶些涼諷道：「你家那四姑爺不僅有一甲之才，看來還有秦相的圓滑處事之風啊！不得了，如此年紀連自己的仕途之路都會鋪了，日後必定是個人物。」

「謝三，他未曾是我的姊婿！」莊少容忍住的怒火又一次迸出來。

「快了嘛，算盤上的帳賴不掉了，不然出了這事……」謝飛昂笑出聲。「不僅是你阿姊要哭死在家中，連張家也要把張元詡給打死，哪裡還能看見他站在這裡談笑風生。」

莊少容垂下首，面上晦暗不明。

正說著，玉珩帶著席善從側殿中走出來。

適才他被秦相拉著敘談了一會兒，倒是比兩人晚了片刻。

「七爺。」謝飛昂出聲喚他。

因玉珩還未封王、賜表字，在場眾人若顯恭敬，都會喚他一聲七殿下，不過謝飛昂這一聲公然的「七爺」，讓玉珩也是面色平常。

他轉過首去，等著他的下一句話。

謝飛昂道：「七爺可是要回別院？一道唄。」

玉珩又轉向莊少容瞧了一眼。莊少容此刻還遠望著側殿中的張元詡。

謝飛昂一把抓住他胳膊，拖了出來。「走了走了，看也看不出一朵花來，不要讓人覺得是你看中張家二郎，才如此這般思思念念……」

莊少容未等他說畢抬腳就向謝飛昂結結實實地踹過去。「把你的狗嘴閉起來！你不說話，我定不會當你是啞巴！」

走了兩步，莊少容又記起謝飛昂的話。「你適才何出此言？」

謝飛昂閉著嘴，搖搖頭。

莊少容以為他是不懂自己所指何物，又解釋道：「你說張元詡小小年紀會鋪仕途之路，何出此言？」

謝飛昂閉著嘴，再次搖搖頭。

莊少容撫上額頭，頭都痛了。「你定是故意的！」

「你這個人才善變呢，讓我閉嘴又讓我開口……什麼都是你說了算。」看見莊少容臉色鐵青，謝飛昂終於說正事。「你用眼瞧瞧張二郎身邊那幾個人，無一不是朝中後起之秀。張元詡什麼身分？連個官職都沒有的秀才而已，家中祖父最高也就三品侍郎，站在那群人中竟也能談笑風生。這般手段，你莊六公子可當真辦不到。」

看他一眼，謝飛昂繼續逞口舌之快。「你再看看與他訂親的季六娘子是什麼身分，你家姊是什麼身分？說句逆耳的，娶妻不就為了鋪平仕途之路嗎？他若不是一心志在仕途，家中為何兩個近身的丫鬟都沒有，且還如此大費周章地換個賢妻呢？」

莊少容又再次抬起腳踹向謝飛昂。他就知道狗嘴永遠吐不出象牙！

謝飛昂躲過那一腿，哈哈一笑。「莊小六，你實話實說，難道我適才說錯過一個字嗎？你們心自問，季六娘子容貌與你家姊比起來，哪個更得男人喜歡？」

「謝飛昂，你住嘴！我阿姊那是……那是身不由己！」莊少容臉色都急青了。「你不要以你的小人之心把他人都想得如此不堪！」

「好好好，是我小人之心、是我憤世嫉俗，我嫉妒張二郎有雙美在側又有大才。」謝飛昂又是一笑，上前兩步，準備去勾玉珩的肩頭。可抬了手，看見玉珩的視線輕飄飄地瞥過來，只得停手放下來。「七爺，你覺得我說的有錯嗎？」

玉珩轉首瞥過殿中的張元詡一眼，繼續帶頭往道觀外而去。「倒是沒錯。」

張元詡嗎？是個人物，不過這樣的人物，他不要也罷。

這一世，他怎麼可能再讓這樣的人投靠過來。

莊少容不住地往後再瞧了瞧，頹然地垂下頭來，跟在兩人身後離開。

他不傻，如今被謝飛昂這麼一提，腦中似乎也清晰了一些。但是無論如何，他都不相信姊姊的落水之事會是個有意為之的「巧合」。

沒了道法大會，各家女眷有在院中小憩一下，也有串串門子聊家常的，更有去後山觀景散步的。

莊二夫人這次沒入住紫霞觀的小院，而是帶著一干人等回了莊家別院。

這地方連個彎都轉不過去，為了看季雲流一面，委屈上一夜可真是耐心已盡。

別院比紫霞觀的小院是大了些，到底與莊國公府不能比，穿過一個拱門、庭院，就到了莊老夫人住的上房。

請過安，莊老夫人便問：「怎麼，見過了？」

莊二夫人知道莊老夫人問的是見季六之事，點頭道：「見過了，倒也是個俊俏的。」

莊老夫人用糖水潤了潤喉，笑了一聲。「是嗎？可任她美成天仙又有何用呢？」

莊二夫人跟著笑一聲。

她們心中都清楚，張元詡就是個不重容貌的人物，不然為何年十六，家中連個通房丫頭都沒有？

對貴女來說，容貌只是出嫁的助力，卻不是主要籌碼，不然紅樓伎館那些女伎不是都要一步登天了？

莊老夫人放下湯碗，又道：「用過午膳，與我一道去給皇后娘娘請個安吧。」

莊二夫人心中一喜，站起來恭敬行禮道：「是。」

與皇后請安，就是代表請皇后娘娘出面了。

莊若嫻緊抓自己的秀帕，才沒有讓心中的喜悅之情逸出嘴唇。

只要她的母親見過皇后娘娘，她與詡郎的良緣指日可待了！

梅花院落中，午後也迎來一位女客，是陳氏的母家妹妹小陳氏。

陳家門楣不顯，父親只是個從五品的翰林院侍讀學士，選女婿的眼光倒是非常不錯。

二十多年前，陳氏嫁於季德正時，季德正只是個舉人功名，也正是與陳氏成親後，季德正一路高中、步步高升，二十幾年間就成了二品尚書郎。

小陳氏的姻緣更是讓京城眾貴女豔羨。當時寧將軍是個從四品大將，雖有四品官帽，但他的姻緣硬是拖到二十有五還未著落，只因他整日鎮守西北，幾年不曾回一次家中，因此家中有貴重嫡女的都捨不得嫁給這樣的「莽夫」。

當年娶小陳氏，寧將軍只盼成親留後，好讓他的子孫能留京替他給父母盡孝，讓他無顧慮地守在西北戰場。

當時整個京城都覺得，誰若嫁進寧家，就是進去守活寡的。

哪裡知道小陳氏嫁進去後四年，寧將軍就平定了西北戰亂，凱旋而歸。皇帝賞賜不斷，加官進爵，寧將軍生生自從四品提到了正二品大將。

而後十年，寧將軍帶著小陳氏一路從軍出征，平定小亂無數，年過四十五才請辭回京，還把軍權都卸下來。

大昭重文輕武，就怕武將手握軍權起兵造反，寧將軍這般作為大悅皇帝龍心，因而大筆一揮，聖旨一道，就給寧將軍分了伯爵位，賜了府邸，子孫皆可世襲爵位。

小陳氏也從被人不看好的「活寡婦」，生生變成寧伯府夫人，嫡長子都可以被人稱一聲「世子爺」，子孫生生世世享受這個稱謂，真是何等尊貴！

陳氏見了小陳氏，行了個禮。

「姊姊這是要折煞妹妹了……」小陳氏連忙相扶。

姊妹二人自幼感情交好，出嫁後也書信不斷，陳氏便不再客套，把人迎進來。

院落小，幾個女眷的上房都顯得擁擠。

陳氏站在廊廡下，側頭看廂房，朝旁邊的林嬤嬤吩咐。「紫霞山人傑地靈，後山風景秀美，妳且去讓屋中那四姊妹出門散心吧。」

她這麼說，就是不想她們在上房的談話讓四個姑娘聽到，畢竟這裡隔得太近，屋舍簡陋。

四個姑娘聽到林嬤嬤替陳氏傳下的意思後，也都是高興的。

道法她們聽不怎麼懂，原本到紫霞觀可不就是為了「出門散心」一刻嗎？當下戴上紗帽，帶著丫鬟便出去了。

林嬤嬤看著未邁出門的季雲流，動了動眉頭。「六姑娘？」

季雲流抬眼看著林嬤嬤，躊躇著。

今日有事發生，不宜出門，誰捲入誰倒楣……她不想出門啊！

的。

春日百花開，紫霞山後草木繁茂，還有亭榭假山，景致確實別具一格。

各家小娘子戴著紗帽漫步在山道上，有望景望天的，更有望一望有無中意匹配少年郎的。

待走出紫霞觀後院，人便少了。

季雲薇帶著宋之晝等人也不知道去了哪裡，季雲流看她今日印堂飽滿、光明如鏡，定有吉運，帶著紅巧追了一路，想著蹭蹭運道，卻不想一路追過來也沒有再遇上。

她正欲轉身，老老實實回紫霞觀中找個地方待著，一轉首，便看見兩個男子推著板車往紫霞觀去。

板車上是高大的菜桶，兩人身後跟著一個壯實的男人，不斷催促。「快點、快點！廚房等著用菜呢，片刻都耽擱不得！」

季雲流忽然停了腳步，站在一塊岩石上，細看三人。

壯實男人大約覺得有人在打量自己，也將頭轉過去。只見一個頭戴白紗帽、身穿水藍裙的少女站在不遠處，側著頭。

紅巧看自家姑娘在光天化日下，盯著幾個陌生農家送菜上山的男子，目不轉睛，尷尬之餘，出聲替季雲流挽回顏面道：「你送菜便送菜，喊那麼大聲做什麼？紫霞山清淨之地，嚇到人可怎地好！」

壯實男人被斥喝，見兩個姑娘穿著不俗，哈腰作了個揖。「對不住、對不住，我太急躁了些，喊話太大聲，還請姑娘千萬不要責怪。」

季雲流眼眸微垂，看著自己手上的帕子，掩去情緒。「無妨，你們請自便。」一轉身，又朝著後山走了。

紅巧見那邊三個男子推著車進觀，再見自家姑娘不回紫霞觀，還要往後山走的模樣，上前稍稍擋了擋。「姑娘，您不回去了？」

季雲流道：「道觀中有惡棍，我挺害怕的，我們還是在這裡走走好。」

紅巧聽不懂。「道觀中有惡棍？」太平了百年的紫霞觀怎麼會有惡棍呢？這裡就連世家子弟都不會在山上惡語相向的。「姑娘不用怕，無人敢在觀中行歹的。」

季雲流笑了笑，看著青天白日的朵朵浮雲，不再言語。

那三個男子，眉長眼深，額寬耳長，腳步沈沈，骨粗肉瘦，一看就是官家人的身分。

他們既然為官場中人，哪裡又是什麼賣菜的農家良民？

朝廷中人上紫霞山卻要扮成三個良民模樣，是做什麼？

也不知等下誰要倒楣遇險了……

第八章

兩人走了會兒，卻聽見一道尖銳聲音在後面響起。「季雲流！」

轉過身，看見正是季雲妙朝自己嗤笑而來。

「七姑娘出了紫霞觀，連輩分都忘了？」紅巧聽她指名道姓一喊，登時面色就不好看了。「若讓老夫人、大夫人知道七姑娘這般沒有規矩……」

「死丫頭，我們主子說話，哪裡輪得到妳在這裡插嘴！」季雲妙兩步上去，抬手就要甩紅巧巴掌。

季雲流手一抓，抓住季雲妙的手。「七妹，景色如此美好，妳卻如此急躁，這般不好，會老。」

這個同父異母的妹妹蠢得讓人有點頭疼啊……

季雲妙甩了下手。「季雲流，妳莫要以為祖母現在待妳好上一些，就能耀武揚威了。等妳到了季宅，便知道何為難過，且到那時，妳莫要追著我哭才好呢！」

季雲流頷首，無所謂。「定不會追著七妹哭的。」

「妳……」這兩日早已見過此人不要臉皮的模樣，季雲妙也不再氣自己。她緩了語氣，陰惻惻地緩聲笑道：「六姊，我是來告訴妳一事的。妳猜我適才看見了什麼？我剛剛可是看見莊二夫人往皇后娘娘所住的別院去了。妳可知道莊二夫人是去幹什麼？姊姊這麼冰雪聰明，我想定能猜到的！」

季雲流看著她，打量半天，慢吞吞道：「七妹，撕逼其實很累的，我們之間不如就此算了吧。」

季雲妙頓了頓，嫩白的臉皮掀了掀，半天都回味不過來「撕逼」兩字的意思。

可見季雲流轉身要走，季雲妙當下一抓，用力扯住她手臂。「妳走什麼！我還沒說完——」

季雲流前些日子底子還弱，這般被她一扯，踉蹌一步，直往後仰摔而去。「紅巧！」

紅巧眼疾手快，連忙扶住她。

扶是扶住了，可手忙腳亂中，不慎把紗帽都打翻在地，各人鞋底印都踩了幾步在上面。

「季雲流，我們之間的事哪可就此算了……」季雲妙話未完，一抬眼，就看見前面兩個男子站在不遠處的山巒上。

那兩人一白一藍、一前一後，白衣人負手迎風而立，藍衣人彎腰站在他身後，明顯是主僕。

少年主人面如冠玉，眼若流星，氣度逼人。

不過片刻工夫，季雲妙就想起此人是誰，臉色霎時慘白如雪，氣了個發昏。

那人可不正是當今的七皇子！

當下，季雲妙作賊心虛，提了裙襬，轉身往後拔足狂奔而去。她都快羞得撒了頭髮，滿地打滾去了！

天哪，為何這般巧合，在這裡遇見七皇子！也不知道有沒有讓他看去自己那些不堪的姿態？

紅巧看著季雲妙如見鬼一樣地一溜煙沒了人影，一臉莫名其妙。「七姑娘怎麼了？」

季雲流搭著她，讓自己站穩。「許是見鬼了吧。」

季雲妙今日臉帶黑氣，加上小姑娘這樣蠢的屬性，三分黑氣不就被發揮到極致了嗎？若沒見鬼，都是紫霞山人傑地靈之故。

抬起眸，她看見一團紫色東西朝自己滾過來。她頓了頓，仔細一瞧，可把那團「滾」過來的紫色東西看清楚了。

正是前日在莊子上看見的馬上少年郎。

這人白衣如雪、黑髮似墨，整個人翩然如玉、清幽似雪，踏花臨風般向她們這個方向走來。

難得難得，難得有個男兒郎不僅有極貴的命格，還有副謫仙般的好皮囊。

後山見人，無論熟不熟，也要行個禮表示問安，何況此人身分尊貴。

季雲流帶著紅巧，屈膝行了個禮。

玉珩一路緩慢走來，停了腳步，帶著席善站在季雲流面前不遠處，略垂了眼簾，目光緩緩下移，停在地上的紗帽上。

席善立刻彎腰，上前一步撿了紗帽遞過去，和善地出口問了一句。「您沒事吧？季六娘子。」

自家主子為了躲避莊老夫人而出別院，卻遇上季六娘子，看看，這便是天賜的緣分！

「多謝。」季雲流微微一笑，又行一禮；紅巧亦跟著一禮，接過席善手中的紗帽。

她不回答自己到底好與不好，不過這意思，席善也是懂的。

到底是勛貴人家出身的人物，亦要知守禮節。

待準備起身離去，卻聽見玉珩秀唇掀起的話語。「後山人少，姑娘還是回道觀中周全一些。」

清風一縷，在錯身而過時送來如此清冽的聲音，當真有一種邈遠之味，似乎也要融在這清風中。

季雲流腳步一頓，掀唇笑了。「好。」

側過身，她微抬起眸，一抹笑再漾開。「春日桃花競相綻放，站在桃林中沐浴春光也是一樁美事，少爺亦可去一探其中美景。」

桃者，五木之精，故壓伏邪氣者也。

少年郎，就算你的表情酷斃了，也掩蓋不了今日印堂發黑、烏雲蓋頂的事實，趕緊去桃林摘兩株桃花枝辟辟邪、擋擋煞，知道否？

玉珩從紗帽上移開目光，轉到她臉上。

陽光流瀉，全灑在她身上，裙袂被風微微吹起，如綻放的花朵。

還未應聲，再眨眼，季雲流又屈身一禮，帶著丫鬟步步離去。

聲猶在耳，人已遠離，婀婀身影映在蒼翠樹木中。

席善看著少女遠去的身影，心中激盪，全身氣血上湧，差點失了規矩。

七爺溫言提醒季六娘子回道觀，而季六娘子脈脈相薦七爺去桃林看花，這便是所謂的郎有情，妾有意！

玉珩不知席善心思，見季雲流離去，也不再停留，起步往山巒更高的頂端走去。

席善跟在後面，看著他要走的方向，不禁問了一聲。「七爺，您不去桃林嗎？」

桃林？玉珩瞧著天邊流動的白雲，鳳目微瞇。

「我何時說過要去桃林？」

他適才只是看見這個日後要束髮在道觀，終此一生的季雲流，起了一絲惻隱之心，提醒一句而已，卻不想對方舉薦了一處桃花林。

然而就算桃林豔麗繽紛，同他又有何關係？

莊若嫻親眼看見莊二夫人與莊老夫人出門去了皇家別院，便由薔薇打點一番，提著裙襬，直奔後山。

一日不見，如隔三秋。上次在二皇子府邸一別，已經一月有餘，思念已如同洪水氾濫成災，擋都擋不住。

薔薇見自家姑娘腳步飛舞，快速在後面跟上，而後左右看看，四下都過了一遍，確認是否有人跟著她們。

姑娘已經豁出去不要臉了，但她還是得把持住一些，不然出了差錯被二夫人發現，受罰挨打，甚至被發賣的全是自己。

兩人一路出紫霞觀便腳不停留，一路目不斜視，直奔風月亭。

莊老夫人帶著大兒媳、二兒媳，也已經到達皇家別院，給皇后請安。

面對自家母親，皇后和煦如風。

母女攜手相坐，皇后連主座都未坐，在莊老夫人身旁坐下。「今日瞧著母親精神不比前些日子，母親可是有煩心事？」

莊二夫人用手帕壓了壓眼角，語聲難過。「皇后娘娘有所不知，老夫人今日吃不好、睡不好，讓我們做兒媳的也很擔憂。」

皇后自然關心地反問：「是何事惹母親憂心？」

莊二夫人的聲音更加泫然欲泣，用手帕蓋住臉。「還不是我那孽障在二皇子府中落水之事。出了這檔子事，老夫人急得不得了，整日憂愁，太醫都說老夫人這是心病……我、我……」

莊二夫人也不拖拉了，撲通一聲跪下，向皇后磕頭。「娘娘，就算為了老夫人，您可也要幫四姊兒作主呀！」

如此時機，莊老夫人也起來對皇后深深一福。「娘娘，老身那四孫女從小識禮知書，平日也孝順得緊，此次落水一事，實不為她所願。那傻丫頭現在日日以淚洗面，老身看著，心中很不捨，還望娘娘能讓四丫頭留個好名聲。」

「母親，不可行此大禮。」皇后親手扶莊老夫人起身，轉首向身旁的嬤嬤看了一眼，那嬤嬤就心知肚明地領著屋中的丫鬟退出門外，自己關了房門，守在門外。

莊老夫人落坐，皇后環視莊家大夫人與二夫人，目光又停在莊老夫人臉上。「阿娘，現在我們一家人關起門來不說外話，四姊兒這事，我不能插手。」

莊二夫人眼一縮，都快忘了規矩，直接拿眼瞪皇后。

莊老夫人見皇后連在閨中對自己的稱呼都出來，知道這事重大，立刻把身體坐正。

皇后看母親面色不善，扶上她的手。「阿娘，七哥兒過幾個月可就滿十六歲了。」

七皇子年十六與四丫頭的事又有何干？莊老夫人不懂。

「阿娘，您可知道七哥兒前些日子剛跟我說，他打算入朝幫皇上分憂，想讓皇上分個職務與他。他從小就是個懂事的，我從未擔心過，但朝中處事哪裡是讀書、習武般這樣簡單，我不能為他分擔也罷了，可不能給他樹敵。」

皇后說到這裡，看了莊二夫人一眼，再轉回來。

「張家訂的親可是季家，那季雲流可是主管禮部季德正的姪女。過幾個月，七哥兒那是要封王了，冊封之事全由禮部主持，現在可不是握在季德正手上？若為了四丫頭的事得罪了季德正，冊封有個疏漏，七哥兒在他眾哥哥面前就抬不起頭了。」

莊老夫人聽到這裡，頓時就扶上皇后的手。「四丫頭這件事確實不該煩勞娘娘，娘娘若出面，恐怕會被抓住把柄，說皇后有偏幫之嫌。」

七哥兒可是自己的嫡親外孫，冊封可不是什麼小事！皇上一向喜愛七哥兒，冊封那天或許還有封地，若季德正心懷怨言，諫言幾句，屬地被選個荒涼的，更甚者屬地都被暫時擱下，那就鬧大了！

這個外孫是個皇子，孰輕孰重，莊老夫人被這麼一說，還不全明白？

「正是這個理呢！」皇后見自家母親還算是個明白的，鬆了口氣。「這事說起來，兩家小娘子都沒錯，我若貿然插手非要讓張家退了季家，朝中人該怎麼說我？我若不管不顧一道懿旨下去，開罪了季尚書，皇上知道，定要把我放進冷宮了！」

皇后句句直入莊老夫人心臟。莊老夫人被「冷宮」兩個字說得一顫一顫的。

皇后再道：「若說成人之美，我也有這個心。季雲流先與張二郎訂親，這先來後到一分，四丫頭嫁進張家後，也必然要為小的。只是我們國公府這樣的臉面……」

莊二夫人驚愕得睜了睜眼，軟在椅子上。

為小的……那不就為妾了？她莊國公府嫡親出來的女兒，給人家為妾？

莊二夫人眼淚便撲簌簌地落下來。「阿娘，您可不能讓嫻姊兒給人做小！我、我就這麼一個女兒，若為妾，我們國公府的臉往哪裡放呀！阿娘千萬不能讓嫻姊兒做妾，我們不嫁張家、不嫁張家，我們不結那個親了！那張元詡有什麼臉面讓我們嫻姊兒與他為妾？季雲流那樣的山野村姑進了府，日後還不把嫻姊兒折磨成什麼樣呢！」

季雲流帶著紅巧在後山一路走，沒有立刻返回紫霞觀中。裡面有歹徒，就算目標不是她，遇到了也是一樁麻煩事。反正出來了，就帶紅巧選了後山的石堆假山處落坐。

這裡處於山腰之間，邊上是假山石洞，再往上就是杏花林。春天，杏花繁茂，冠大枝垂，同楊柳一般臥在上頭，蓋住整個假山石洞；春風吹作雪，紅花朵朵如胭脂萬點，非常壯觀動人。

「好地方。」

紅巧看季雲流在假山的石桌旁坐下，便知道她讓自己帶食盒出來的用意。她善解人意地輕輕開口。「姑娘可是需要食用一些糕點？」

季雲流眼一亮。「正是餓了呢！」

紅巧打開食盒蓋子的手一抖，險些把這一籃子的糕點全數都抖出去。

她抬頭看了看天際，想到自家姑娘日後發展下去的體態，只覺得心中沈甸甸的。

席善跟在玉珩後頭，一路蜿蜒往上走，直到站在最高頂端才停下。

這裡望景，天空高遠，底下杏花繁盛一片如花海，如天宮仙家之地。

玉珩負手仰頭而立，身姿挺拔，猶如一把出鞘利劍，白袍迎風飛舞，連帶綴在腰間的白玉珮都搖晃不停。

前日，他一窩端掉了二哥的賊匪窩，消息定然已經傳到那邊。

下一步，他的好二哥該會如何？

上一世，他倉皇地逃回宮中時，母后也已經從法道大會回宮。便是那次遇襲後，他才知自己之前太過惹眼。

木秀於林，風必摧之，他從小到大順風順水，一直不懂收斂為何物，招致殺身大禍。就算後來他故意讓父皇查出幕後凶手乃是二哥時，父皇也只是親手甩了他一巴掌，讓他記住不可兄弟相殺，卻始終沒提該如何處置。

不仁與不義，他那好二哥可是都占全了！

席善只覺得自家主子此刻就要乘風而去，一去不返，不禁上前兩步，低聲道：「七爺，不如我們下去杏花林中坐坐，那底下的杏花相當繁茂……」

他心道，就算桃林沒去成，去杏花林中瞧瞧也好，指不定自家主子就想起再去桃林瞧了瞧呢！

話還沒說完，一低頭見到熟人，席善面上激動，連帶聲音都顫抖不止。「那、那下面坐的不正是……」聲音一頓，他停了聲音，又說不出話了。

好一個杏花漫天舞，佳人在吃餅！

那季六娘子可不正坐在杏花林下狼吞虎嚥嗎？

就算季六娘子面貌傾城，也抵不過這慘不忍睹的粗獷吃法啊……

席善只覺得此刻很想把主子的眼睛也一併摀住了。

玉珩見他聲停半空，不再說話，自然順著他的方向垂眼望去。

腳底下，杏花紛飛，片片而落，季雲流手中的桂花糕被拈起，塊塊放入嫣紅嘴中，滿嘴嚼著。

胃口，真是極好的……

席善摀不住自家主子的眼，只好昧著良心，開口訕笑道：「季六娘子真是胸懷坦蕩，這般不惺惺作態，挺不多見的。」

何止不多見，簡直就從來沒有見過！

玉珩面無表情地站著，盯著下面，也不知道心中想些什麼？

席善鼓起勇氣，準備再次為季雲流美言幾句，卻見玉珩頭顱輕轉，已經向更下的山腰看去。

他們的位置高，能一覽眾山小。

席善也跟著向那頭看去。清風花雨灑，今兒不愧為黃道吉日，各色事還真是在眼皮子底下趕全啦！

那山腰的風月亭中站著的，可不就是張家的二郎張元詡？

張元詡早已經換了早晨的衣裳，此刻身穿月牙白衫，手執摺扇，站在風月亭榭中，遠遠觀去，也不失為俊秀儒雅，一表人才。

「初春的天，他拿個扇子做什麼？」席善一笑，再下一刻，便笑不出來了。只因眼一轉，就看見底下不遠處，一抹白色的清麗身影飄進亭中，停在張元詡的身旁。

白衫人將紗帽一摘，席善的心頭莫名一跳，而後看清那白衫人的容顏時，更是心中雜草瘋長，慌亂無比。

「莊四娘子與張二郎？」他低低驚呼一聲，想到之前的傳言，莊四娘子落水被張二郎相救，才子與佳人……他只覺腦袋似被人敲了一個悶棍。

席善立刻轉首去看自家主子的表情，卻見他還是那般清淡如水，沒有半點起伏，目光已從風月亭移到杏花林下。

席善連忙也向季雲流那邊看去。

是了，看見自家的未婚夫君與另一女子私下幽會，季六娘子定會心痛至極，此刻該拋下桂花糕，坐著大哭了吧？

杏花林下的少女手捏桂花糕，側首看著下面亭中的男女，表情微妙，嘴角輕揚，臉上似有笑意。

席善擦了擦眼，抬眼再看，季六娘子還是那般模樣。

我的天哪！可真是在大白天的在眾仙家飛升之地見大鬼了！

「季六娘子莫不是傷心過度，瘋癲了？」

哪有人見了讓自己最難堪的事還能發笑的？

第九章

玉珩聽了席善的話，眼中一斂，再仔細看季雲流面上的神情。

少女的嘴角似笑非笑，神態若常，眼中那「原來如此」的模樣，他確實在莊子外頭見過，且一見難忘。

此時此刻，又是什麼緣由讓她露出這副頓悟表情？

他面上的神色一點一滴地沈下來。

莫非這個季六同他一樣，由哪位神仙送回這個世間，再活一遭？

不，不該如此。若真是再活一遭，她看亭中兩人的表情該是氣憤難當，而不是「原來如此」！

她若真是再活一世，就該知道他二人是暗通款曲，導致自己在道觀中淒慘一生。

季雲流神情微妙，可身旁的紅巧卻已經氣得臉色青如鍋底一般。

她聲帶哽咽。「姑娘，張二少爺竟然背著您與一個陌生女子這般親密……」她咬著唇，險些咬出血來。「他們兩人這般做，可是要浸豬籠沈塘的！」

風月亭中的莊若嫻看見自己心心念念的心上人，臉上緋紅一片，眼都不知道該往何處放了。

她揪著帕子，再次輕輕一瞥，屈膝行了個禮。「張二少爺。」

張元詡手握摺扇，一揖到底。「莊四娘子。」禮數周到，似兩人在後山無意遇到的模樣。

莊若嫻目光落在他手上的摺扇，又落在他衣袖口的紋式上，嘴上輕聲道：「張二少爺不必多禮，此次相邀是要告訴二爺，我母親今日已去向皇后娘娘請安，你我之事……」她聲音越來越小，目光越來越低。「必能成的。」

張元詡聽見最後四個字，眼中光彩煥然，又是一揖到底，似乎也是面帶羞澀。「若能娶得若嫻為妻，在下甘願折壽十年……」

這般心意一說出來，莊若嫻顧不得男女之防，上去就伸手捣住他的嘴。「萬萬不可胡說。」

如此美人在側，沒有男子能抵擋得住。張元詡也是滾滾紅塵中的一位癡男，伸手拉下少女的手，款款深情許諾。「若嫻，我此生定不負妳。」

遠處的季雲流捏著桂花糕許久，看了許久，最終還是把它放入自己口中，嚼了兩下，嚥下。

「看他們面上的神情，該是相互心有情愫的。」

紅巧咬得整口牙都碎了，哭道：「那姑娘您呢？他們相互有情愫，情比金堅了，您該怎麼辦？」

「不該是我的，強求不來。」季雲流抬眼看她，伸手給她遞上一塊桂花糕。「即便強搶了，也是不得幸福的。既然左右不好辦，我何苦還悶沈沈地去恨他呢？恨他又不能讓我延年益壽。」

那張元詡髮濃、鬢重、眼光口闊，自有好花心不喜，一身的桃花命，這樣的男兒郎，送到她面前都要退避三舍才好。

紅巧的心中酸甜苦辣鹹各味俱全，看著手掌中嫩黃的桂花糕，眼淚跟不要錢一樣直滾而下。「姑娘，您是打算、打算與那張家退親？」

季雲流手拄著石桌，眼看下頭的亭榭之中，那男子手遞一把摺扇給女子，女子打開摺扇展顏而笑時，也笑了笑。「成人之美也是樁好事。明知有南牆還要往牆上撞，才是真的傻。」

有因有果，既然莊四娘子選擇與張元詡結姻緣，兩人日後所過種種，全都不關她何事了。

也罷，為了她日後的清靜，了結一下。

嚥下桂花糕，季雲流緩緩站起來，垂目看了看地上，腳下一用力，地上一塊不大不小的圓石就被踢下去。

石頭滾聲而落，「咚、咚、咚」直跳到山崖下，落在風月亭的亭柱上，最後躍到了張元詡身邊。

兩人正在亭中攜手互訴衷腸，石頭無緣無故橫空飛來，生生在兩人中間擦了一腳，兩人心中全都莫名一跳，立刻轉首順著石頭滾落的地方，往山上望過去。

這一望，不得了！兩人猛然三魂掉了二魂，簡直同見鬼沒有區別。

山腰中，杏花樹下，眉目如畫的那人不是季雲流又是誰？

莊若嫻嚇得牙齒都打顫，差點就仰面昏倒。

怎麼會這般湊巧！舉頭三尺有神明，這紫霞山中難道當真做不得半點虧心事？

她顫顫地轉首瞧一眼張元詡，卻見他亦是唇白臉青地站著。

張元詡灼灼的目光盯住山腰的季雲流，平日滿腹錦繡文墨全忘了個乾淨，整個人失措無語。

一座山巒分三層，我在頂頭瞧山腰，你站山腰看山下，最下面的亭中兩人面色死灰，手足無措。

玉珩瞇起眼，眸中幽幽靜靜，掀唇笑開了。「一山全是景，一卷裡有多畫，倒也有趣，今日確實沒有白白出門。」

席善見自家主子語氣是毫不在意，當真如同一個看戲人一樣地置身事外，輕嘆口氣。「這季六娘子真是忒可憐了些，身世凄慘不說，還親自撞見未婚夫的……」他頓了一下，「偷腥」兩字終是沒有說出來。

玉珩瞥他一眼，發亮的眸子裝滿不以為意。「她自個兒都未難過，你替人家可憐什麼？」

席善心中莫名一驚。難不成季六娘子心中真的不難過？

他往下再探頭瞧去，就聽見一個聲音脆生生地傳來。「對不住，叨擾了，我只是想問兩位在亭中，無茶無水，攜手空聊甚久，可要上來用些糕點？」

這山頂距離山腰的杏花林雖有數丈距離，但因山中幽靜，又因玉珩與席善都是習武之人，仍是聽得十分清楚。

亭中的張元翊被這麼一句話驚得三魂七魄歸位，把恐懼、心虛、害怕全壓下去，收斂神情，對著山腰的季雲流一揖到底。

「季六娘子，好生巧合在這裡見到。」

慌亂解決不了問題，如今他只能迎難而上，若季六要撕破臉，死纏撒潑地質問自己，他也要一口咬定自己與莊若嫻是偶然相遇！

「確實挺巧的。」季雲流負手而立，側過頭，自上而下瞧著張元翊行禮，一臉和善地問：「張二少爺巧遇莊四娘子，如此文雅地贈了把摺扇，那巧遇了我，該送些什麼呢？」

莊若嫻被這一句話嚇得下意識就甩了手上的扇子。這扇子如今就是她與張元翊私相授受的把柄！

扔出後，摺扇撞到前面的石凳，扇面散開，上面一幅並蒂蓮的圖案躍入眾人眼中，開得含水欲滴。

莊若嫻看著又後悔了，卻不敢上前去撿，只緊緊握了雙手，立在那裡看著那把扇。

張元詡仰首看著季雲流。

不知道是否她居高臨下的緣故，總有一種她高高在上，藐視一切的錯覺。

頓了頓心神，他又拱手施禮。「季六娘子誤會了，莊四娘子只是幫我拿一下那摺扇，我與她亦只是在後山偶然相遇。」

「偶然相遇呀……」季雲流垂眸，看著莊若嫻顫抖的手，似笑非笑了一聲。「偶然落水相救，偶然後山相遇，日後指不定還能偶然拜堂成親，攜手一生。這世間偶然的事還真是挺多，也挺好笑的呢……」

言語間，她依舊言笑晏晏，最後「呢」一聲，尾音拖得長長的，拖得作賊心虛的莊若嫻腳下一抖，就要跌倒。

薔薇立刻衝過去，但到底有段距離，張元詡卻只是站在一旁，一隻手似伸非伸，最後還是眼睜睜地看著她跌坐在地上。

坐在地上的莊若嫻淚眼矇矓地看著張元詡，閃閃爍爍。

「詡郎……」

她那麼放在心尖上的男兒，永遠記得第一次在文會上見到這個少年郎的光景。梨花滿滿競相折腰，少年手執已畫成的摺扇，展顏露笑。

那一笑，讓她此生不忘。

可如今少年郎卻眉峰緊蹙，為了男女之防，手都不能伸出來扶自己。

薔薇奔過來，扶起自家姑娘，壓低聲音叫了一聲。「姑娘！」

姑娘可真是瘋了，這個時候犯糊塗，居然還將「詡郎」叫出口！沒見季六娘子這般厲害，每吐一個字都不饒人嗎？

莊若嫻被扶起身，眼淚滾滾灑下來，抬頭看山腰的季雲流。「季六娘子，我與張二少爺真的只是後山巧遇，那扇子也是我借二少爺一觀而已，我們、我們……」再次瞥了一眼那落地的摺扇，只覺得心中更加痛苦。

「世人都說人生似戲，可是，誰又能真正唱罷到最後呢？」季雲流輕聲細語。「每日都在薄冰上行走，莊四娘子，妳不會走得心慌嗎？有大路走，為何要去踩冰呢？」

清風一縷，莊若嫻全身血色褪去，瑟瑟而抖。

隱晦的話語，可她聽得明白。

季六說她與詡郎之間都是大戲，唱不到最後，她與詡郎這樣是在薄冰上行走，會掉進冰窖。

話說到這種程度，所有人都聽出來，季雲流是知曉兩人的事情了！

莊若嫻臉色又白又青又紫，再從紫轉白又轉青，一張臉鐵青著，惡狠狠地瞪著季雲流。

她怎麼可能會怕她！她才是莊國公府的嫡親姑娘，才是最後贏家！

莊若嫻猛然拽緊薔薇的手，不甘不願地抬首仰望。「季六娘子，我與詡郎不管今日是否偶然相遇，他要與我成親、相攜一生的事情已成定局；冰路也好，大道也罷，我都會走得順順當當，不勞妳費心思！」

反正母親已經去了皇后娘娘那裡請旨，這時恐怕也已經成事，她索性一次說個明白。

張元詡訝異地轉過頭，十分愕然，又去看山上的季雲流，心中複雜難辨。

薔薇眼中焦灼，也只能空著急。「姑娘！」

姑娘這是明明白白說自己與張二郎有……不掩飾了？

紅巧拽著破帕子探出頭。「呸，莊國公府的娘子都是這般不要臉的嗎？可真是長了天大的見識！與人做了壞勾當，都可以理直氣壯地當著他人未婚妻的面說自己沒錯！」

「妳！」

「姑娘！」薔薇生怕自家姑娘說出什麼驚天話語，用力拉了拉她的衣角。「姑娘，這裡風大，我們還是早些回去吧。」

薔薇當下不再猶豫，拉著自家姑娘匆匆離去。

張元詡看著莊若嫻一步一回眸地離去，抿著嘴，沒有邁出腳步，站在亭中。

抬首看上頭的季雲流，他有一絲恍惚。

他最後一次見她是在兩年前，在莊家二娘子出閣那日。

但之前那樣怯生生的姑娘，如今為何全然不一樣了？她不惱不鬧，不撒潑、不打滾，杏花紛紛，她站在如雪的杏花之中，恍若神仙。

為何她不氣、不質問自己？

「季六娘子，妳聽我解釋。」張元詡終是沒有沈住氣，開口。「我與莊四娘子真是偶然在後山亭中相遇……」

「二少爺莫怕，我又不是怨婦，能鬧些什麼？」季雲流忽然一笑。「只是知君有兩意，故此與君相決絕。」

這一笑，似有萬花齊放，適才種種恍若夢幻一般，讓張元詡全身猛然一抖，心中演練上百遍的沈穩也被後面一句瞬間吹散了。

當初他父親說要給他結親季尚書家的六娘子，但又說季家三房亂七八糟，不是什麼日後的好助力，問他意思如何？

而季尚書更知情識趣，還安排了兩個小娃娃見面。

第一次相見是在季大娘子出閣那日，小廝領著他到院中，指著水池後的一抹綠痕，道：「那便是季六娘子。」

那日的季雲流一襲翠綠裙裳站在荷花池邊，與滿池荷花相互輝映，就同如今在杏花樹下的模樣，讓他一見難忘。

那時候他還小，見了季六的容顏便點頭願意訂親，不知道仕途助力是何物。可越長大，阻力越多，他日益明白什麼樣的內助才可幫助自己。

男子愛女子容顏沒有何不妥，只是這樣的人物卻給不了日後仕途的助力。

天地之間，只有鳥兒雀躍的鳴叫聲纏繞心頭。

張元翊看見季雲流的水藍衣角消失在視線中，當下急切地喚了一聲。「雲流！雲流，妳不要走……」

這樣美麗的女子是自己名正言順的訂親之人，日後會是他的髮妻，他居然讓自己的妻子說出了「與君相決絕」的話語！

怎麼捨得？如何捨得？

當下，他提起衣襬從亭中步出來，就想上山腰去。

山腰之地雖與亭下不過數十丈，身為讀書人，張元翊就算著急到喉嚨上火，還是不能踏岩而上。

小廝從後面跑過來，低聲道：「二少爺，我們從旁繞上去吧。」

要是在這裡被人看見自家少爺狼狽不堪地抓衣服爬山，還不要被人笑死了！

「姑娘，我們快些走吧，那張二少爺竟然還想要過來。」紅巧看著張元翊提了衣襬就往山道上狂奔，轉回首來，驀然看見自家小姐竟又吃上了！

她一口血湧在胸口。「姑娘，那無恥的負心人就要來找您訴苦了，您不會打算原諒他吧？」

「原諒他？」季雲流托腮看著山腳與山腰的距離。「未訂親之人去風花雪月的，那叫風流；訂了親還要勾搭良家姑娘的，那叫下流！招蜂引蝶後還想爬回來讓未婚妻原諒他、坐享齊人之福的，那可是下賤了。他賤歸他賤，可我還未瞎。」

席善聽了這番言論，讚嘆一聲。「季六娘子年紀輕輕，心裡卻跟明鏡似的，什麼都明白，好生佩服！」

玉珩「嗯」了一聲，也打算離去。

他今日晌午聽見小廝來報，說莊老夫人遞了拜帖，親自去見了母后。

對於上一世，張家迎娶莊四娘子，而後投靠過來的張元詡，這一世，他定是不要的。

張元詡完全是牆頭草一般的東西，這邊投靠了他，那邊又去向太子站隊，口中卻口口聲聲說是為皇上效忠。這樣的人物，再來一世，沒有直接暗中派人把他一刀給捅了，是他得饒人處且饒人。

走的時候，他一眼瞥過杏花林下咬糕點的少女。

像席善所說，本該涉世未深的閨閣女子，處事作風卻又似已繁華看盡。

上一世的季六最後在離京甚遠的道觀中慘澹地過完一生，他想不明白，這樣明白剔透的人，上一世怎過得那般苦？

如今看來，他完全相信季六這樣知世故的明白人可以擺脫這樁婚事，再尋良人。

只是，自己重活一世，上天為何讓季六也有所偏差？

第十章

才走兩步，迎面跑來一個小廝模樣的少年，心急地奔過來就想抓玉珩的手。「救命！這位少爺救救命！」

玉珩身一頓，手一斜，讓那小廝抓了個空。

如今的他已經不會讓旁人輕易近身。

小廝見抓不到玉珩的手，直接跪地，咚咚磕頭。「少爺救救命！」

「慌成這樣，」席善探頭道：「你所遇何事？」

「我家少爺、我家少爺……本來上山來賞景，卻不小心一腳踩空，如今在那邊快要摔下崖去了！」那小廝眼淚直流，整個人都哆嗦著。「我在這裡尋了許久，也找不到人求助。我一路跑到這裡來，求求兩位去救救我家少爺……」

救人要緊，尤其今日能在這山上的個個都是身分非凡。席善拽住他的手，扶起他。「你莫慌張，快告訴我們你家少爺在何處？」

小廝反手抓住席善的手就往前跑。「在那邊！我家少爺支撐不了多久，快些快些，我們要快些過去……」

席善跑過去時，轉首看玉珩，見他也大步流星地隨著自己走來，也不知道該要叫那小廝慢些，還是該叫自家主子再快些？

救人要緊，但保護自家主子更要緊，紫霞山雖是守衛森嚴，倒也怕出個意外。

距離越拉越大，跑了約莫半炷香光景，前面的小廝忽然微一抬手，叫道：「到了，就在這裡！」

席善身子一晃，只覺手臂一陣刺痛，而後就被拉到一處斜坡，甩了出去。

眼一頓，只見兩個黑色身影從眼前掃過，直奔後頭過去。有刺客！

「七爺！」席善就算反應夠快，手臂一痛的時候已經知道有變，還是被拖住手臂，掙脫不得。他腳步一旋，想再轉回來，卻被一腳踹過去，踹下了山，直滾而下。

他有腿腳工夫，紫霞山坡度也不陡，席善一邊護著頭部避開一些岩石，心中卻急躁無比。

太大意了！

就在前日，七爺剛剛端了一個賊匪窩，那秦相透露出來的「松寧縣住著一個如諸葛亮再世的幕僚」，就是一個挖好的大陷阱，明擺著有人要借秦相之手除掉自家主子。

而紫霞山中不能帶武器，連人手都不能多帶，還不是最好下手的地方？

玉珩眼見直奔自己而來的兩個刺客，再見席善瞬間不見，眼眸一縮，眼神冰冷至極。

他從未想過，二哥居然有膽在這個百年清修的紫霞山上下手，真是吃了熊心豹子膽！

來不及讓他多想，三個身影就已經來到面前。

刺客更是廢話一句都沒有，一身青衣，蒙著白布，就劈掌向他而來。

玉珩左邊一閃，閃過刺客那一掌。

上一世，十五歲遇襲差點喪命，而後五年，他請來武師教自己功夫，就算現在重回十五歲，腿腳招式依舊存在腦中。

但刺客乃是萬裡挑一的高手，劈掌踢腿輪番上陣，他無法抗衡，只好邊打邊退，一路退回適才所站的頂端。

刺客顯然沒有想到這個七皇子的腿腳功夫了得，居然能一路避開招式。三人對望一眼，覺得再拖下去定要出事，當下全都斂了心神，為首的更是從懷中抽出一塊青布來——

季雲流在杏花樹下坐了大半時辰，也打算打道回府。

清風呼呼作響，把一些聲音送來，她一抬眼，青天白日之下，眼前山頭打鬥的光景遠遠入目。

幾人身影猶如猛蛇，遊走自如，手上諸般舉動更是快得讓人眼花。

她瞇起眼，再看第二眼。一眾青衫圍攻之下的白衣人，可不正是剛才相遇、印堂發黑的紫氣少年？

少年郎，本大仙看在你關懷我的分上，好心提醒你去桃花林躲躲，你不聽，現在吃虧在眼前了吧。活該！

季雲流彎下腰，悄悄邁出步伐，打算悄無聲息地移出這個「殺人現場」。

頂上的四人打鬥激烈，全神貫注，若不仔細看，也看不到這個花海中的一個小女子。

可腳步才抬，身後的洪亮聲音一叫而起。「啊啊啊啊——快、快來人哪！」中氣十足，聲傳整個後山，振飛一群鳥獸。

季雲流腳下一滑，直撲石凳，差點一頭把自己撞死。

怎麼忘了，自己身邊有個拖後腿的喇叭筒！

她的身手快如一道閃電，轉身拔下紅巧頭上的簪子，扯出懷中的帕子，把一團帕子塞進紅巧的嘴裡，腳下一踹，紅巧整個人都被踹進假山石洞中。「去找前日莊子上的翻牆之人！」

回到季宅，還是早早把她配了人家才好，不然死在那樣的深宅中也是條人命。

聲如洪鐘的呼喊一出，讓三個刺客全都轉過頭來，其中一個的手已經到了玉珩脖子前，見玉珩還在反抗，當下青帕子一抖，裡面的白色粉末撒進他口鼻中。

玉珩全身顫了顫，甩了甩頭，就覺全身失去知覺，直直撲倒在地。

他往下摔的時候，就見山下的季雲流雙手舉過頭頂，從杏花樹下走出來。「壯士，手下留情，我只是個弱女子，我自願投誠。」

刺客見她，眉頭都沒有動一下。

只能怪她倒楣，要與這七皇子一起下地府。

於是一人舉起玉珩，一個跳下半崖之下，把季雲流往肩頭一扛，三人旋即朝無人的山下狂奔而去。

紅巧撲在假山石洞中，簡直要哭瞎一雙眼。

她怎麼這麼蠢、這麼不知輕重，當場就大叫出來。

哭了不知多久，驀地她靈光一閃。不能再哭下去，她得去找解救之人！

她跌跌撞撞站起來，頭上的銀簪被季雲流拔掉，頭髮散落，不過此刻顧不得這些，提了裙襬，直接朝山崖下奔去。

紅巧打定主意往下奔跑呼救，眼一抬，就看見一個人。

天公作美！那人不就是上次帶少年翻院出牆的侍衛？

紅巧如溺水之人抓住一根浮木，欣喜之情讓她再次哭出來。姑娘要自己尋那翻牆之人，現在就遇到他的侍衛了！

「侍衛大哥、侍衛……」紅巧跑得一頭黑髮七零八落，眼淚灑出來。「救命……」

寧石捧著玉珩的披風從別院出來，正往後山的山頂上而去。

他站在院中看天空浮雲，知道晚上定要起風，明日還可能要下雨，便攜了一件披風準備給主子送去。

最近這半月來，七皇子日日望天、望星空，望得都快讓人覺得他魔障了。即便今日他沒有告訴寧石去了後山哪裡，寧石也知道該去後山最高的山巒找人，於是便攜了披風上山。

「救命……」紅巧越跑越近，直接向寧石撲過去。「侍衛大哥，救命！」

寧石早就看見像瘋婆子一樣跑下來的紅巧，此刻見她撲來，眉頭一縮，卻沒有推開她。只因這人他認得，是季六娘子身邊的丫鬟。

「侍衛大哥，我家、我家姑娘被人抓走了，請你救救她！」紅巧抓著寧石的胳膊，整個人狼狽不堪。「山上有歹徒，還是三個人，他們把我家姑娘抓走了！」

「山上有歹徒？」寧石眼一冷，立刻反手抓住紅巧的胳膊。「三個歹徒抓了妳家六娘子，為何沒有抓住妳？還有沒有其他人被歹徒抓住？」

「有有有……那歹徒的目標本來就不是我家姑娘。」紅巧哭得更大聲。「還有一家少爺，穿著白衣，那時候正與歹徒搏鬥，我家姑娘為了救我，被歹徒抓走了！侍衛大哥求求你，趕快去救她……」

寧石聽見那個少爺穿白衣，心中咯噔一下。「在哪裡被抓走的？妳趕快帶我去！」

七爺前日剛破了一個埋伏，今日紫霞山就有刺客，太過巧合！

「趕快！妳指路，他們在哪裡被抓走的？那少爺長什麼模樣？身邊的侍衛呢？一一詳細告訴我！」

「我家姑娘……我家姑娘是季府……」

「不要說妳家娘子了！那少爺長什麼模樣？」

紅巧被嚇住。玉珩的模樣一見不能忘，她之前又在後山見過，不用怎麼想就能描述。

「很俊秀的少爺，濃眉鳳眼，高鼻，唇略薄，身穿白衣……」

寧石聽了描述，腳下步伐更快。「那是我家少爺！」

寧石眼望前方，一邊聽紅巧的話，一邊回想第一次見到季六娘子的情形。

當日他翻入院中，季六娘子無驚叫、無惶恐，鎮定的神態全然不似一個十三歲少女該有的模樣。

這一次，她力救自己丫鬟，讓自己身處險境，這份勇氣與反應也難能可貴，希望這對遇劫的七爺來講，多這麼一個人是多一分助力。

蹲在矮樹叢後面的張元翙聽見兩人最後的對話，冷汗差點流下來。

他適才看見紅巧發瘋一樣地跑下來，就想迎上去，可又看見寧石。

只見紅巧直撲寧石而去，他便摀著自家小廝的嘴躲在樹叢後頭，卻居然聽到這樣的驚天秘密！

自家訂親的未婚妻子被抓走，一同被抓的還有七皇子。

他認得那個寧石，這個小廝早上同七皇子一道去三清大殿的。

張元翙轉首，看見被摀著嘴、目光閃爍不定的小廝，小廝的傻樣反而讓他鎮定，扯了小廝一把，他怒喝：「你做什麼，嚇成這樣！」

「二少爺、二少爺……」小廝說話都顫抖。「紫霞山上有人行歹……」

「山上行歹有何奇怪——」張元詡剛想斥喝一句，驀然腦中一轉。對啊！誰敢有這個膽量，在皇家道觀抓當今七皇子？

還有一件事，季六撞見自己與若嫻的風月亭之約，那麼與她一道被抓走的七皇子有沒有看見方才的一切？

若是七皇子看見了，往皇后那裡一說……

張元詡臉色發白，全身冰冷，如墜冰窖，不敢再往下想。

「二爺，這事我們得告訴侍衛統領南大人啊！」小廝看自家少爺突然不說話，提醒道：「晚了的話，季六娘子與那位少爺就更危險了。」

被抓走了？張元詡回過神來。對，他們被抓走了，自己若不上報，歹人如果把他們全都滅口，自己與莊若嫻的事情不就沒人知曉了？

「做什麼告訴統領？你與我今日逛紫霞後山，什麼都沒看見過。你給我把嘴巴閉緊，若是外傳，爺保證沒你好果子吃！」張元詡鄭重說道，邁了步伐，整了整衣物，如謙謙君子般地走出去。

刺客為求迅速，也沒時間捆綁兩人，只把餘下的藥粉盡數送入季雲流口中，就飛奔下山。

季雲流像麻袋一樣橫躺在刺客肩頭，見道路越發陡峭，高高低低，自己騰在半空如坐雲霄飛車，還是沒有安全帶的，伸手抓住刺客的衣物，說：「欸，壯士，打個商量，不如你放我下來，讓我自己走可好？」

扛著她走的刺客目不斜視，另外兩位眼看前方，表情不變。

玉珩垂首看著地面，不知心中謀劃著什麼？

山中石頭眾多，草木繁茂，刺客選的路線偏僻無人，季雲流被扛在刺客肩頭，只覺得自己的五臟六腑都要被顛出來，整個人頭暈眼花。

她側頭看一眼狂奔的刺客，仰了仰臉，看著前面陡峭又悠長的山道，呼出一口氣，再次幽幽道：「壯士，你再顛下去，我就要控制不住自己體內的洪荒之力了。」

刺客三人加上玉珩，這次全都看她一眼。

洪荒之力，那是什麼力？

管他什麼力，中了曼陀羅毒能有什麼力？任她吼破喉嚨，聲音都飄不出幾丈遠。

計劃早已安排好，若之前假扮小廝的能拉住玉珩往前衝，就能把他甩出山崖；但這個七皇子在紫霞山中還有如此警覺，沒有被拉住，他們也只好按第二個計劃進行，用曼陀羅制住人，運下山去。

為首的刺客這時腳下突然一軟，向下跌過去。

斜坡上，一跌過去就像石頭一樣滾下坡，好在他也是高手，撲跪幾步就穩住身體。

「老大，你沒事吧？」扛著季雲流的刺客發問。

「沒，走！」看了看下頭的山腳，心頭一顫。這若跌下去……

還未想完，就聽見季雲流「哎呀」一聲，轉首再望，扛著她的刺客也已經向著地面跪去。

由於扛著一個人，即便是高手也難穩住身體，於是直直向下撲過去。

為首的刺客立即反應過來就撲過去拽人，一抓，卻是一隻纖細手臂，不是被自己等人抓住的少女又是誰？

山坡不是懸崖，伸手一拉，也能讓人把身體穩住，不再向下滾。季雲流撲在綠油油的草地上，仰頭看著刺客，似乎有心有餘悸。「這位壯士，多謝多謝。」

刺客越過她的臉往下看，同伴如同滾石一樣往下，瞬間就不見人影。

「青二！」扛著玉珩的刺客心中一片悲痛，但知道自己等人是在執行使命，也只是目光發直地低低叫了一聲。

玉珩轉回目光，看向季雲流，見她此刻也正瞧著自己，烏黑發亮的眼眸中有種說不清、道不明的情緒。

只片刻，季雲流與他錯開目光，抬起頭，開口道：「這裡斜坡不算太陡，若不是運氣太差，都不會有性命之憂。只要護好周身要害，你的同伴不會死的。不如壯士們把我們暫時放在此地，自己下去找找？」

怎麼可能！

兩個刺客對望一眼，心中知道季雲流說的是事實，自然也不再停留，準備扛起季雲流再往下走。

自家的兄弟，找是自然要找，但不是現在。

只是為首的刺客許是看季雲流一臉「壯士，你可不能再跌下去」的悲壯表情，再看看下面的地勢，伸手摸進懷中，摸出一顆藥丸塞進她嘴中。「妳自己走！」話落，扯住她的手臂就往下拖。

七皇子腿腳功夫了得，給了解藥，他們就要再次大費周章地壓制，但這樣的弱女子，給解藥又能如何？連朵浪花都掀不起來！

玉珩被刺客扛著在前，季雲流被拖著在後。

她看著前面那個連腳底都透著紫氣的少年，面上一片寂靜。

這個少年郎身帶紫氣，卻非真龍之相。天道讓她過來這個世界後不久就見到此人，今日又與他一道被人抓住……可明明今早給自己掐的卦象是「大安」。

大安，將軍回田野，失物去不遠，喜事在前方。

移開目光，她又向刺客的後腦看過去。

人的身體皆帶氣，紫氣環繞是最祥瑞尊貴的。面上紅色泛出，表示鴻運當頭；黑氣蓋頂是有災難當前，但最多的人身上所帶的就是一種白氣。

要改變一生運道，需要大型法事、各種道符施法來布陣，但改變一個人一時的微小運道，也只需要動動她幾個手指，作幾個道法手勢而已。

讓三個刺客一時暴斃是絕無可能，不過像現在一般，讓兩人跌跟頭，自然是可以的。

只是到時候，該怎麼不暴露自己而救下兩人？

第十一章

莊若嫻失魂落魄地被薔薇扶著回了莊家別院。

與莊少容一同回來的謝飛昂眼一亮，遠遠就看見了。「莊小六，那個是你姊姊嗎？臉色為何如此難看？」

「我去看看。」莊少容立刻跑向自家別院。

莊若嫻邁進廂房就摀著帕子，失聲大哭出來。

今日如此羞辱，她長這麼大還是第一次遇到！

薔薇趕緊讓婆子去打溫水讓莊若嫻洗面，關上門，心中想著：您這麼蠢，把裡子、面子都撕破了，現在才回來哭，未免也太晚了吧……

口中卻寬慰道：「姑娘，您放心，等下二夫人與老夫人就回來了。皇后娘娘那裡只要下了旨，季六也就只能逞口舌而已，您與張二少爺才是一對一雙人。」

莊若嫻抬起頭，止了哭，想明白了。「是呢，母親等下會從皇后娘娘那裡回來……詡郎說過不會負我，要與我白首偕老的。」她又哭又笑。「妳說得對，那季六也只能逞口舌之快了，她有什麼？沒娘就罷了，爹又是個廢物……」

話才落下，廂房門被用力推開。

莊少容大步流星，鐵青著臉走進來。「阿姊，妳竟然與張元詡私相授受！妳怎麼可以踩著他人的姻緣給自己找良人？天下男兒郎何其多，妳為何要抓著別人已經訂親的夫君不放？」

「容哥兒！」莊若嫻揪著衣角。「你連禮數都忘記了嗎？進你阿姊的閨房竟然不讓人通報！」

「阿姊！」莊少容很急躁。「妳知不知道這事要是傳出去，結果會如何？別說傳不出，妳與張二郎私相授受，阿娘若是知道，妳想活活氣死祖母與阿娘嗎？」

「你若不說，誰會知道？」莊若嫻用冒火的眼睛看他。「還有，我沒有與張二郎私相授受！」

「阿姊……」

正吵鬧時，外頭有嬤嬤站在門口處。「四姑娘，老夫人讓您去挽院一趟。」

「母親從皇后娘娘那裡回來了！」莊若嫻雀躍，驀然看見自己弟弟一臉悲痛地望著自己，抓了衣角，聲音又低沈下去，道：「容哥兒，事已至此，你再鬧也改變不了什麼。姊姊沒有與張二郎私相授受，你可記得了？」

莊少容不敢置信，自家姊姊搶別人姻緣竟還這麼理直氣壯的樣子，他失魂落魄地出了姊姊的廂房。

站在拱門口的小廝大文看見他，奔過來。「六少爺，老夫人讓您也去一趟挽院呢。」說完，附在他耳邊輕聲道：「少爺，我阿娘說，二夫人是哭著回來的。」

這話的意義完全不一樣了。如果是姊姊的事情成了，怎麼會哭著回來？

莊少容提了衣角，直接往莊老夫人所在的挽院奔去。

刺客計劃得天衣無縫，帶著兩人一路上沒有遇到任何人，順坡而下，僅半個多時辰，玉珩與季雲流就被帶到山下。

山下有人接應，是個真正的農夫。「快些快些。」說著打開大型菜桶，拿出裡面的捆繩。菜桶正是之前運送上紫霞道觀的那個。

「綁上！」

為首的刺客沒接過農夫手上的粗布與麻繩，站著環視，為兩人放哨，兩個農夫與另一個刺客則將兩人綁上。

季雲流站在全是陰影的樹叢中。

紫霞山對面還有一座山，雙山為一個「出」字。

她目光移到木桶與板車上。

桶為圓，材質有木；車亦有圓車輪，亦有木，再加上自己所站的頂頭之木……三木疊加為一個「森」字。

圓，天道曰圓，為圓以規，運轉無礙。

出、森、圓……季雲流垂下雙眸。出了林中，必能運轉無礙。

那麼，出了這紫霞山就可以了。

刺客自然沒有給兩人多少細看的時間，很快將兩人綁了手腳，口中塞上布料，裝進菜桶裡，蓋上蓋子，這樣要送出紫霞山的範圍便能神不知鬼不覺。

一切妥當之後，為首的刺客跟在農夫後頭，低聲對農夫道：「出了這山，你們就往西河那邊走，我等下自會去尋你們，那邊還有人接應。」

而後，刺客腳步一旋，扯下臉上的布，就和其中一名農夫向山邊狂奔，去找自己的同伴。

車輪轉動，農夫與另一名刺客推著板車，一路低首，收斂神情，慢慢出了紫霞山。

木桶巨大，但是口大底小，季雲流與玉珩兩人被塞在桶裡，連轉身都困難。

裡面的青菜味道濃郁，倒也不黑，因木桶為了漏水，底下與周邊有不少小孔，青天白日間，讓玉珩與季雲流互望倒是沒有問題。

玉珩抬眼看著季雲流，只見她腮幫子鼓得跟之前糕點塞滿嘴一模一樣，十分不忍直視，乾脆將目光移開，往下面的小孔望去。

一路行來，剛才聽到有人盤查刺客與農夫，從小洞中映進來的小沙石來看，現在他們已經出了紫霞山，正往西河而去。

玉珩心中計算著這裡走到那兒大約還有多久，以及下一步該如何自救？正入神，耳邊忽然輕噴一口氣。

他心中一顫，立刻抬首，只覺得嘴巴一鬆，自己口中的帕子讓人抽離了。

目光下移，停在腳邊的帕子上，玉珩困惑不解。她的帕子是如何被她自己吐掉的？

眸子抬起，與季雲流對望。「妳……」

「你長得很好看。」季雲流側頭看他，揚唇輕笑，漸漸湊近，把自己的唇對準他的，覆了上去。

這一舉動宛如晴天霹靂，把玉珩的血液全都湧到腦頂，簡直驚呆了。

這是什麼情況?!

玉珩腦子裡一陣陣發懵，差點不分東南西北。

難道這人抽離自己口中的帕子，就是為了強親自己？死到臨頭，這季六連臉都不要了？

舌尖一陣溫熱，玉珩只覺得全身的知覺都集中在雙唇之間。

隨著少女的舌，滿嘴桂花糕香味的口中推送來一顆圓滾滾的東西。

下一刻，雙唇分開，季雲流錯開身，在他耳邊低語。「剛才這藥一直含在齒下，有些化了，但解你身上的毒應該夠了。欸，你不要嫌棄我口水啊，這也是沒辦法中的辦法。」

玉珩的心不可抑制地顫動起來，似乎此刻又來了一道雷，把他給劈得腦中什麼都不剩。

嘴蓋著嘴，原來是為了……

玉珩慢慢嚥下口中的解藥，聲音低沈又沙啞地問：「妳沒服下解藥，那適才……」適才到底是怎麼用一雙全麻的腿跑下山來的？

只是這話卻不需要問出口了，他看見她的衣襬下滿是一片血痕。

她受人拖累，被刺客所抓，不哭、不鬧、不怕，危機關頭含了解藥，一馬當先，權衡利弊……

季雲流側身，向他遞出一支還帶著血絲的銀簪，恍惚又是一笑，聲音很輕。「我力氣小，吃了解藥也無大用。適才見少爺你身手不凡，我可把命交在你手上了，少爺你可千萬莫要讓我死在這裡。」

玉珩低眼看她被綁著的雙手中遞過來的銀簪，再掃過那血紅的裙襬，半晌道：「妳放心，我定會救妳出去。」

解藥吃下不久，玉珩全身的知覺便恢復。他握著銀簪，很快就把手上的繩子解掉，又去解開她手腳上的繩子。

玉珩細細看她一眼，黑眸旁的白瞳似是染上血影，卻是極淡，一眨眼，那紅色又瞬間退去，如扇的睫毛掩下。

流水行雲，行雲流水。

季六，季雲流。

立起身體，玉珩雙手一用力，就推動了木桶蓋子。

木桶蓋受力飛出，車外的兩人還沒有反應過來，那蓋子已經飛向一旁的刺客，把他胸口震出一道血痕。

刺客被打傷，大驚，揮拳迎上去。

幾年的腿腳功夫也不是白學的，此刻的玉珩心中已經發狠，下手更是招招毒辣，不留後手，踢、劈、踹……全數使出來。

刺客第一招被木桶蓋子打傷，已經居於下風，而他們上紫霞山時也不能攜帶利器，只能靠手腳功夫，此刻沒有打多久，直接被玉珩手握的銀簪戳死在地。

等這刺客死後，他猛然記起還有個農夫，而且季六還未解毒！

他急忙轉首看去，只見季雲流好好地站在菜桶裡，農夫卻已經不見了。

夕陽西下，她朝他微笑，面上顏色就像花粉和了胭脂的水，一筆勾勒而成的美人丹青，滿山景致都比不過她彎彎生春的眼眸。

玉珩那雙驕傲的眼睛定定注視了一會兒，幽幽地道：「季六。」

「嗯？」

等了一會兒，季雲流見他只說兩字，側頭不解。「怎麼了？」

「妳在流鼻血。」玉珩的聲音似吟歌般低沈好聽。

流鼻血?!

季雲流迅速從袖中找手絹，但全身摸遍也找不到一塊。

啊，剛才自己那塊塞到紅巧的嘴巴裡去了。

抬起頭，她臊得臉都紅透了，面上還要假裝淡定。「近日天乾氣燥，我火氣稍大，不礙事的。」這一笑，鼻血顏色更加生動。「這位少爺可有方帕借我一用？」

救命，形象全毀！

玉珩見她臉色如紅蝦出殼，火燒火燎的，嘴巴還如此逞能，也沒有點破，走近兩步，從懷中抽出一塊潔白的方帕，無聲地遞過去。

這樣的睿智玲瓏人物，上一世為何會毀在張元詡手上，在道觀終老一生？

季雲流把鼻血擦乾淨，準備從菜桶中爬出來，可菜桶太高，即便站起來，桶面還是到她胸口處。

玉珩知她有傷，身上還有曼陀羅未解，伸手欲拉她一把。

可他還未動，就見這人傾身向前，重心一倒，直接滾翻木桶，撲了出來。

木桶在板車上，板車為上山所用，車輪距離地面頗高，這一翻，直接能壓到自己身上。千鈞一髮，玉珩生生忍住想將前面這個連人帶木桶都踹飛的腳，伸手一撈，將人抓住，連退數步。在木桶翻倒的巨大聲響中，環著懷中少女，讓兩人都穩住才放開手。

「多謝、多謝。」季雲流抓著他錦袍外衣，讓自己立穩，放了手，退開幾步。

就算他不拉，她還是能順當出來的，這個豆腐也不知道是誰吃了誰的？

整了整裙襬，季雲流抬臉問他。「這位少爺，我們現下是要回山上嗎？」

玉珩看了看遠處紫霞山有人把守的棧道，又把目光轉回她的大腿處。

「不能回山上，要等寧石他們來尋我們。」他沈聲分析。「之前我們能夠在木桶中毫無盤查地經過棧道，可知今日的守衛與刺客應是一夥的，現在回去就是自投羅網。」

季雲流聽著他的話，點頭。「那我們現在要去哪裡躲躲？」

紫霞山周邊全是山脈，玉珩兩輩子也是第一次來，去哪裡落腳，他心中也沒個計較。但現在天色漸黑，兩人待在荒郊野外不比在刺客手裡安全多少。

季雲流拈著帕子，也正四周張望，再見那帕子隨風飄揚，上面的血痕更加醒目，於是玉珩又轉過目光去尋他們要去的方位。

西河在西邊，南邊是莫嶼山，北邊就是往上的紫霞山，東面是紫霞山出山的必經口。

刺客約定的地方是西河，那邊定有人把守。

紫霞山上有人勾結，暫時也回不去。

若是去東面的村鎮中，等那刺客返回這裡，看見死去的同伴，第一反應也是去那兒找他們。也不知道此刻的刺客有多少人馬？選擇東面也不是個好主意。

「去南邊的莫嶼山。」打定主意，玉珩半蹲下身，朝她露出寬闊的背，側首淡淡看了她一眼。「上來吧，我揹妳。」

季雲流卻站著不動。

玉珩再看她一眼，打算站起來。「妳若自己能走，那便最好了。」

這一蹲，他也算還盡所有恩情。

話未完，季雲流兩步撲上來，雙手放在他肩頭，低聲慢語。「這位少爺，我有一事想要與你打個商量，或者可以說是有求於你。」

感覺自己的雙腳被托起，她一頓，又道：「想必這位少爺也知道女子重名節，今日之事，我們各自都是迫不得已，以至於有個……那什麼，動手動腳這些都是迫不得已、沒法之事。回到紫霞觀中後，可否一筆勾銷，你我全忘掉，咱們就當今日之事全都沒發生過？」

雖然她是二十一世紀的……好吧，老阿姨，但有些事還是要說清楚的好，以免日後被人抓住把柄。

有命活，沒名節，在這個年代活得也挺不爽的。既然來了這個世界，還是好好享受完這一生比較好。

被送到道觀吃一輩子青菜豆腐什麼的……呵呵！

玉珩嘴角吊了吊，半垂著眸，看著底下的碎石，輕輕應了一聲。「好，若能平安回去，我保妳今日名節，讓妳聲名無損地嫁到張家。」

季雲流嘴一頓，想說點什麼，最終，還是沒有出口反駁。

抬起頭，看著他打算要走的方向，季雲流又慢慢笑開了。

剛才她舞著手中的手帕為掩飾，已經快速把四個方位都掐算一遍。東西北都是凶卦，只有南邊位於坤位，是為吉位，有些運道。

莫嶼山前低後高，脈峰清晰，確實是座有大運的山脈。

這個少年不愧是身帶紫氣之人，看來智商也不賴。

走了兩步，她從懷中抽出剛才玉珩給的方帕。

夕陽下細看，帕子下頭有個繡花小字：七。

家中排行第七？身帶紫氣，排行第七，應是姓玉名珩，當今的皇帝第七子吧？

珩，珮上玉也，果然是人如其名，整個都通透無瑕。

她手一揚，那方帕就隨風而落，飄到後頭，一直向著北邊飛去。

這種能作為私相授受證據的東西，當然是早點扔掉。

就算自己是尚書府嫡長女，要匹配他的身分地位都很難，何況是她這個沒有一絲助力的三房姑娘。

正妃，排著隊都輪不到自己頭上；側妃這種要爭寵的職業，她定要敬而遠之。

玉珩容顏略側，眼角一瞥，餘光瞧見自己的方帕消失在視線中，纖長的睫毛閃動，沒有吭聲，只是揹著她，一直往山上走去。

第十二章

天色漸黑，得知消息的皇后也是急慌了眼。

「封鎖山道，讓人都立刻出去尋找刺客——」轉而一想，皇后又馬上站起來，眼眸一冷。「後山巡邏人員今日是由誰統領？」

「是南梁。」寧石快速回答。

一旁的紅巧看見皇后娘娘的容顏，嚇得已經跪在地上動彈不得。

「南梁……」莊皇后咀嚼著這個名字，眼眸更冷。

就算後宮不能參與朝中政事，她也不會不知道這是太子的人！

「王嬤嬤，先把她帶下去休息。」看著地上的紅巧，皇后定下心，一片清明。「再讓人去季老夫人那邊通傳一聲，就說季六娘子與我在後山相遇，讓我請到這裡作客，若天黑之前沒有送季六娘子回去，就是我相邀在這裡住下了。」

現在不能把事情鬧大，如果公然尋找玉珩，一來全山都會人心惶惶，今後不知道政局會如何？二來刺客不知道現場還有個紅巧，鬧開了，肯定打草驚蛇，到時候反而會把主動權讓於他人。

這事要暗中來。

寧石從腰中摸出一抹方帕打開，露出白色粉末放在手上。「娘娘請看，這是我在山頂與杏花林中同時找到的。」

「這是何物？」皇后皺眉。

「是曼陀羅，一種毒藥，可讓人全身麻痺，全身使不出力氣。」寧石沈聲分析。「今日的紫霞觀中人數眾多，以刺客沒有引起一人注意來看，他們應是將七爺帶下山。再以紅巧求救的時辰算來，刺客若在山下有人接應，此刻七爺與季六娘子應已經被送出紫霞山外。」

皇后聽了寧石的分析，紅了眼眶，一手重重拍在茶几上，險些就拍裂指間的玉戒指。「事不宜遲，你帶人直接下山去尋七哥兒，一定要把人給我尋回來！」

寧石出門點了十一個侍衛，很快就上馬往山下奔去。

下山容易上山難。

莫嶼山不像紫霞山開闢大道，這裡全是樹木，一路走來，連野豬豺狼都未有，更別說會遇到什麼人。

玉珩揹著季雲流一路向深山中行走。太陽已經落山，兩人身影越拉越長。

忽然感覺到肩上重量一壓，脖子處一陣溫熱，玉珩全身一抖，厲聲道：「季六，不能睡！」

她的腿在流血，一路從午後流到現在，現在若是睡過去，可以一睡不起，直接去天宮見各路神仙了。

「嗯。」季雲流眼眸半瞇，脖子擱在玉珩的肩膀上。「我不睡，麻煩七爺你快些，我肚子餓極了……」

玉珩雙膝一曲，差點連自己帶她都撲在地上滾回山下。

他目光深深地看她，很想一把抓起石頭全數餵到她的嘴裡。

明明在杏花林中已經吃過一籃子的桂花糕，此刻兩人身處險地，一不小心就要命喪黃泉，居然說自己餓極了？

玉珩抬起頭，微微側過去，語調沈靜。「妳想吃些什麼？」

說到「吃」，他明顯感覺到背後的人活了，氣息全部噴灑在自己的脖頸上。

「我想吃水煮魚、酸菜魚、手抓龍蝦、炭烤生蠔、無骨雞排，配上冰可樂、冰奶茶，絕味！」

這些菜名，玉珩聞所未聞，就算他使出季雲流剛才所說的什麼「洪荒之力」，也聽不懂可樂與奶茶到底是什麼東西？

可玉珩即便從未住過鄉下的莊子，也知道鄉下沒有這幾樣菜式，更別說道觀中的食譜會有魚蝦與雞。

這個真是在尚書府被人冷落，在道觀中孤獨終老，而後重活一世的季六？若兩樣都不是，那麼這季雲流從何而來？

玉珩黑眸如寒星般清澄，眨了兩下眼皮，繼續托著少女往山上走。「妳說的這些菜色，待回到紫霞山讓廚子給妳做。」

本以為她會很欣喜，卻不想背後的人伏在肩頭喃喃低語，聲帶寂寥。「再也吃不到了……」

肩頭潮濕的感覺讓玉珩身體微微一頓。

這人中了曼陀羅毒，而後又失血過多，夜晚寒冷，此刻的她應該已經發燒，不然不會無緣無故在自己背後哭泣。

思及此處，玉珩加快步伐，而後又顛了顛她。「不能睡！季雲流。」

他直接喚她閨名，卻聽她只是輕輕「嗯」了一聲，仍舊伏著不動，聲音低微。「我不睡……」

玉珩再走幾步，感覺脖子處的氣息呼出多，吸進少，終於不顧刺客是否追過來的危機，當下把她在一旁放下來。

伸手探向她額頭，果然滾燙無比。

玉珩頓了頓，立在她面前。

季雲流歪在樹幹上，眼神矇矓，胸口輕微起伏，整個人像要一飛而走的天邊浮雲。

在這裡放下她，還是帶上她？

玉珩濃黑的眉毛在眉間攏成疙瘩，定定看她半晌，目光移到那血紅一片的腿上，最後，他還是轉頭仔細打量有無落腳之地？

不遠之處，一個蓑葉覆蓋之處入了他眼中。

玉珩目光一閃，彎身把人橫抱起來，向前跑過去，邊跑邊道：「季雲流，妳不能睡，睡了我就把妳一腳從這裡踹下山去，莫說吃那些雞排生蠔，沒成為豺狼的腹中食便不錯了。」

季雲流被顛著，腦中清醒一些，抬眼看玉珩，只見他面上顏色紅暈粉白，那團自帶的紫氣迎風而來，恍惚地笑開了。

莊少容不知道自己是以什麼樣的心情走出別院的。

母親與祖母從皇后娘娘那裡回來了，但也帶來了莊府從此與張家不帶任何瓜葛的消息。

正當他高興於自家姊姊不用強搶季六的婚事時，姊姊居然說出一件驚天之事來——她與張二郎有了夫妻之實！

這時，謝飛昂提著衣襬，小跑著從別院中跑出來，一抬首，看見莊少容，立刻奔過來，一把抓住他。

「正好！我正要去找你，走走走，趕快走！」

謝飛昂話到一半，注意到他臉色不對。「你怎麼了，臉色這麼難看？」想到他之前是為了自己姊姊進的莊家別院，出來後就這樣一副死人樣，不禁開口。「難不成是你姊姊有什麼事情？」

「沒有！不是！」莊少容下意識反駁。

終究是入世未深，什麼表情都寫在臉上的少年，這樣一出聲，還不是此地無銀三百兩？謝飛昂一猜就能猜個七七八八，一手抓住他。「好好好，你那裡沒有事，我這裡有事，還是件大事情！」一探頭，他輕聲在莊少容耳邊道：「我懷疑七爺不見了！」

這幾個字果然讓莊少容跳起來，如夢初醒，三魂七魄全都歸到體內，「嗄」了一聲，說：「什麼！你說什麼？」

七皇子不見了？這是什麼意思？

謝飛昂看了看，四下無人，細聲道：「我適才進別院，寧石在皇后的上房那裡，那裡誰都不讓進入。我尋了別院中的丫鬟婆子，卻說沒有見到七爺。我問了門房，門房都說七爺沒有回來過。」

「七哥帶著席善出去，也實屬正常。」

「什麼正常。你想想，寧石身為七爺護衛，在皇后那裡許久是做什麼？」謝飛昂一擰脖子。「後來，你猜我還看到了誰？」

「誰？」

「季六娘子身邊的那個丫鬟，但是她是由寧石帶過來的，沒看見季六娘子。」

莊少容不禁退後一步。「你是說、你是說……」

「對！很有可能，七爺與季六娘子一起不見了！」謝飛昂面色嚴肅，一點都沒有開玩笑的意思。

他不顧莊少容臉色，轉首就吩咐兩人的小廝。「趕快把小爺們的馬牽過來！」

小廝飛奔到別院的後院。

看莊少容依舊一副疑惑不解，謝飛昂一把朝對方肩頭拍過去。「你想什麼，該不會想著他們是一起攜手私奔了吧?!」

「難道……不是嗎？」莊少容目光轉動，疑惑不解。

謝飛昂一口血堵在胸口，很想毫無顧忌地噴出來，把這個蠢貨給噴死。

他掄起胳膊又給了莊少容肩頭一拳，怒道：「是個屁！給我帶上你腦子啊！你怎麼會這麼蠢，七爺又不是瘋了，怎麼會和季六娘子……唉，你用腦子想想就知道他們肯定是出了什麼意外，我怕是七爺被人抓走了！」

「被抓走了」四個字猶如一盆冰水直澆灌而下，讓莊少容再次清醒。

對呢，一個皇子怎麼可能會與一個已經訂親的小娘子私奔？他都被姊姊的事情弄糊塗了！

這時，兩人的小廝已經把馬牽過來。

謝飛昂跟莊少容接過馬鞭上馬，不敢怠慢，往山下直衝而去。

木屋離得不遠，獨立山間，應是打獵砍柴之人所造，建在山間暫時落腳的。

玉珩跑得很快，約莫一刻鐘就跑到木屋前，急切之下，他竟沒有忘記禮數，站在門口高喊一聲。「屋中可有人？」

等了許久，見屋中無人回答，這才一腳踹開門，抱著人進去。

是一間很小的木屋，四四方方，不分裡外間，只有一張四方八仙桌；東西角落有張很小的土炕，炕上被褥之類的一律沒有，西南角倒是堆了一缸水與一些木柴。

山中的木屋大多是村人為了山中砍柴打獵所建，方便落腳歇息一會兒，因此小成如此模樣，玉珩也沒有意外。

把季雲流扶到炕上，他走到水缸旁舀了一瓢水，放入洗淨的銀簪等了會兒，見無異樣，才再舀一瓢，移到炕邊把她扶起來。「來，喝兩口水。」

他遞了瓢，餵水。

此刻，季雲流燒得有些糊塗，側頭瞇起眼，水剛送到嘴邊，一扭頭，水瓢碰上了，「哐」一聲，瓢落身上，裡面的水飛濺開來，灑了一身。

季雲流從脖子到肚子是一片冰涼，混沌的腦子頓時被這一大瓢水灑得一片清明，低頭看著自己一身潮濕的衣服。

「這是我自己找死的結果？」

玉珩離得遠，跳得也快，身上倒是沒有濺到多少，但聽她口中「找死」兩個字吐出來，挑了挑眉，覺得這兩個字形容得尤為貼切。

黑眸看她，緩緩「嗯」了一聲，似乎有些笑意。「的確是妳自己找死的結果。」

他扔下她，大步又去缸裡舀水，舀了水扶著她坐好，傾身去餵了她幾口水。

喝了水，腦中更加清明了些，季雲流四處打量。「這裡是哪裡？」轉眸看見玉珩在脫外衣，她一怔。「七爺，今日不是月圓之夜。」

「這裡應該是獵人在山上的落腳之地……」玉珩答了一句，聽見第二句，轉首愣一下，而後反應過來。

自己脫衣服是要狼性大發？對誰？對她？

黑眉擰起，玉珩咧開嘴，伸手就把外衣甩到她身上。「季六，妳這樣的身板還不夠爺啃的！」

他乃當今七皇子，宮中環肥燕瘦，什麼樣的美人沒有，別說他經歷兩世，即便就一世，也瞧不上這樣還未及笄的少女！

逃命的途中還能想到這種風花雪月，不愧是……好樣的！

季雲流點頭，伸手接過他的外衣，鬆了一口氣。「那便好。」

這番模樣看得玉珩一手就想掐死她，一了百了。

但目光瞥到她腿上的傷口，他又壓下滔天怒火，立起身去角落拿了木柴，在房中燃了火堆。

「自己坐著烤烤衣服，不要自己再找死，撲到火堆去被燒死，那可真沒人能救妳了。」

說著，長腿一跨，人就出去了。

季雲流坐著不動，待腦中真的清醒才環視一圈，尋找周邊有無食物之類的東西充飢。只是查看一圈下來，也沒有找到什麼能吃的。

她動了動手，覺得自己力氣已恢復不少，知道這曼陀羅藥性已經漸漸退去，她便站起來，脫下外衣放在桌上讓火烘烤。

翻著玉珩的白色外袍，她目光清冷。

皇家人生性涼薄、薄情寡義。剛才在樹幹邊，他若放下自己獨自離去，那便是兩兩無緣，自己亦無愧於天道。

如今這人沒丟下她，也許與自己確實有幾分薄緣，那便順道再相助他一把吧！

披了玉珩的衣服，季雲流幾步走到院子裡。

站在門口眺望一下，確定四下無人之後，她拐了一處，走到房子側邊，伸手抓下自己腰間的荷包。

荷包用處甚廣，有人用它來放熏香，有人用它來放碎銀子，季雲流用它來放黑炭。

炭是好東西，出門在外，緊急情況時能用來畫道符。

在二十一世紀，揹個背包，把羅盤、道符、朱砂、銅錢劍放滿了也沒人管，但在這種出門都要帶個丫鬟，揹個行囊就以為要遠行或私奔的，只能在荷包中稍稍放塊黑炭，以防不時之需。

用黑炭在屋外的木牆上塗塗畫畫，口中默唸道咒甚久，一道「平安符」就勾畫而成。平安符保平安，房前正好有片竹林，也是節竹報平安之意。

她繞到另一邊，依樣畫葫蘆，再畫一道「平安符」。

之後，季雲流塞回黑炭，整了整自己的衣裙，看了看自己的儀態，閉上眼，豎起道指，開始作道法之術。

這是她來了這個世界之後，第一次開壇作法。

所謂「法術」，首先是指以符和籙為本的道術秘法。萬物皆是法，皆是天道，皆有靈性，道法自然，無為自化，萬物又復歸於道。

沒有所謂的黃紙與朱砂桃木劍之流，亦可開壇作法，不必拘泥於形式。

道由心學，心中有道、有三清神尊、有祖師爺，就是忠孝仁義。

符、咒、訣、步是道法主要的四種主體。符，就是書道符；咒，是口中咒語；訣，稱掐訣，也就是手訣；步，又叫禹步，有「步罡踏斗」之術。

「太上臺星，應變無停……智慧明淨，心神安寧……」季雲流默唸三遍淨心咒，開始結手訣，再默唸咒。「臨兵鬥者，皆陣列前行……金光速現，覆護真人……」

踩禹步，唸道咒語，解道印……反覆再三，她道指一點，左腳禹步一踩，牆上畫了符的地方便有微弱金光一閃，須臾又立刻消失不見。

季雲流作完道法，精力耗盡，腦中再次混沌，只得蹲在地上。

「這個效果直接從一塊錢減到五毛了……祖師爺，我是真的餓得沒力氣了，不要怪我不爭氣。反正那人身帶紫氣，很多事情會逢凶化吉，也不在乎我兩道符……」

她蹲了半晌才撐著牆站起來，移到外圈，繼續撿了樹枝在地面沙土中默唸咒語、塗畫。這次所畫的亦是符，但與「平安符」不一樣，是「祈禱符」。

這道符不算繁瑣，飛龍舞鳳一樣，不消片刻就在沙土中勾勒出來。之後，她扔了樹枝，開始再次作法。

「臨兵鬥者，皆陣列前行……」

開壇作法其實亦是把心中意念傳達給天道知曉，由符借助周圍氣場的力量來達到自己祈禱的效果，並非一個啟壇就真能呼風喚雨，天下無敵。

作完這次的道法，氣力虛耗得更加厲害。季雲流坐在門檻上，靜靜等著。

不過片刻，一隻灰兔似乎是受到什麼追趕，不顧前方，拚命奔跑，而後撞到木屋的木牆上，一頭把自己撞死了。

「守株待兔！」她兩步過去拎起兔子，朝天作揖。「謝祖師爺！」

她拽下頭上的銀簪子在岩石上磨了磨，這鋒利了就是一把小刀。

而後便蹲在一旁開始剖兔子。

第十三章

皇家別院中，皇后也在讓道觀中的道士卜卦。

秦羽人正在閉關，她請到的是秦羽人首席弟子，呂道人。

呂道人沐浴、更衣、淨手，默唸了幾遍淨心咒，然後開始幫皇后占卜金錢卦。金錢卦乃是最簡便的卦術，準備三個銅錢，在龜殼中拋擲六次，就可以得出最後卦象。

呂道人口中一直默唸：「啟問七皇子玉珩平安，時辰八字乃是戊辰年……」一次又一次地拋擲三枚銅錢。

對照卦意時，呂道人看著卦，明顯一怔。

皇后見狀，急忙問道：「呂道人，卦意如何？七皇子有無危險？」

呂道人回過神，作揖道：「皇后娘娘莫焦慮，這是春雷行雨之卦，憂散喜生之象。」

「何解？」

呂道人回答：「此卦是解卦，是講困難已解，附近有人援助，七皇子不會再有什麼災禍。」

「果真如此？」

「卦意確實如此。」

皇后鬆下一口氣。

呂道人從別院出來，提著道服衣襬，就直奔紫霞觀的觀星臺。

秦羽人是在觀星臺閉關，日夜都在觀星，不論氣候如何轉變。

呂道人直上觀星臺，跪在觀星臺的樓道口伏地道：「弟子欲請尊師解惑。」

他不等是否有人應聲，只跪地再道：「皇后娘娘請弟子去占卦，說七皇子在紫霞山中被歹人擄走，要弟子占卜七皇子安危。弟子誠心卜卦，所得卦意是坎下震上的解卦，乃憂散喜生之象。但、但……」他聲音低下去，不相信又全然不解。「但卦裡又含咸意，男下女，君子以虛受人，取女吉也……」

明明是問安卦，為何會扯到吉緣卦上？

取女吉……這是要娶誰？要七皇子娶哪個女子？

呂道人問完心中疑惑，再抬頭，卻見觀星臺上毫無動靜。他立起身，準備下樓，不打擾秦羽人閉關。

才走兩步，便傳來秦羽人的聲音。「寒白，你入我門下多久了？」

呂道人立刻回身跪地。「回恩師，已經受恩師教導十五載。」

「十五年了……」秦羽人一身白衣，從石牆後方出來。「你道法天資不足，勝在勤奮，卜卦亦從未出過紕漏，可為何每次都如此不信自己？」

「恩師……」

恩師的意思，自己卜的卦是正確，未曾出錯？

「這只解卦，春雷行雨，憂散喜生……是指有人相助才能得救之意。」

呂道人連忙點頭。「正是。」

「那你可問過，是誰相助七皇子，又有何人與他一道被歹人擄走的？」

呂道人茫然搖頭。

秦羽人目光移到天空，緩聲道：「為師閉關半月，終於看見紫微星出了，希望是個盛世，太平天下。」

「恩師？」如此高深莫測的話語讓呂道人猛然抬頭。「您是說……太子的儲君之位已不是真龍之相？」

紫微星出來了？大昭國難道要易帝？

秦羽人一嘆。「寒白，我已經說過，你須謹記，大道沒有始終，萬物原本就會自行變化；命，不是天道定後便不變的。」

呂道人自認是個愚鈍之人，於是再次伏地而問：「恩師說萬物會自行變化，那是說，就算紫微星降臨，也不一定能改變太子的儲君之位？」

秦羽人只道：「未知的事情，只有等到來臨那時才能知。」

呂道人直到下了觀星臺時還是茫然的。

七皇子被行刺，得出的卦意卻是娶一女子會大吉，而自家師父又說紫微星出來了。

這兩者……有何關係呢？

莫嶼山中，夕陽已經西斜至山後，泛白的天空轉為滿天紅霞。

藉著薄暮的光線，玉珩在山中尋了一些外傷草藥，用草藤捆成一團。

拎著草藥，他站在半山腰，往斜對面的紫霞山觀望。

傍晚時分，霧氣裊裊而起，遠遠眺望紫霞山，更顯出其玄遠微妙之色。

以他的身手，獨自行上紫霞山應該沒有難處……

頓足觀望許久，他忽然感到指尖一痛。原來是自己的指尖被藥材尖刺刺傷，流出一滴鮮紅血液。

木屋中，那少女也正在流血，需要藥草治傷。

最後，玉珩撕下衣襬一角綁在樹杈上，往山間獵人的木屋走去。

天色此時已全黑，他由外入屋時，只覺滿屋飄香，推開門，就見季雲流架著一隻兔子在火上烤著。

火光照亮整間屋子，少女穿著自己的外衣蹲在地上，頭上的簪子拔下，一頭黑髮全都散落下來，用一根銀絲帶隨意綁著。

這般簡陋的屋中，火光映著白衣黑髮，硬生生透出一股非人間的意境來。

季雲流聽見聲音，頭轉過去，看見玉珩手上的兩隻兔子，頓時微微牽唇，笑得眼睛成弦月狀，聲帶雀躍。「你竟然帶回來兩隻兔子！」

有美人兮，驚鴻一現。

瞬間，玉珩心中像是平靜無波的水池內無端端落了一片葉子，微微泛開一圈圈漣漪。

鼇不清這是起了什麼樣的騷動，他移開目光，眼簾微垂，「嗯」了一聲，而後問她。

「妳手中的兔子哪裡來的？」

「牠自己撞牆死的。」

「自己撞死的？」玉珩再次抬首，明顯不信。「怎麼會自己撞死？」

她笑了一聲，轉首去繼續烤兔。「你又不是兔子，怎麼知道牠不會自己撞死？」

好，這個「子非魚，安知魚之樂」的討論，他玉珩不參與！

季雲流的心思還在他手中的兩隻兔子上，她丟出一把磨好的簪子，笑道：「麻煩七爺你去門外把牠們都弄乾淨再拿來烤，我這隻還要等一下才能烤好。放心，我會留些給七爺的。」

磨好的簪子躺在玉珩腳下，在火堆的照耀下閃閃發光。

玉珩看著地上的簪子，再次疑惑。

一個十三歲、父不喜、母不在的大家閨秀，訂親的未婚夫偷腥她不哭，刺客抓捕不怕，隻身在外不懼，會磨刀子會殺兔，這樣的人到底從何而來？

他沒拿簪子去剖兔子，只把牠們綁好往旁邊一扔，走到桌旁坐下，拿出摘採的草藥，在水瓢中捻碎。

「既然妳那裡有一隻，也不用再殺了，那兩隻明日再吃吧。」

卻見季雲流立刻抬首，眼中一腔憂愁，那股泫然欲泣擋都擋不住，玉珩一頓。「怎麼了？」

「七爺，」季雲流眼巴巴地望他。「一隻兔子還不夠我一人吃的。」

玉珩眼一抽，恨不得把手上的水瓢一把塞進她嘴裡去。

「妳如今在發燒，這些火氣之物不可多吃，否則恐怕加重病情。之前妳的鼻血與腿傷難不成全忘光了？」

她這個奇葩的小娘子，究竟是哪個混帳妖人帶大的！

說到鼻血，季雲流的臉上驀然飛上兩坨紅霞。

火光熠熠，孤男寡女，一人紅霞滿臉，一人心中恍惚。

玉珩終於移開目光，落下手中的水瓢。「拿去。」說這話時，他覺得聲音都有點不像自己平常的。

可話語簡短，季雲流聽不出什麼異常，接過水瓢看了看，睜著黑漆漆的大眸子。「這個是什麼草藥？七爺居然懂藥理，好厲害！」

「是鐵莧菜、紫珠草，可外傷止血。」玉珩的目光落在她臉上。「自己把腿傷敷上吧。」

季雲流抬首，對著他笑瞇了眼。

好孩子，姊姊沒有救錯你，你的良心還是有的！

玉珩看她笑容，垂下眼簾覆住眸中的眼色，站起來，拿了磨成小刀的簪子，再抓了一隻兔子，出門殺兔去了。

撕了衣服一角，季雲流坐到桌旁自己上藥包紮。

當初也就刺了大腿兩簪子，只是比較深，大約有點傷到骨頭而已，疼痛必定有，也不是完全不能忍。

玉珩蹲在院中剖兔子，旁邊有另一隻兔子的一些皮毛與內臟。他一眼瞥過，目光定在沙子中淺印的腳步上。

那腳步小巧，一看就知道是一個姑娘家的腳步。

這個人倒是好興致，來了這裡還要沿著屋子轉一圈，找吃的不成？

想到食物就想到兔子。那兔子真的是自己撞死的？

他清洗過後再進來，第一隻兔子已經熟得差不多了，香味四溢。

季雲流也不轉頭，一直專注地轉著以粗木柴搭起來的烤架子，感覺後面有人來了，她伸出手。「把簪子給我再劃兩刀。」

接了玉珩遞的簪子，她往金黃脆皮的兔肉上劃開幾刀，翻動著，讓肉熟透到骨頭裡。

季雲流站起來，看著自己手上的「佳作」，十分滿意。「可惜沒有鹽和孜然，不然肯定更香。」

看著玉珩，她笑盈盈地遞過去。「你嚐嚐。」接過他手上的兔肉看了看，明慧的眼睛中笑意更濃。「七爺洗得好乾淨。」

話落，轉過身去，拿著這隻兔子繼續烤。

玉珩拿著陣陣泛著香味的兔子，看看專注翻烤兔子的季雲流，再看看自己手上黃金脆皮的熟兔肉，怔了一下。

但他沒有猶豫，坐在桌旁就開始吃起自己的晚飯。

客氣？做了二十年天潢貴胄，他除了跟父皇與母后，也確實沒有跟誰謙讓過。

沒有鹽，兔肉的味道確實淡了些，但如今已經餓極，這淡香的兔肉也別有一番滋味。

季雲流烤著兔子，肚子「咕嚕」一聲，忽覺得有什麼……這不對啊！她烤過兔子的，現在又烤什麼兔子？

回過頭，那金黃脆皮的兔子已經只剩一堆骨頭，骨頭均勻、不帶餘肉，擺放的位置都可以看得出食用者的斯文貴氣之相。

玉珩感覺到她濃濃的悲憤，側過頭，抓過一隻兔子腿遞過去。「未吃過的。」

兔子腿碩大，說是腿，連著胸脯，差不多還有半隻兔子的模樣。

季雲流頓時眼中光彩流轉，起身把手上未熟的兔子交給他，一手接過對方遞來的兔腿，坐上凳子。

著。

「謝謝七爺！」細節見人品，少年郎，你人品可以的！

玉珩不知她心中所想，只是見她笑了，垂下眼簾，接過串著兔子的木棒，繼續用火烤著。

少女年紀小，胃口極佳，到底是富貴人家長大的，狼吞虎嚥起來也是斯文，一手用小刀切肉，一手轉動兔腿；肉被剔下，簪子的小刀輕輕一點，就叉起肉片放入嘴中。

那嫣紅嘴唇嚼嚥食物、胃口極好的模樣，讓玉珩看著，似乎肚子又餓了一些。

他看著眼前的兔子，心中居然有一種「還好多烤了一隻」的想法。

簡直亂七八糟！

寧石領著幾個侍衛，動作很快，這一刻已經趕到山腳下。

天色已經轉黑，他抬頭看了看天際，轉首道：「我們動作再快些，不然夜晚林中有野獸出沒，殿下安全更沒有保障。」

讓兩名侍衛留在別院，這次下山出來，加上寧石一起，一共十一人。

不一會兒，有人騎著馬過來稟告。「寧爺，過來看，這裡有血跡！」

寧石心中一震，策馬就奔過去，下馬查看。

木桶、農夫與刺客屍體都已不見，但到底還有玉珩打鬥留下的血跡。

「寧爺，這裡也有血跡，還有車輪痕跡！」

寧石把兩處血跡全都抹在手心，嗅了嗅氣味，手指感受兩者的黏稠度。

「是人血，還是兩個人的。」寧石說。「這裡留下兩個人的血，距離還隔得如此遠，若七爺真的受傷，被放在木桶中運出紫霞山，定不會相隔這麼遠才留下血跡。如今看來，這裡發生過打鬥。」

「寧爺！」遠處又有策馬而來的侍衛。「這裡有一塊帕子！」

寧石立刻接過，看見潔白的方帕下面有一個紫色的「七」字，心中狂喜。「是七殿下的！」

帕子被丟出來，血痕不多，地上的血跡也不多。七爺與刺客在這裡搏鬥過，還丟了方帕，證明七爺很有可能脫了刺客的控制，逃出來了！

雖然他不知道玉珩為何能在中了曼陀羅毒之後還與刺客搏鬥，但以這兩條線索看來，他認為七皇子恐怕真的是逃出來了。

「七殿下應已從刺客的手中逃脫了。」寧石沈聲分析。「殿下帶著一個姑娘家，紫霞山也不知還有多少人，肯定不會去；東面出去是村落，但若刺客有餘黨，很快就查到村落去，所以殿下也不會去村中。西邊是河，雖說有水才能果腹，但河面一覽無遺，也很快會被人發現行蹤。」

如此看來，只有上莫嶼山一條途徑！

正說到此處，山上奔下來兩個人影。莊少容高叫道：「寧石、寧石！」

寧石卻不等莊少容了，直接翻身上馬，冷聲吩咐。「去莫嶼山！有誰去過知道地形的，前面帶路！」

十一個人收到命令，全部策馬而去。

莊少容看見一群人全走了，趕快也駕馬跟在後頭。「寧石，你等等我！」

西河旁的大樹上，兩個接應的人等了許久，也沒有看見有人過來，慌了，派了一人去看，正好看見一隊人馬從紫霞山那頭奔出去。

這一看，嚇了刺客一大跳，連跑帶撲地跑回大樹下，朝著樹上招手，無聲用口形道：青九，不好了！青大他們的行蹤也許暴露了！我看見七殿下的侍衛寧石！

樹上的青九聞言立刻翻身下來。「你說什麼？怎麼會？」

「寧石他們好像還沒有找到七皇子，我們要不要也出去找找他們？」

青九目光轉動。「寧石帶人去哪裡了？」

「往南邊去了。」

「我們也去南邊！」

第十四章

皇后身邊的王嬤嬤親自去了梅花院，告知季家眾女眷，「皇后娘娘後山巧遇季六娘子，同時留下季六娘子在別院過夜」的事情。

這話一出，院中的季府女眷全都嚇了一跳。

陳氏摘下自己手上的玉鐲，伸手就給王嬤嬤套上，口中客氣萬分。「王嬤嬤，我怕六姊兒年紀小，不懂事，在別院伺候不好皇后娘娘，還望王嬤嬤從旁多多指導一下。」

王嬤嬤目光一掃，就知這玉鐲價值不菲，但季六娘子目前生死未卜，她也不能昧著良心收下這麼貴的手鐲。

當下一推，便把手鐲推回陳氏的手上。「大夫人，老奴只是按皇后娘娘的吩咐來的，這天色也不早，老奴得回別院伺候娘娘了。」

王嬤嬤不收玉鐲子，瀟灑一走，季老夫人心中頓時涼了半截，跌坐在上房唯一的太師椅上。

「妳們說，皇后娘娘這是要幹什麼？難道真的要插手六丫頭與張家的婚事，要讓六丫頭在道觀終老？」

陳氏看自家婆婆臉色都急白了，也只好壓下心中的忐忑，好生安慰。「老夫人，您放心，皇后娘娘要真的插手六姊兒的婚事，頂多就是問上兩句話，不會到現在都沒有讓人回來，還要讓人在別院留宿的。留宿別院可是天大的殊榮。」

「妳的意思是……」季老夫人的眼中有了一絲光彩。「妳說皇后娘娘是看中六丫頭才留下她？」

王氏也上前笑道：「是呢，老夫人，我覺得六姊兒在莊子中待了兩年，性情都變了，如今我看著她都喜歡得緊。皇后娘娘母儀天下，事事通透，這次也肯定知道這親事錯不在我們季府，此次定是喜了六姊兒，留下敘敘話而已。」

兩個媳婦的話說起來都有道理，季老夫人這才把一顆跳到喉嚨口的心放下來。

若皇后真的喜歡六丫頭，從別院回來，她的身價也能漲上一漲，這確實是喜事。

陳氏與王氏對望一眼。雖然兩人心頭惴惴不安，還是把這股擔心給壓下去。

四合房小，上房說得大聲一點，都能讓話語絮絮叨叨地飄出去。

無心去聽便罷了，若是有心人趴在牆角偷聽，都可以聽得清清楚楚。

季雲妙從後山跑回道觀時，就一直等著季雲流，想抓著她問清楚七皇子可有跟她說了什麼？

但她等呀等，等到季雲薇滿臉紅光地回來，又等到宋之畫滿面嬌羞含春風地回來，還是沒有看見季雲流。

直到王嬤嬤過來。

剛開始，只有季雲妙趴在牆角偷聽，後來季雲薇與宋之晝也實在頂不住好奇，都靠近牆角聽了幾句。

知道是皇后留宿季雲流時，季雲妙撒腿跳起來。「什麼！她竟然留在皇家別院？」

「七妹！」宋之晝離她不遠，見她這麼一跳，趕緊過來摀她嘴巴。「七妹，千萬小聲點，讓老夫人和大夫人聽到就不得了了。」

季雲妙被摀著嘴，眨著眼睛將此事想了想。

先是她與季雲流鬥嘴，之後被七皇子看見，她自己過於慌張就倉促走了，而季雲流也許與七皇子對話幾句……然後住進了皇家別院？

她怎麼可以這般不要臉！自己若沒有離開，是不是也有機會住進皇家的別院？

宋之晝摀著季雲妙的嘴，到底沒有用什麼力氣，卻看見她的眼淚滾燙地落下來，砸到她手上，嚇了一跳。

「七妹，我、我不是不故意弄疼妳的……」

季雲妙的心思哪是在這裡。她一邊哭，一邊把自己甩上了炕，理都沒有理會眾人。

她的七皇子妃沒有了，全都要怪那個季雲流！

夜色近濃，回到道觀中的張元詡連吃晚膳都是一副心不在焉的模樣，匆匆扒了兩口飯就洗漱歇下。

今晚連月光都沒有，張元翊躺在道觀的廂房中，仰面看著窗戶映出的黑沈天空。

原來我這般超逸這般卓越的人，竟也免不了俗氣，想要更高的權位，想要更富貴的人生，想要更嬌媚的妻子。

閉上眼，張元翊又在心中默唸一遍。雲流，對不住，妳到了地府定要原諒我，我會每年都去妳墳前燒紙錢給妳。

被人惦記著燒紙錢的季雲流，正與玉珩再次你一半、我一半分吃了另一隻野兔，也準備歇下。

玉珩雖為皇帝第七子，卻會抓兔會生火，還會燒火炕。

這裡沒有被褥，只有一張炕，不把炕加熱，兩人半夜肯定要熬出個好歹來。人在外頭逃命，體魄才是根本。

季雲流坐在炕上，看玉珩俯身在燒火炕，火光朦朧，一身素淡白衣映襯得他眉眼如工筆細細描繪，面色宛如清白瓷器一般，顏色如玉又如花。

這般粗活讓他這樣的謫仙人物做起來，只覺得水準都提高了。

她瞧得目不轉睛。好看真的能當飯吃，當真賞心悅目。

這人額明眼亮，鼻高，唇略薄，只要把他的涼薄唇相改一改，心中一個「仁」字當政，應該也能換來太平盛世，至少不會是個昏庸皇帝。

許是視線太過熱情，玉珩想忽略都忽略不了，抬起頭，那一雙眼眸如寒星般清澄。

看都看了，再移開就顯得矯情了。

「你長得好看。」季雲流乾脆應了一句，怕他不信，掏心窩再加碼道：「是真的。」

玉珩盯著她，一言不發。

這人眼尾細而略彎，眼狀似桃花花瓣，眼神迷離，輕輕一笑，媚態畢現，就是個禍水的紅顏姿色！

再一想，想起來的卻是之前在木桶中，這人用嘴貼著自己的、滿嘴桂花糕味的情景。

就是那時，這人也對自己說過一樣的話語。

玉珩臉色轉冷，鳳眼微瞇，連帶眼神也很冷。「季六，難不成妳見了男子就會出言輕薄？」遇到危急就出口相親？

季雲流眨了眨眼，定眼看他。

彼此靜望，中間卻似隔了一方難以跨越的天地。

她又眨兩下，抿嘴一笑。

少年，你表情後面有一雙紅透的耳朵，沒感覺到它們在發燙嗎？

「不。」她傾身，把臉湊到他面前更近的地方。「我只出言輕薄過你一人，真的。」

兩人相隔不過幾寸，被人赤裸裸地調戲了一次又一次，是玉珩活了兩輩子以來的……頭一回。

輕薄、浮躁、無恥下作、不要臉，她可謂全部具備了！到底是哪個山頭、哪塊石頭裡蹦出來的人物？

可他此刻就算心頭大怒，臉上竟然還能妥妥當當、滴水不漏地維持鎮定。黑漆漆的目光看她半晌，玉珩斂住心神，終於讓自個兒保持清明。「妳究竟是何人？」見她不言，他沈沈的目光盯著她，再次開口。「妳從何而來？」

還是沒有得到任何回應，玉珩面上不現一絲薄怒之色，只是更緩慢地一字一字問道：「妳與我一道被刺客抓住，到底是真的無意相遇，還是有意為之的陷阱？」

屋中安靜，只有柴火噼噼啪啪的聲響。

許久，季雲流才笑道：「我看七爺你骨骼清奇，並非凡人，將來必成大業。不如這樣，七爺你聽我指令，而後你我一道去拯救天下蒼生，如何？」

玉珩當下斂了目光，幾步走到炕邊，席地而坐，閉目休息。

他大概是瘋了，竟然去問她！神棍騙人那套的鬼話他若信了，就是得了失心瘋！

火柴噼啪聲不絕。

季雲流眼皮微落，聲音淺淺而散。

「七爺，一念善，吉神隨；一念惡，厲鬼跟。若欲成心中之事，還是需要有顆善意之心，才能立於不敗之地，才可坐上自己想坐之位呢。」

火影搖紅，那輕淡的聲音一點一滴，猶如空氣般，一絲一縷地從玉珩的每個毛細孔滲透進去，鑽入心底最深處。

玉珩猛然轉首，對上她飽含笑意的雙眼。

一瞬間，他只覺得心口莫名激動，須極力才能克制這種驚悸。「若有人犯我，我又該如何心懷善意？難道要活活被人算計致死也不計較嗎？」

季雲流漾出一絲笑意，拿著簪子在炕上刻了幾筆。

一筆一畫，她的手腕如八卦上的懸針，姿態優美，輕輕巧巧；指尖玫紅，手指如上好羊脂玉。

玉珩臉上波瀾不驚，心中如滔滔江河，目光卻不瞬地瞧著她刻的字。

先是一個「刃」，後是一個「心」，組在一起是個端正的「忍」。

字體娟秀，被纖細的手指刻出來，躺在土炕面上。

「忍得苦中苦，才有人上人。」季雲流低低的聲音帶著一點點軟糯。「忍，心與刃，不是讓刀插在心窩上不管不顧，而是讓七爺斂下脾性，斂下才情，待機緣能量具足，時機成熟，自然水到渠成。」

過去無法改變，未來卻充滿變數。相由心生，心若有變，面相亦會改變，從沒有一直不變的命格。

玉珩長長的睫毛微動，只覺自己連心神都被撼動了。

她到底從何處來？為何會知道自己是由於不斂鋒芒而被暗殺的事?!

季雲流似乎從眼中看出他所想，笑開了，搖晃著手指道：「小女子從白雲之外的天宮而來，玉皇大帝派我下凡來拯救芸芸眾生。少年郎，你可要本大仙幫你卜上一卦？不如這樣，七爺，你聽我指令，你我一道拯救天下蒼生，如何？」

玉珩神色絲毫未變，心中滋味雜陳，一顆心沸沸騰騰，沸了涼，涼了再沸。

最後，他看著她，不溫不火地撕開她的滿口謊言。「季六，難道你們天宮之人吃的是水煮魚、酸菜魚、無骨雞排配可樂與奶茶，還需要加冰？」

「啊哈，這個……」季雲流摀上臉。「哎呀，我額頭好燙，頭暈！」話落，倒在炕上，閉眼就睡。

玉珩冷冷看著她，只等了一會兒，就聽到炕上之人沈穩有節奏的呼吸。

冷哼一聲，他轉回身去，仰頭閉眼靠著炕，再次想著對方吐出來的那些彌天大謊。

再等了一會兒，確定這呼吸聲由重轉輕，他睜開眼，站了起來。

轉身俯首，仔細看躺在炕上的少女。

唇紅面粉，容顏秀美絕俗，她睡著的安靜模樣，倒真的透出幾分天宮仙人的模樣來。

玉珩盯著季雲流玉白般的脖子。這人與自己一道被刺客抓住，真的是無意的相遇，還是別有用心？

他伸出手，緩緩伸向她。玉珩的手在半空一頓，伸到她的額頭，感受了下溫度。

體溫高燙，高燒果然還沒有退下來。

玉珩垂下目光，收回手，把自己的外衣再往她身上蓋了蓋，拿了一枝火把，霍然轉身出了屋。

躺在炕上的季雲流聽到聲音，睜開眼睛，動也不動，目光筆直看著木屋的上梁。

皇家出來的人，性子多疑又涼薄，這樣的人，得罪不得、親近不得，打不得、罵不得，再疑神疑鬼地相互試探下去，就要得神經病了！

她伸出手，慢慢給自己再掐算一遍，又停在「大安」之上。

大安，將軍回田野，失物去不遠，喜事在前方。

去你大爺的天道，什麼鬼卦象！

季雲流放下手，終於堅持不住，沈沈睡去。

玉珩拿著火把到了院外，站在院落中舉目四顧，遠處的茂密山林暗沈沈的，樹影搖動。遠方的紫霞山中仍有片片火光，但這座山中，全無光亮。

天色暗到不見五指，今日的空中無星無月，只有黑沈沈一片。

他目光向下，看見地上腳印。

大腳踏在沙地上的小腳印上，玉珩一步一步地沿著那小腳印，繞到木屋的側邊。

側邊還有木圍欄，腳步在這裡變多、凌亂，可凌亂中似乎又帶著一些他看不懂的規律。

玉珩的視線被畫在牆底的一處圖像吸引，他抬起首，火把一照。
黑色炭末畫出來的道符赫然映入他眼簾中。
那道符龍飛鳳舞，筆筆清晰，在火把照耀下，又如綠蔭處漏下的婆娑光影，看不真切。
算算道符的高度，正好過自己頭頂。屋中少女舉起手的高度，應該正是這個高度……
霧朦朧，人亦朦朧，道符更加朦朧。
玉珩的心猛然一縮，望著這毫無一絲缺漏，明眼人都能看出是剛畫不久的道符，眼中深沈如潭。
少年郎，你可要本大仙幫你卜上一卦？
瞬間，玉珩握著火棍的手指用力到發白。
他抿著嘴，抑制自己心中的顫動。
天道、三清，可是聽到我以香傳信，才送了她過來？
風吹動他額前的髮，吹動火棍的紅色火焰，似在回答，又似在輕撫。
莫嶼山下，寧石率領眾人策馬上山。
山路陡峭，馬兒根本跑不快，很是耗費時間。
青九與青八一路從水路繞出來，偷偷摸摸地從西面上了莫嶼山，但在林中穿行許久，卻是一無所獲。

當初他們行動前考慮過一些意外狀況，也把莫嶼山地形圖拿來看過一遍，許是沒有踩過點，又許是昨日看圖時太匆忙，今日繞來繞去，總覺得迷失在這山林中，怎麼繞都繞不出來。

再走一會兒，兩人遠遠看見了寧石等人。

「青八，我們這樣的速度還是趕不上他們的，該如何是好？」青九問道。

青八蹲在那邊看了一會兒，道：「他們也沒有找到七皇子。我們從另一個方向找，指不定就先一步找到了。」說著就往另一方向走。

青九跟在他後面，兩人很快過了一圈，還是一無所獲。

青八與青九望著茫茫的莫嶼山，只覺得心中也茫茫然。

青九看著怎麼也繞不出來的山道：「青八，讓寧石找回七皇子吧。七皇子沒有事，也許二爺也能尋個藉口脫罪過去。」

青八頓了很久，終於道：「好，我們回去覆命！」

於是兩人飛快轉身下山。

第十五章

寧石等人尋了大半的山，正著急，謝飛昂的聲音忽地傳來。

「寧石！這裡！」

高聲喊完後，他駕著馬直奔而上，伸手就把掛在樹杈的衣料拽下來，遞給寧石。

寧石抓著衣料，眼睛一掃。「是七爺的！七爺應該在這裡不遠處。」

侍衛聽到此，心中激動，四下散開探查一會兒，就有人奔過來稟告。「那邊林中有木屋，裡面有火光！」

「去看看。」寧石一馬當先，駕馬而去。

馬蹄聲聲，馬嘶陣陣，在夜闌人靜的山中格外清晰。

靠在炕邊歇憩的玉珩猛然睜眼，立起身體就握緊手中的簪子，往屋外無聲移去，謹慎地往屋外探頭一瞧。

屋外的山下，火把如海中珊瑚映日，直從山腰漫上來。夜空漆黑，只見火光不見人。

玉珩不敢斷定來人是哪一派人，是刺客餘黨，還是寧石？

他回身就直奔炕邊，推了炕上的季雲流一把，讓她起來一道尋個地方躲避一下。

可季雲流閉目不動，面頰緋紅，全身都滾燙，分明已因高燒陷入昏迷。

玉珩再顧不得其他，將她打橫一抱，整個人裹進自己懷中，抱著人就奔出木屋，腳步如飛，落地卻極輕。

他不敢發出聲響，直奔前面竹林內。

尋到最繁密的竹叢後，他抱著季雲流躲在此處後面，整個動作悄如鶴行鷺伏。

季雲流燒得毫無意識，被人裹在懷中顛簸，後又因蹲身而下，人如屍體一般，頭部被他一甩，直掛玉珩脖子處。

玉珩蹲在竹叢後面，全神貫注，此刻空隙有限，就算平視前方，下巴也要貼上她面頰。此刻危機萬分，偏生大氣都出不得，更不要說把她一扔而下，就算滾燙的面頰貼著自己的右下巴，也要生生忍住。

抬眼看火光漸漸靠近，玉珩轉目又去看屋牆上那幾道「符咒」。

那一眼就能看出的「平安符」讓他目光閃了閃，瞳孔越發漆黑深沈。

若在上一世，他真的看不出這是什麼符。大昭舉國通道，就是平常百姓也會畫幾道符，但他在皇家卻從不信這些東西。

還是重活一世，他才讓人找來幾本道法書籍，慢慢有所了解。

玉珩垂首，看著昏睡在自己懷中的人。

季雲流，今日若真因妳的平安符得保平安，我應諾妳，無論妳來自哪裡，有我在一日，就保妳一日富貴榮華！

這般想著，他只覺嘴上一燙，才發現自己的唇貼上人家臉頰去了。

這般蹲身抱人的姿勢，讓兩人之間一點餘縫都不剩，轉左轉右，怎麼避都避不開，若再低些，還能貼到她的唇上去。

罷了！

玉珩仰了仰臉，稍稍抬了臉，任由她的額頭繼續貼著自己的下巴。

寧石等人終於移動到木屋之前。莊少容還沒有到，就憑空揚聲大叫起來。「七爺、七爺！你在不在？七爺……」

玉珩聽莊少容這麼一喊，心中湧出狂喜，心潮翻滾，如大江潮湧。

他目光灼灼，抱著季雲流，手上一用力，垂下頭，雙唇在她額頭重重壓下一口。「我承諾妳一世榮華！」

而後雙腳用力，他立起來，騰出一隻手，把蓋在季雲流身上的外衣往上一拉，罩住她整張臉，抬腳從竹林叢中大步走出，喚了一聲寧石。

一行人被玉珩這聲高喊移回目光，轉首看見他一身白衣從竹林中出來，所有人面上露出大驚大喜之色，翻身下馬，單膝跪地。

「殿下，我們救駕來遲！」

連莊少容與謝飛昂亦不例外地跪倒在地。

再抬眼細看玉珩，見他似乎沒有任何傷勢，所有人又鬆下一直吊在胸口的那股擔心。

莊少容的目光落在玉珩手中橫抱著的「屍體」上，見那白衣下露出一絲黑髮，再見這「屍體」的身形，忽然就想到了季六娘子。

「七、七爺，季——」

這個「六」還沒吐出，就見玉珩的目光冷冷掃過來。

謝飛昂一手拽住莊少容的手臂，讓他趕緊閉嘴。

玉珩黑沈沈的雙眸只看了莊少容一眼，大步向寧石走去。「你的馬讓出來與我，你等全部隨我一道回紫霞山。」

寧石應聲站起來，立刻給主子調整馬鞍。荒郊野外，有事自然還是回紫霞山再說。

玉珩把手上的人往馬背上一放，轉過身，低聲問寧石。「我被刺客帶走的事，紫霞山中眾人都已經知曉了？」

寧石探頭輕聲道：「還未曾。皇后娘娘壓下了這件事，除了在場眾人與別院一些人，無人知曉。」

玉珩「嗯」了聲，目光微動，黑眸再次掃過在場眾人一眼。「今日你們在莫嶼山中所見、所救只有我一人，再無見其他人，你等可明白？」

所有人再次跪地應聲。「是！」

他這是要保全懷中人閨譽，讓他們全忘了季雲流。

玉珩翻身上馬，把放在馬背上的季雲流往自己身上倚靠，讓她的臉貼著自己胸口，單手環住，再接過寧石遞上的披風，抖開一揚，覆蓋住自己的身體與季雲流整個人。

繫上錦帶，拿了馬鞭，玉珩又沈聲問了寧石。「席善滾下山崖去，可曾找到了？」

寧石與所有人一樣垂目站著，無人敢抬首直視玉珩適才的動作。他低沈道：「回七爺，還未找到。我之前分了兩人去尋席善，也許此次回去便有消息了。」

「嗯。」玉珩亦是頗為沈重地應了一聲，卻不再問其他，只道：「我在這裡借住一宿，用了屋內頗多乾柴，你去屋內放上些銀錢賠給人家吧。」

說完，單手持馬韁，環著季雲流，夾上馬腹，走了。

除了最後兩人，侍從紛紛拿著火把快速上馬，跟上去，給玉珩照路。

謝飛昂翻身上馬，看著寧石走進屋內又迅速退了出來，揚起馬鞭也隨著玉珩後頭，跟上了。

一路十餘枝火把下山。

謝飛昂往前望，那馬上之人在火把映照下越發如鬼魅。

以前，他只覺得玉珩聰慧，作文章也往往能一語中的，講出不同見解；但久了，他便發現皇家之人有兩袖涼薄的通病。

玉珩貴為當今皇帝七子，乃皇帝么子，生母又是皇后，這驕傲性子也養出了實打實來。

可今日，這個玉珩究竟是嗑了什麼藥、吞了什麼毒，竟然送銀兩賠給獵戶人家，更把一個毫無助力的季六娘子裹在懷中，這是明擺了要把人收了！

謝飛昂轉首看著眼中發直、目光茫然的莊少容，心中卻不急躁。

這些轉變，至少那仁義的轉變，對於以後要坐龍椅之人來說，是助力。

至於季六娘子，他也相信七爺定不會糊塗到像這個莊小六一樣，只看中她的容貌與可憐身世。

玉珩從不知道帶著姑娘在馬上奔馳是這樣的感覺。簡直難以啟齒，難以形容！

若讓他再選一遍，他定會讓季雲流坐在後頭，不然就把她扔在木屋裡，派人守一夜都好！

這人好啊，一暈就跟死過去一樣，捅她兩刀都不知道，而自己卻要設法不讓她掉下馬，只能騰出手環著她腰肢，讓她緊貼自己胸口。

之前脫了件外套給她，此刻她的氣息全數灑在胸口處，讓自己的心胸直到喉嚨都癢成一片。

這也都罷了，重要的是馬兒若快跑起來，他的胯部便會撞到她身上去。那滋味……就算玉珩活了兩輩子，都覺得難以啟齒！

可若讓馬兒慢下來，那慢慢磨、把玉壺之冰磨出茶壺沸水的感覺便更銷魂了。

快不得、慢不得，玉珩都想讓馬兒一頭撞在大樹上，羞死算了！

這一路把出塵如謫仙的玉珩，生生磨成兩頰通紅、喘著沈重粗氣的凡夫俗子。

熬過了這一路，終於抵達紫霞山的皇家別院。

一到院門，玉珩立刻翻身下馬。這次不打橫抱了，他已經被這人磨得沒在半路一腳踹下她就是發善心了！

像麻袋一樣，把包裹嚴實的季雲流整個人扛起，玉珩大步流星地往院落裡走。

寧石在中途已經派人快馬加鞭趕到別院稟告，如今聽見馬蹄與嘶鳴聲，皇后也顧不得那些禮節，親自快步走出上房，等在庭院中。

這一夜，紫霞山寂靜無聲，為了不讓別人察覺異樣，皇后也沒有讓眾人額外點燈。

玉珩才跨進門檻，一個人影幾步跪過來，伏在地上。「七爺！」

門口燈火明亮，玉珩就見伏地之人竟然是席善。

「席善，起來！」他的欣喜之情溢言於表。「你如何回來的？起來說話！」

他驚喜的不僅是席善的活命，還有這一世他人命運的改變。

席善活著，寧石也活著，他的下屬全都活著！

見席善起來之後左腿不著地的模樣，玉珩攏眉道：「你的腿怎麼回事？」

「滾下山時撞到了大石。御醫看過，接了骨就好。」席善搖了搖腿，笑道：「沒事的，七爺，很快就好了。」

他一邊眼淚滾滾，一邊嘴角咧開得像喇叭花一般，這不堪模樣看得玉珩也笑了。「傷筋動骨一百天，去，下去養養傷再回來當差。你這次與寧石有功，我都要好好賞你們！」

見席善又想下跪，玉珩一腳踢過去。「不用跪了，不把腿給養好就不用在爺跟前伺候了！」

席善哭得唏哩嘩啦。「謝七爺，謝謝七爺！」一抬眼，看見被自家主子扛在肩上的人，席善又含著滿眶眼淚，笑得看不見眼睛。

看看，主子與季六娘子這是患難見真情了！

玉珩一路穿過影壁，就瞥見向自己行禮的婆子、宮女及御醫。

他停住腳步，婆子與宮女立刻上前。

他將季雲流放在兩婆子手上，朝御醫道：「她大腿被簪子刺傷，失血過多；還有曼陀羅毒未解，此刻正在發燒。」

御醫也住在這別院中，連夜被拉起來，也知道情況不樂觀，此時聽見玉珩的話語，立刻道：「下官知曉了，定會全力醫治。」見玉珩腳步還停在自己眼前，他想了想又道：「七殿下放心，只要傷口不深，人定會無礙的。」

玉珩這才「嗯」了一聲，大步往皇后所在的庭院走去。

皇后之前詢問過快馬回來稟告的侍從，侍從口齒清晰，把玉珩無恙，但一道被抓的小娘子傷勢過重、已經昏迷的情形，都說了個清楚。

皇后得知那小娘子還是她的七哥兒親手抱上馬，沒有假手於人，就讓自己身邊伺候的宮人碧朱去請御醫候著。而後，碧朱帶著人一直等在門邊。

此刻見了玉珩離去，碧朱轉眼細瞧婆子手中的季雲流。

見她臉色黃中帶紅，連嘴角也已是不尋常的紅，知她確實傷勢過重，對這閨閣小娘子倒起了一絲不忍之心。

「碧朱姑姑，這人該送到哪裡安置？」兩婆子抱著季雲流，小聲問了一遍。

碧朱的目光從季雲流面上移到玉珩覆在她身上的外袍，平靜道：「將人安置在明蘭院的上房。」

明蘭院？兩個婆子無聲互望一眼。

那個院落離玉珩的紫星院隔了些距離，卻是紫星院出別院的必經之地。

也就是說，玉珩進自己院落也好，出自己院落也罷，都要經過這位娘子的院前了……

沐浴梳洗都不顧，玉珩解了披風，直奔皇后所在的院落報平安。

他在紫霞山失蹤整整三個時辰，紫霞觀中無一人驚動。

他安慰了皇后一番，又向皇后詢問起守山統領的事。

說到南梁，皇后冷聲道：「他就是個逆臣，簡直不知死活！見我相問，死不承認與刺客勾結，跪在那裡一直吐什麼忠心天地可鑑之言，簡直無恥到極致！」講得憤恨，皇后聲音更冷。「那幾個巡山守衛更是一口咬定，今日紫霞山太平無恙，統統跪在地上，說一絲錯漏都沒有，全是按了規矩放地行人，還說什麼要把今日出紫霞山的名單全都列整齊了呈上來給我！」

之後，皇后讓侍從帶人去寧石說的山頂尋證據時，那裡已被清除乾淨。

皇后看著自家兒子，低聲道：「七哥兒，如今除了尚書府的季六與她身邊的丫頭，再無人證物證。這事若想讓皇上知曉，須讓她與你一道作證，這才是最妥貼之法。」

玉珩搖首道：「母后，今日被刺客所擄的只有兒一人，被寧石救回的也只有兒一人；季六乃是母后後山相遇，為扶母后受了些傷，於是相邀她在別院住下的。」

皇后怔怔看著玉珩。

被擄的只有他，被救的只有他，季六全然無參與？

這是要保全季六的名聲了……她的七哥兒想要去保一個全然沒有家世助力的姑娘家？

「昨日，孩兒等著曼陀羅的藥性散去，趁著刺客鬆懈與其打鬥時，多虧季六為孩兒擋了兩簪子，這才讓我有機會殺了那刺客。」玉珩被皇后雙目望著，面色如常地站起來，向皇后深深作揖行禮。「此次被人擄走關乎女子名聲，還望母后成全。」

皇后目不轉睛地望著自己的兒子。

他站在那裡，目光、表情全然認真，是用了心思的。

遲疑片刻，皇后終是柔和道：「好，如此說來，季六娘子也人品頗高，與我確實有緣，我也挺喜歡那個孩子，她今日確實與我在後山相遇才相邀到別院中的。」

同所有天下母親一樣，皇后也選擇相信自己這個一直引以為傲的兒子。

「天色不早，你勞累疲憊一天，趕快早些回去歇著吧，有事明日再商議不遲。」

玉珩再謝。「多謝母后，兒告退。」他輕輕抬首。「母后也早些歇息吧，小七罪該萬死，讓母后擔憂一天。」

看著兒子退出上房，皇后拿著帕子，感慨與惆悵一道壓上心頭。

「福秋，妳說……」福秋正是跟了皇后一輩子的王嬤嬤閨名。「七哥兒與她一道共患難，都說患難見真情，他是不是真對那季六上了心？可她、她那樣的出身，還有訂了親的事，這些、這些都……」

一想到莊府、張家、季府之間亂糟糟的關係，皇后頭都痛了。

半晌，皇后扶上額頭。「罷了罷了，明日再看看她品性與七哥兒對她的態度吧！七哥兒從小就是個懂事的，從未讓我憂心過。」

「娘娘說得是，七殿下從小便識大體，此次定會有分寸的，娘娘不必擔憂。」

王嬤嬤又寬慰了下皇后，便服侍她就寢了。

第十六章

「寧石，跟我去紫霞觀。」

玉珩從皇后那裡出來，寧石已經等在院落外的拱門邊。

聽見玉珩吩咐，他急忙迎過去，跟在後頭。

玉珩見他嘴角掛著笑意，亦笑了下。「席善的平安知曉了？」

「是的，小的看見席善了。」寧石雖是沈穩老練一些，高興之情也沒忍住。「那小子剛坐在門檻邊又哭又笑，還嚇了我一跳。」

玉珩輕笑一聲，腳下步伐不停，此刻心情甚是不錯。

所有的一切，或許都可以同上一世不一樣！

出了別院，玉珩看著沈沈夜幕，忽然又問了聲。「張御醫可說了些什麼？」

「季六娘子傷勢無礙，只是失血過多，現下未退燒，人還未醒，需要靜養幾日。適才開了方子，傷口也上了藥。張御醫說明兒大約人就能醒過來。」

提起張御醫，他便知道自家主子想知道季六娘子回來之後的事，於是事無巨細，全說了出來。「皇后娘娘撥了碧朱與香朱過去，明蘭院那邊還有季六娘子的丫鬟紅巧，待季六娘子喝了藥，好好睡一宿，大約就能好了。」

玉珩淡淡「嗯」了一聲。

寧石跟在他身後，走到中途時，又聽見玉珩的聲音隨風飄來。「你回了宮中注意一下，尋個有腿腳功夫，沈穩老練一些、年紀不過大的女侍衛。找到了，就先留用著；若找不到，就從宮外找，再送到宮中讓嬤嬤教導幾日規矩。人會武、能用，才是重中重。」

蟲鳴陣陣，寧石聽著玉珩的低聲，竟是分外清晰。

他也不問是為誰準備這樣一個女侍衛，只低低應了一聲。「是，回去小的就去尋。」

玉珩又去紫霞觀內尋秦相。

他連衣裳都不換，頭髮都不攏，毫不顧忌形象而去，就是為了讓秦相看看這些「罪證」。

秦相這人，他觀察了兩輩子，在朝中一直保持中立、不偏不倚，今日被刺客擄走之事，他定要借秦相之口宣告天下。

至少，得讓他爹這個當今皇上知道，好二哥要刺殺自己的事，到時候看他那個好二哥如何狡辯！

一路疾步，到了紫霞觀門口，只是夜深露重，大門已閉。

「七爺？」寧石轉首問了一聲。

這聲「爺」剛落下，側門打開，白衣小道人迎了出來，作揖行禮。「七殿下，小道失敬，請七殿下隨我來。」

玉珩還未說要找何人，這道人卻要他跟著他而去？遙遙一望，就見高高觀星臺上的一抹白影。那抹白影立在觀星臺上，在無星無月的黑夜裡，猶如寒星般清澄。

「他是……」玉珩心中已有猜想，不禁低聲相問前面帶路的小道士。

「是秦羽人。」小道士垂首帶路。「七殿下這邊請。」

果然如此，果然是他。玉珩目中流光四射，心中旺火燃燒。

「秦羽人出關了？」

「是的，就在剛剛。」

玉珩掌心都有些發熱。

秦羽人出關了，就在剛剛，而他出關要見的第一人是自己？

玉珩壓下心中疑惑，抓了披風，低眉斂神地隨著小道士到了觀星臺下，步步登上朱紅色的階梯。

走了約莫一盞茶時間，踏完最後一步，登上頂，天空更近、更廣，山下人間煙火全數入眼。

一目盡天涯。

「明兒，要下雨啦。」秦羽人不轉身，背著雙手仰頭看天，吐了一句。「這雨細細綿綿，是迎喜之意啊！」

玉珩抬首看了天空一眼，作揖一禮到底。「晚輩拜見秦羽人。」聲音如滾珠，字字清楚。

秦羽人轉過身，看著他挑不出一絲錯的禮節，緩緩笑開，清淡如水的面上瞬間滿面春風。

他緩步行來，腳步落地無聲，幾步停在他面前，而後，一禮而下。「七殿下，老朽愧受了。」

愧受？玉珩心中一動，怦怦直跳。

秦羽人未出道之前，乃是秦府嫡長子、當今秦相的親大伯，據說他乃百年來唯一能得到成仙之人。

無論年歲，無論如今道家地位，他都當得起皇子的一禮，而今，他對自己說愧受？這是何意？

玉珩連忙扶起秦羽人，語聲放到最謙和。「先生萬萬不必如此，是晚輩愧受。」

「哈哈哈！」秦羽人不扭捏，搭上玉珩的手臂，看見他手腕上的捆繩痕跡、披風中露出的衣袍下襬破損，垂目笑了笑，與他相扶到一處竹蒲團前面。

玉珩這才知道，觀星臺中間有一處大石壁，石壁這面雕刻了一些道符，有些他看得明白，有些他並不知。

秦羽人見他有幾分興趣，便指著兩道符說：「那是驅魔符，還有那是平安符。」

「這世上真有鬼有魔？」玉珩問。

「世間萬物，息息相關，天地神明，既然有輪迴重歸，有妖有孽，亦不足為奇。」秦羽人笑了笑。

玉珩整個人一震。自己這一生算輪迴重歸嗎？

秦羽人繼續說：「有天道神明存在，那些妖孽鬼怪之物，不敢現行人間殘害眾生，你不必擔憂。三界不能互擾，不然，它們定要灰飛煙滅。」

玉珩連連作揖，說受教了。

秦羽人看他如此謙恭，神情越發滿意，口中卻道：「道法之物，信者有，不信者無，七殿下不必在意。」

玉珩自然說不敢。上一世全然不通道法之說，這一世的天道，讓他看清自己實實在在的寡聞。

「耽誤七殿下正事了，貧道只是出關站在此處看見七殿下，迎了殿下敘談兩句，還望殿下莫要介懷。」

這是要讓自己離去了。

什麼都沒有說就讓自己離去，玉珩也沒有計較，說了一句「是玉珩有幸來此」，這才打算起步離去。

玉珩右腳才剛踏下階梯一步，身後一個淺散的聲音隨風而來。「天行健，君子以自強不息；地勢坤，君子以厚德載物。」

玉珩身一頓，立即知曉這話該是秦羽人有意講給自己聽，又轉過身，揖禮到底。

「先生，」這次，他不急著走了。「先生能否為晚輩卜上一卦？」

秦羽人回頭看他，笑道：「殿下所求何事？」

求什麼？他所求的就是龍椅之位。

看他雙目低垂，抿著的嘴有一絲躊躇之意，秦羽人笑道：「這『一日，一人，一事，只卜一卦』是祖師爺定下的規矩，七皇子定已知道，今日我那徒兒已為你起過一卦的事，若你還有所求，明日再來尋我亦可，我為七殿下留下此卦。」

一念善，吉神隨；一念惡，厲鬼跟。

玉珩在二樓處，扶著欄杆，整顆心翻翻滾滾地站了一會兒。

此刻，他有一瞬間覺得，自己上輩子走了一生的奪嫡之路，敗了，是理所當然的。

那麼多年的經營，竟全是錯的。

下了樓，寧石見他面色在夜色中越發地白，迎了上來。「七爺？」

「我們回別院。」玉珩腳步一拐，直接往皇家別院去。

寧石看了觀星臺上的白衣人一眼。

主子在那觀星臺上只待了極短的時辰，到底是什麼話，能讓主子不去尋秦相，也不告訴秦相自己被刺客所擄的事？

秦羽人看著玉珩出了紫霞觀，伸出手，朝天作個揖。「天尊，在下看見這身帶紫氣之人了。他額中黑氣消散，這次凶險之後，確實已經改命，望這次他能從中悟道。」

從觀星臺上下來後，秦羽人站在通紅的石柱旁，又看一眼漆黑天空，對一旁小道人說：「你去告訴秦相，今日有人在紫霞山為非作歹，擄走了七皇子，都要嚇死老道我啦！下次若還發生這種事，老道我就要脫下道袍、甩下這道觀，下山吃肉去哩！」

玉珩一路返回別院。皇家別院是棟三進宅子，旁有遊廊通到內院。

走到遊廊中途，他腳步頓了頓。

寧石見自家主子在岔道口停了腳步，上前兩步，輕聲道：「季六娘子現下住在明蘭院。」

玉珩不作聲，抬了腳步，繼續走。

出了遊廊，站在月洞門前，他目光轉向明蘭院。

庭院內一片靜謐，花草繁盛，在夜晚也能看清花兒的顏色，偶爾傳來幾聲蟲鳴。

晚風拂起玉珩的披風一角，他微微一頓，舉步向那院落的上房走去。

寧石見自家主子進了明蘭院，垂首跟在身後。

玉珩腳步不停，一路沿著細白鵝卵石過來。

到了上房門口，婆子掀起簾子，他邁進去，聽見碧朱與紅巧的請安聲。他「嗯」了聲，也不問其他，只管往裡面走。

他直直往裡屋去，其餘人就連碧朱亦不敢進去打擾。

玉珩進了裡屋，在宮燈的照耀下，一眼就看見躺在床上的季雲流。

這人睡覺安靜規矩，只露出個頭，其他全被錦被蓋住；被子素雅，襯得這張臉越發白皙，連帶唇色都變成淡粉。

伸出手，他的手貼著她的額頭感受一下溫度。

燒倒是退去了，但額頭的薄汗亦不少，大約是發汗退的燒。

剛收回手，似心有靈犀一般，床上的人緩慢睜開雙眼。

「七爺，」季雲流眨了眨眼，看清玉珩，嘴角露出一絲笑意，聲音低啞。「我渴，麻煩七爺給我拿些水，多謝。」

……這人應該尚未清明。

玉珩見她眼神迷離，離開床邊，去桌上倒了杯水，幾步走回來，卻看見她又閉上眼，睡著了。

「不渴了？」玉珩伸手拍拍她肩頭，看她睜開眼。「喝兩口水再睡。」

「嗯，喝了再睡。」季雲流仰起脖子。

迷糊了倒是問什麼答什麼，乖巧得很。

看她手腳綿軟，起身很是費力，玉珩攬住她後背一托，把她托起來，一邊傾身遞過茶杯，給她餵水。

季雲流低頭輕啜杯中的水。

見她淡紅嘴唇抿著杯緣，一口一口喝著裡面的清水，玉珩喉結動了動。

兩人相隔太近，那肌膚雪白瑩潔、雙唇被水沾濕後嬌豔欲滴的模樣，全數落在他眼中。

明明之前在木屋中餵水時，也未曾覺得自己這般口乾舌燥。

移開目光，玉珩看著她伸在外頭的手，尋起話題。「季雲流，妳從哪裡來？」

沒聲音應他，季雲流只專注喝水。

玉珩目光再移到她面上，稍稍提高了些聲音。「妳是否通曉道家符術？」

季雲流喝完了水，轉過頭，四下一看，「啊」一聲。「回來了？七爺，我們何時回來的？」

這裡流蘇紗幔層層，床前的熏爐都是鎏金鑄成，不愧是皇家的別院，待遇就是不一樣。

「在妳昏過去時，我的侍衛尋到我們，我便帶妳回來了。」玉珩清幽的眸子看她。「妳放心，妳被刺客擄走的事，紫霞觀中無人知曉。」

見她依舊在打量內室，他收回手，看著她再開口。「之前，我看見獵戶木屋外頭的平安符，那符是不是由妳所畫？妳是否通曉道家符術？妳為何又會通曉道家符術？妳到底來自哪裡？」

昏暗的光透過精美的宮燈紅紗，傾瀉到兩人面上。

「怎麼會有那麼多問題……」季雲流收回目光，笑了笑。「我若說了，七爺就信了嗎？還是，七爺會盯著我細細的脖子，再伸手一次？」

玉珩目光動了動，淡淡攏起眉。

那時，原來她醒著……

季雲流側過頭，伸出自己的右手放在眼前，她看著掌中那條人紋線，繼續道：「用人不疑，疑人不用。七爺在意的是宏圖抱負，我是誰、到底來自哪裡，這些，又有何關係，又何足掛齒呢？總歸我與七爺也是萍水相逢。」

玉珩一頓，還未做何反應，就見她把身體往被子裡一縮，重新躺下來。

她的目光對上玉珩的雙眼，不躲不避，神情極為恬淡，輕聲道：「多謝七爺出手相救，相救之恩無以為報，只能銘記五內，還望七爺海涵。」

話完，閉眼，翻過身去，嬌小的背影透露出幾分寧為玉碎，不為瓦全的傲氣來。

玉珩站在床畔，看著這人的後腦，面上冷冷清清，雙手卻在寬袖中緊緊攥成拳頭。

他怎麼會沒有看見，那雙桃花眼中方才全無笑意，甚至，透露出淡漠與疏離！

兩次出言輕薄的是她，出口親自己的是她，向自己示弱在背後哭泣的也是她，次次用水汪汪的大眼，含著笑意說著多謝的還是她。

如今，這人竟然要像對張元詡一樣，與他要相決絕？

他雙唇緊抿，肩膀起伏，心頭鼓蕩著如火的怒意，滔滔沖天，「砰」一聲，砸掉手中的瓷杯。

「季雲流……」

而後，他突然又臉色極其難看起來。

他要說什麼？說不允許她對自己露出這般疏離的神情？說她不可視皇權為無物，不能自視甚高？

這個人只用了幾句話和一個眼神竟就攪亂他的心神！

聲音戛然而止，玉珩砸了杯，最後卻什麼都沒有說，極快地出了裡屋，幾步邁出了上房。

外頭請安的小丫鬟聽見屋中那聲巨響，低低驚呼一聲，剛想說些什麼，只見黑披風已經如風一樣從眼前一颳而過，停也不停。

個個下人盯著七皇子離去的身影，直愣在那兒。

玉珩腳步不停，大步流星，一路出了明蘭院，逕自回自己的紫星院。

寧石沈默無聲地跟著，見主子心事重重也不擅自相問，只是讓人抬了水，給他沐浴更衣之後，從懷中掏出潔白方帕，同明日要穿的衣物一同放在案桌上，自己打算退出去。

躺在床上的玉珩看見那帕子，沈著聲問：「那帕子哪裡來的？」

寧石立刻拿著帕子送到他眼前。「七爺，是在紫霞山下尋到的。之前讓人拿去清洗過，適才送過來的。」

他在木屋前見到七爺毫無傷口，再看見七爺親自抱著人下莫嶼山，就知道帕子上的血應該是季六娘子的，所以過來時就讓人洗了帕子拿過來。

適才看見自家主子滿腹心事，當下便把帕子拿出來，特意往他眼前一放。

玉珩抓過帕子瞧了瞧。

那人的血果然已經不見，帕子依舊潔白如初。

他把帕子往手心一攏，抬眼道：「你下去睡吧。」

寧石垂首告退。

房中，四足的熏爐煙霧裊裊，玉珩抓著潔白的帕子放在眼前看了兩眼，隨後扔到床下，閉上眼，催著自己入睡。

反正自己要的，她怎麼也躲不過去。一個季府不受寵的六娘子，哪裡有資格跟自己一個皇家之人說拒絕！

第十七章

黑沈無月的晚上，景王府內，玉琳正暴跳如雷。

「失敗了？玉珩安然無恙地回紫霞山了?!」這次玉琳不把茶盞摔地上了，而是直接拿一個朝張禾的頭上擲過去。「上次松寧縣失敗，這次紫霞山又失敗了，你到底是如何辦事的？紫霞山就玉珩與一個侍衛，你們這麼多人都沒有抓回來？一群廢物！」

翁鴻冷靜地看著玉琳砸茶盞，沈重道：「二爺，現下不是發怒的時候。」

「我不怒，那我要做什麼？難不成要我親自拿把刀，去捅了我那個好弟弟嗎?!」玉琳氣生氣死。「蠢貨！一群蠢貨！明明抓住了，卻還能讓人給跑了！」

翁鴻攏上眉，道：「二爺，現下您該想想如何面對明兒皇上的責問，這事怕是紙包不住火。」

玉琳騰一聲站起來。「對、對！父皇明兒要知道是我在紫霞山行歹抓七弟，定要把我腦袋切下來！鴻先生，這該如何是好？當初、當初可是你向我提的這個主意！」

翁鴻看著凶神惡煞地威脅自己的玉琳，長長一揖。「二爺，為今之計，就是去尋長公主，讓長公主給二爺在皇上面前求個情。」

「長公主？」

翁鴻道：「若玉珩一口咬定是二爺派人行的凶，若無憑無據，二爺自然是不必承認。」

玉琳點點頭，轉念一想。「若被抓到證據呢？張禾可是說，紫霞山中的那三名死士都未曾回來，若有證據，我該如何？難不成還是打死不認？」

「若真有證據，必須讓長公主出面。」翁鴻肅穆地道：「只有長華長公主才能保住二爺。」

玉琳再次點頭。「好、好，事不宜遲，我現在就去尋長公主。」

父皇在眾多兄弟姊妹中，最疼這個長公主，這可由給她配了個狀元郎一事就能看出來。以前公主出嫁，若不是和親鄰國，挑的基本也是寒門子弟，斷不會在功勛人家中這樣挑一個，斷送好兒郎的一生官途；若不是父皇對長公主寵到骨子裡，怎會她看中誰就嫁給誰？

「長公主那裡據說有個老道卜卦很靈，還會借運，我去找她，再請那老道卜上一卦。」

玉琳立刻讓人備馬，連夜出府去尋長公主。

玉珩躺在別院的大床上，沈在夢中，無法醒來。

他的夢中有淡淡燭火，有朦朧白霧，他所待的地方猶如蓬萊仙宮。

走了幾步，他的前面出現一個人兒。

這人身穿白色素綾常服，領口和衫子下襬滾著銀絲點綴的繡花邊。那長裙如水，稍稍拖到地上，搖曳在漢白玉石階上。

她全身幾乎沒有什麼金銀珠寶之類的閃燦燦飾物，卻讓人移不開眼，淡雅如仙。

那人兒踮起腳，腳尖瑩白如玉，仰頭朝他嫣然一笑，輕聲細語道：七爺，真的，我只輕薄過你一人。

有隻蝴蝶在玉珩心中搧動翅膀，有群螞蟻在他的心窩間徘徊，一直來來回回，卻不走。

那人仰著面，凝視著他，靠近他……

柔柔笑聲從那嫣紅的嘴中流逸出來，越來越近，越來越燙人。

兩人的呼吸都似乎相通了。

玉珩只覺指尖都在顫動，心臟突突跳動著。他伸出手，把自己的手覆蓋到那人的面上。

「季雲流……」

一觸到那細膩如雪脂的肌膚，便如著了魔一般，再也把持不住，他把自己整個人都覆上去……

清晨時，下起雨來，雨不大，黃梅時雨，細如牛毛。

玉珩天明時刻就睜開眼。房中香氣繚繞，錦被中的身下一片潮濕。

他閉了閉眼，手擱在額頭，腦中不敢回想昨晚的夢境。

少年成長必會遺精，這是正常之事，上一世他亦經歷過。只是沒有想過，讓他有這麼春宵一夢的是這麼一個人，是在現下這個情況。

起身，他朝門外喊了聲抬水沐浴，目光下移，看見方帕還扔在地上。

玉珩目光動了幾番，還是彎腰撿起來。

細膩的觸感讓他記起，昨晚的夢中，那人穿的便是這料子做的衣袍。

這料子素雅輕柔，倒是適合她。

玉珩攏了攏眉，又展了展眉，反覆如此不知幾次之後，終於聽到小廝稟告水已備好的聲音。

他這才心中一橫，把帕子抓在手心，走到廂房屏風後沐浴。

沐浴後，穿戴整齊，時辰尚早。

玉珩先在廊廡下打了一套拳法，鍛鍊幾番腿腳。

忙碌起來時倒是沒有多想什麼，然而忙完坐在書案後，便什麼都湧上了心頭，就算手上拿著寧石送過來的字條，眼卻瞧著窗外的雨中桃花，靜默失神。

人面桃花相映紅。夢中，那人的面色倒是比這桃花更紅。

上一世，他對男女之事毫不熱衷，年到十八時，皇后指親，定下的是左丞相佟相的嫡孫女。

定好日子大婚時，母后卻一病不起，沒幾個月便薨逝了。

為了守孝，婚期延遲，而後還未成親，他便死在六月那次刺殺之下。

因此，他從未體會過男女之情，男歡女愛之事，如今卻在夢中體會得如此清晰無比。

玉珩擰著字條，想著昨夜的夢境，不覺臉上紅了又紅，青了再青，整張臉變化萬端，十分精采。

季雲流剛睜開眼，就看見雀躍得又哭又笑的紅巧。

她目光越過紅巧，看向不遠處微微屈膝行禮的碧朱，亦微微一笑。「這位姑姑，對不住，民女不便給妳行禮，還望姑姑海涵。」

前面的女子額明耳垂，鼻挺唇方，鴻運當頭；再看她做宮中宮人打扮，一看就知這人在皇后面前身分非凡，也許還是有品階的女官。

碧朱是第一次看見睜開眼的季六娘子，只見她一笑如桃花綻開，言語之間對自己無半點敷衍輕視之色，頓時對她多了三分好感。

「娘子有傷在身，萬萬不必如此，喚我碧朱即可。」說著兩步走過來，神色關切。「娘子今日看著臉色好些了，可還有不舒服之處？若有哪裡不舒服，咱們再請御醫來瞧瞧。」

季雲流搖頭。「煩勞碧朱姑姑擔心了，除了肚子餓了些，並無其他不適。」

碧朱聽季雲流說餓了，低低笑了一聲，朝外喚了兩個丫鬟過來，讓她們伺候季雲流洗漱，又讓人端了早膳。

用完早膳，季雲流看著屋外的細雨，轉首看向碧朱開口。「雲流冒昧借住別院，該向皇后娘娘磕頭請個安，但雲流蠢笨之人，不懂什麼規矩，還望碧朱姑姑指點一二，莫讓雲流一竅不通，惹了皇后娘娘不快。」

「娘子有心。娘娘寬厚隨和，娘子莫要擔憂，我這就讓人稟告娘娘一聲，咱們再去前院請安。」

說著相扶季雲流，讓丫鬟給她重新換過宮裝，梳過髮髻。

衣裳是連夜改的，別院中的繡娘手巧，一夜拿著備用新衣改了改，就把宮中常服改出了適合尺寸。

從明蘭院出來，一路沿著遊廊，就到了皇后所在的千秋院。

東花廳中，皇后坐在為首的太師椅上，腳上是一雙丹羽織成的宮履，上鑲玉石珍珠，華美無比。

大昭通道，崇尚無所不容，自然無為，因此女子不裹足。

季雲流目不斜視，低首進屋，眼見範圍就是那雙放在木几上的鞋子。她幾步上前，屈膝跪地叩頭。

「皇后娘娘萬福金安。」聲音雖低，卻不膽怯。

皇后坐在那裡沒動，眼睛看著伏地而跪的人，而後笑如春風拂面。「妳呀，不必如此多禮，這不是在宮中，那些規矩咱們不用理會，起來吧。」

碧朱見到皇后示意，幾步過來扶起季雲流。

皇后見她禮節挑不出一絲錯，笑容不變，招了招手。「過來坐這兒，陪我說說話。妳們這些個小娘子，各個如花一樣，我看著是都喜歡得緊，只恨沒讓七哥兒多兩個這般可人的妹妹承歡我膝下。」

皇后口中這「妹妹」兩字一出來，就是不想季雲流與玉珩有何男女情意。

若這季六真有心憑藉此事嫁入皇家，聽了這樣的話定會有所反應，但是……她不僅目中清澈如井，面上波瀾不驚，整個人都是平靜至極。

皇后流動的目光在季雲流身上與低垂的面上掃過，見她氣度與心境遠在自己意料之外，面上越發滿意。

「今早聽說妳喜愛吃桂花糕，我這兒的蓮蓉酥也是別有一番味道，妳嚐嚐看，若喜歡就讓人給妳帶些回去。」

說到吃，皇后見她明顯快活多了，明亮的眸子閃出熱誠的光采。「謝謝皇后娘娘。」

「不用多禮了，都與妳說過這不是在宮中，莫要拘謹，咱們只是說說家常話，又不是說什麼正事。」皇后看她時不時流露的閃亮眼神，失聲笑了笑。

倒是個天真爛漫的。

季雲流眨著亮亮的眸子，低眉順眼道了聲：「是。」

再敘了幾句糕點，皇后笑盈盈問道：「昨日七哥兒與妳一道被那賊人擄下山，你們是如何脫險的？」

季雲流目光落在自己手上的帕子上，面上掛著一絲心有餘悸。「昨日民女嚇得有些晃神，連如何回來的都不曉得。昨日之事，真是一點都記不得了。」說著起身，朝皇后深深屈膝。「還請娘娘恕罪。」

唉唷！昨晚有正經事你不跟我串通，竟然問個勞什子的我從哪裡來！難道要我現在告訴你老媽，昨日我強親了你後的種種事嗎？這個鍋，我揹不動啊！

皇后聽她聲音怯生生，連手指都有些顫抖，知道她確實被這事嚇到了，輕嘆一聲。「這事倒真苦了妳，莫怕，過去了，都過去了。七哥兒昨日說，他等著曼陀羅的藥性散去，趁著刺客鬆懈時才制止住那人。那時多虧妳為他擋了兩簪子，這才讓他有機會殺了那刺客，這事我得好好賞妳。」

季雲流聽著玉珩編出來的「真相」，面上做出溫良謙和模樣，再次深深屈膝。「民女愧不敢當。七殿下仁厚，品德高尚，若堯舜再世，殿下相救民女才是大恩。」

千穿萬穿，馬屁不穿，皇后聽到讚美自家兒子的話，展顏笑起來。「妳也莫要推脫了，賞罰分明國之根本，這事確實要獎賞妳的。」

季雲流靦覥地答應。

而後，皇后又問了一句她的事。「聽說妳之前在城外的莊子待了兩年？」

季雲流頷首。「是呢，民女身子不濟，長了些水痘，在莊子中靜養了兩年，讓娘娘見笑了。」

皇后眉梢一挑，又緩緩落下。全然不提自己被季府薄待的事，小小年紀能這樣通透顧大局，也是難得。

兩人坐在那裡閒聊著一些家常，見時辰不早，皇后讓人備了步輦，送她回明蘭院。季雲流道謝的同時，也向皇后拜別。

皇家別院不是你想住就住。古語說得好，伴君如伴虎，住久了，沒這個心思都只怕會讓人懷疑你有這等心思，想攀龍附鳳。

皇后聽她要離開別院，回去紫霞觀的梅花院，動了動眉，到底頷首同意了。

見碧朱送人離去，皇后目光停在那吃過的食盤中。「七哥兒昨夜去過明蘭院了？」

「是，在裡頭待了一會兒。」王嬤嬤上前兩步，低低回答。「那時季六娘子人還未醒，七殿下在裡頭待了一會兒就出來了。」

「若真的只是探探病情，問問張御醫便可，哪裡需要進屋探人？」皇后聽後靜靜坐著，許久又道：「這季家六娘子容貌、性情、心智、氣度都是極好的，且應對有度，季府中的各房各人，都只說好，不講差；在莊子住了兩年，端莊大方，一點也不遜色於名門貴女；小性情上也不掩飾，落落大方地明示自己的口腹之慾，這麼一個靈秀人兒，我倒是真心喜歡的。」

然而她又一嘆，惆悵道：「可惜，始終差了個門第啊。」

王嬤嬤勸慰道：「也許七殿下心中也沒有許她正妃之位。看季六娘子的意思，她似乎也意不在此，不然也不會在娘娘面前，絲毫不掩飾自己愛吃的性子，又告辭回紫霞觀了。」

「嗯。」皇后頷首。「也是個通透明白的人兒。」

想到自家這般優秀、讓自己引以為傲的兒子被這麼個小娘子無視，皇后的心中又有點難以言喻的滋味。

看著外頭的綿綿細雨，她嘆道：「罷了，一切還是看七哥兒意思如何。他乃我心頭肉，我不想當這個惡人，去做他不喜之事。季六雖然門第與七哥兒有差，至少也是尚書府的嫡出娘子，若真入了七哥兒眼中，讓季陳氏請個嬤嬤好好教一下，也會是姻緣簿上的一段佳話。」

王嬤嬤連忙應聲說了贊同的話語。

寧石跟在送早膳的小廝後面，微微側頭看了望著外頭細雨桃花的玉珩，輕輕上前幾步。

「七爺，紫霞觀今早來人告知，秦羽人已經出關，今早會主持道法大會，皇后娘娘讓您同她一道前去。」

玉珩從窗外收回目光，輕輕「嗯」了一聲，而後低首看著手中那份寧石連夜探過來的消息，淡淡問：「我二哥昨晚連夜去尋長華長公主？」

寧石低首。「是，戌時出的府，天明才回的。」

「現在就想到找人保自己的人頭了，找死前怎麼沒有好好地想想後果是什麼？」他冷冷笑了一聲。「長公主給玉琳當姑又當娘，也是難為了長公主。」

長華長公主與前皇后在閨閣中便是手帕交，前皇后死後，長公主都不知暗中替玉琳瞞下多少骯髒事。

窗外的綿綿細雨讓他想到秦羽人說的細雨迎喜，又想到「厚德載物」幾個字，再由「厚德載物」想到季雲流口中的「忍」，衣袖一甩。

「罷了，任他要什麼花樣都隨他去，你只要派人緊盯著。」

用過早膳，他又讓人換了一身衣裳，頭髮半綰，束好紫金鑲玉鏤空雕花冠才出了門。

法道大會，玉珩的衣袍也須得體端莊，以顯對道家仙人的敬重之意。

一路從庭院出來，到了月洞門前，他腳步頓了一下。

寧石打著傘，或許早知道他家主子在此地會停留片刻，亦是放慢腳步。

第十八章

玉珩抬首往門內一望，看見季雲流正坐在房前不遠的椅上，側臉托腮，憑欄聽風看雨。

明蘭院中以紫藤花為主，此時正是紫藤吐豔之時，此刻她頭上的紫藤花如瀑布般從廊廡上灑下來，粉中帶紫，紫中帶藍，猶如仙境。

花下的人身穿素色繡銀絲的宮衣，髮式大約是別院的丫鬟梳的，一頭宮中的垂鬟分肖髻，髮間簪了一根點翠簪。整個人如夢中所見那樣，清雅素潔卻光潤照人，與花海相呼應，更覺美貌。

「季六娘子早晨去拜見過皇后娘娘，娘娘體恤她有傷在身，賜了步輦讓季六娘子回來的。」寧石低聲說著自己特意打聽來的一切。「想必此刻季六娘子從皇后娘娘那兒回來不久。」

這邊聽著寧石的話，那邊看見紅巧從側邊廂房端了一碗藥汁出來，送到坐在椅上那人面前。

她素手端起托盤中的白瓷小碗，眉一皺，鼻子一吸，大口把藥汁一飲而盡。

喝完藥，吐出小舌，朝紅巧撒嬌要蜜餞，一旁的碧朱笑著拈了一塊話梅塞入她口中。

喝時一鼓作氣，喝完又露苦相，含著話梅又是一臉如花笑顏，這人一直多變鮮活。

玉珩看著那邊歡鬧的模樣，覺得這漫天細雨的天色也似乎明媚了一些。

碧朱習慣注意周圍，不一會兒便看見了站在月洞門前的七皇子，微微一怔，福了福身，行了個禮。

她一屈身，幾人都往月洞門前望過去。

季雲流亦站起來，行禮。

玉珩看見她，抬步，向著廊下走去。

碧朱目光動了動，看見七皇子走過來，又行了個禮，帶著一旁所有丫鬟婆子退出院落。

寧石跟在後頭，把傘撐得高高的，一路過了鵝卵石，進了廊廡下。他收了傘，行個禮亦退了下去。

玉珩停在離她幾步的地方，見她清亮的眸子看著自己，他動了動嘴，輕聲道：「季雲流。」

這三個字吐出來，卻覺得心間都隨著這三字溫熱了。

「嗯。」季雲流微仰著臉，桃花眼清清潤潤，潤進了玉珩的心中。「怎麼了？」

見他容顏，下意識地，她又想拿著帕子摀自己的鼻子，怕鼻血再次四濺。真是一招被蛇咬，十年怕井繩！

機敏靈犀如玉珩，一見她這動作，瞬間就想到了那情景。

他垂下星辰般的眸子，勾著唇角笑了一聲。

這一聲笑，簡直讓季雲流跳起來。「打住！」她用雪白的帕子摀著鼻子，聲音都期艾了。「七爺，你、你有何事？」

這人眉目如畫，風月無邊，一笑起來簡直光彩煥然到讓人能為他掏心掏肺。她的侷促模樣似乎讓玉珩更加忍俊不禁，整個人都透出細緻的溫柔。

這露齒一笑，季雲流居然還看見他有兩顆小虎牙。太要命了！

他看著她。「無論妳是誰、來自哪裡，這些都算不得什麼。妳的一切，妳若不想說，我便不再問。」

季雲流一怔，而後想起昨日半夜自己說的話。她收了帕子和亂七八糟的心思，低頭屈身行禮。「昨日之事都是我不知禮數，七殿下莫要同我計較。民女不知實情，昨日多有冒犯，乞請殿下恕罪。」

這人都誠心說這樣的話了，那自己也該道個歉。

今日與皇后拜會，她終於清楚封建社會皇家的權力。

她心裡明白，就算她是個神棍，就算前世混得頗有能耐，但在封建社會這樣動不動便磕頭與殺頭的社會，她真的沒那個能力保證自己隨便插一腳就能混得風生水起，所以，昨晚大義凜然的頂嘴，忘了吧！

她低眉順眼的模樣讓玉珩動了動眉目，目光落在她頭頂上。「季六……」

季雲流不自覺退後一步。

少年郎，你可不要說你看上了我！

半晌之後，玉珩伸手拽下墜在腰間的白玉，抓起她的手，把玉珮按到她手中。「以後所遇何事，都可以來找我，無論大小。」

那手細細柔柔，帶著暖意，一路暖進玉珩心裡。

而後，他喚了一聲寧石，隨著腳步輕轉，帶著自有一派非凡的氣度，在寧石的打傘之下，一路腳步不停地向外頭而去。

直到他出了明蘭院，季雲流握著玉珮的手還是不穩的。

玉珮溫潤堅密、瑩透純淨，如同凝脂，上面刻的祥雲栩栩如生，後有篆體小字：但為君故。

這是、這是私相授受吧！

投我以木桃，報之以瓊瑤。匪報也，永以為好也。

麻煩你回來說清楚，咱們是單純的友誼、高尚的救命恩情，還是屬於早戀了？

碧朱過來瞧見了那羊脂白玉，心中吃了一驚，臉上卻是平靜地笑道：「這玉，我可未曾看七殿下拿下來過。」

「紅巧，我們收拾一下，回紫霞觀吧。」季雲流緊緊一握手中的玉。「時辰不早，我們不能再叨擾皇后娘娘了。」

其實也無東西可收拾，倒是皇后之前知曉她要回紫霞觀，讓人備了許多東西，只是一時半會兒也還沒送過來。

但那些她統統不想要。

那邊，紫霞觀中的響鐘聲聲敲起，這邊，季雲流出了皇家別院。

碧朱看著被她端端正正放在案桌上、半點不留情面的羊脂白玉，目光閃動。

本以為，京中女子都該以嫁進皇家為殊榮，卻不想這個季六娘子真的沒有這方面心思。

為何呢？

秦羽人今日主持道法大會，別院的小廝抬著步輦到了紫霞山的梅花院時，院中除了婆子丫鬟，其餘人都去了觀中聽道法。

送了碧朱離去，季雲流又立刻喊來紅巧索要幾個銅錢。

她掐來掐去，得的全是「大安」。

進屋後，她也以外頭景物起過一卦。那時，門外的紅巧撐傘在雨中輕步走著。

傘下一女子，女子兩字組成一個「好」，那「好」立在傘下，又有被庇佑之意；方才離開皇家別院，皇后娘娘派人送過來的眾多箱盒堆在院門前，盒有「合」之意。

春雨迎喜，姻緣好，又有庇佑，正是合合之意。

季雲流不信邪，待紅巧拿了銅錢過來，連忙獨自一人關了門。

「啟問小女子季雲流與七皇子玉珩的姻緣線……」

拋擲六次，她急不可耐地去看卦意如何？

兌上震下的隨卦。隨，元亨，利貞，無咎。意思就是大吉大利，卜得吉兆，沒有災害。

求姻緣求出大吉卦……

季雲流抬頭看著窗外天空，目光深深。「祖師爺，我孑然一身，千里獨行這麼多年，您這是打算讓我嫁人了？」

窗外細雨飄飄，真有迎喜之意。

季雲流低頭再看炕上的卦象，深吸一口氣，把錢幣都撿起來。上天自有好生之德，此生過往都是客，如果真躲不過，這一世也是賺的！

死就死吧，反正親都親了，抱也抱了。

好吧，看在你這麼帥的分上，那一吻，我負責！

紫霞觀的另一邊，玉珩也正與講解完道法的秦羽人相對而坐。

秦羽人見他面色肅穆，垂目笑道：「七殿下的心中事，其實可以自己去問問上天的意思。」

玉珩不是愚笨之人，自然一聽就明白。

他目光微動。「先生的意思是，讓晚輩自己占卜？」

「這金錢卦最為簡便，只要誠心相問，天道總會給一個答案。」說著，拿起龜殼放入三枚銅錢，遞給他。「七殿下，請。」

玉珩拿著龜殼，微微矜持，再看秦羽人。

秦羽人頷首微笑，依舊做了個「請」的手勢。

玉珩便不再拒絕，心中想著最渴望的皇位之事，開始搖卦。

心中無他物，一直搖卦，拋擲，搖卦……反覆六次。

秦羽人看著一旁小童記下的那幾次卦爻，笑了笑。「這是艮上兌下的損卦。」

小童在一旁聽了自己師父說「損卦」，眉目露出一絲吃驚之色。

若單單論好壞，這可是下下卦。

玉珩目光瞥見那小道童面上的錯愕之色，知道這卦定是不佳。他站起來，一揖到底。

「還煩勞先生替晚輩解此卦。」

秦羽人笑道：「象曰：山下有澤，損，君子以懲忿窒欲。」

玉珩的目光再次動了動。

「以懲忿窒欲」，就是要讓自己克制憤怒，抑制自己的欲？與季雲流說的收斂脾性是同樣道理。

「卦無吉凶之說，殿下切記之。」秦羽人一笑，若初春細雨。「這是因損得益之象，鑿石能見玉，握山能為土。」

玉珩的目光再動。

因損得益，因禍會得福？鑿石能見玉，只要用力之深，就能見到寶玉？

秦羽人指著卦爻道：「這是說，三人行則會損一人，一人行則得其友。」說到這裡，他看了玉珩一眼，笑呵呵道：「昨日殿下是一人行啦，得到友人沒有呢？」

玉珩心中顫顫一動，升起一股莫名的暖意。他伸手欲握腰間的白玉，才想起那玉今早讓他贈與季六了。

季雲流，那是友人，而非敵人。

秦羽人目光輕垂，見對面的少年雖是面上平靜無波，可是小動作到底沒有逃過他雙眼。君子必會佩玉，若無緣故，玉珮必定不離身。

秦羽人笑了笑，佯裝什麼都沒看見，道：「相逢便是緣分，有緣哪，千里能相會；無緣呢，對面不相識。」

玉珩的心中顫了顫。

秦羽人呵呵一笑，繼續講餘下的卦爻之意。

卦意便是說要堅持下去，或時若有他人饋贈，不必推辭那饋贈之物，這宜於有所前進。

玉珩心中激動，目光如深水一般，讓人看不見底。

最後，他長揖謝禮，再三言謝才離去。

道法大會散席，眾人全都離去，季府女眷也全數離去。

季老夫人與陳氏一出大殿，就聽見婆子的稟告，說六姑娘從別院回來了。

眾人心中又驚又喜，連忙往梅花院趕回。

半路上，王氏稍稍靠向陳氏。「大嫂適才可否瞧見莊二夫人的臉色？我看莊老夫人與莊二夫人，還有莊四娘子臉色都不大好，慘白慘白的，是不是皇后娘娘沒有替莊府作主？」

陳氏稍稍握了下她的手，示意這話回去再說。

一行人回到梅花院時，季雲流自然已經一切如常。

能當神棍之人，準則便是寵辱不驚，說白了就是臉皮要厚，心態要穩，演技要好，「假仙」要順。

季老夫人進了四合房，看見過來行禮問安的季雲流，再見她面色如大病初癒後的蒼白，立刻招手。

「六丫頭，快讓祖母好好看看妳。臉色為何如此難看，可是生病了？還是皇后娘娘罰妳了？」

季雲流輕輕一笑。「祖母不需要擔心，皇后娘娘是通情達理、仁德寬厚之人，沒有刁難我。」

正說著，門口的嬤嬤稟告聲傳來，說宮中的碧朱姑姑過來了，皇后娘娘讓碧朱再次送禮過來呢。

碧朱這次又帶著皇后的賞賜與禮單，笑盈盈地進來。進屋後，她不繞圈子也不含糊，口齒清楚地道：「老夫人，六娘子昨日與娘娘在紫霞後山相遇，娘娘覺得與六娘子有眼緣，便讓六姑娘一道陪著講講話。哪裡知曉後山路滑，六娘子伺候娘娘時，便讓樹杈給戳到腿，這才受傷，變成如此模樣……」

說到此處，屋中人的目光都往季雲流腿上瞧去。

「都是我們這些做奴才的辦事不力，讓六娘子受傷，讓皇后娘娘擔憂。為了不讓老夫人您擔憂，也讓六娘子好生養傷，娘娘就相邀六娘子在別院住下了。」碧朱也是個厲害人，把前前後後都解釋個清楚。

季老夫人自然便順著話說：「伺候娘娘可是天大的殊榮，這乃是六丫頭的福分，我昨兒個還一直擔心六姊兒笨手笨腳，惹了皇后娘娘不快呢。」

「老夫人快別這麼說，六娘子知書達禮，真真是個妙人兒，娘娘喜歡她還來不及呢。這不見留不住六娘子，還撥了這麼多賞賜嗎？往後呀，娘娘還會請六娘子去宮裡玩，老夫人可不能捨不得。」

碧朱八面玲瓏，幾句話把季雲流在季府的地位生生地拔上幾個等級，再客套兩句，看著季雲流盈盈一笑，而後告辭離去。

看著長長一串禮單和外頭滿滿的箱籠，季老夫人心中那叫一個甜，簡直猶如灌了一缸的蜜糖一般，拍著季雲流的手，呵呵笑道：「好好好，六丫頭，不枉祖母疼妳。」

眾人同樣喜氣洋洋。

屋外，細雨淅瀝瀝下著。

玉珩從紫霞觀回來，一路從遊廊穿過，立在月洞門前頓了一下，正欲走進去，聽見寧石上前兩步低語。「七爺，季六娘子回紫霞觀的梅花院了。」

玉珩腳一停，轉過頭，漆黑的眼直射向寧石。

寧石也不抬首，看不見他的表情。「早上辰時三刻走的。」

也就是他們出了別院，在紫霞觀聽道法時走的。

玉珩不說話，站了一會兒，起身準備往紫星院走。可走出不遠，一個丫鬟跑過來，對他深深一屈，福了福。「殿下，這是六娘子落下的。碧朱姑姑吩咐，由奴婢交與殿下。」說著，雙手呈上那塊剔透溫潤的羊脂白玉。

玉珩看在眼中，面色不改地接過寧石拿過再呈遞來的玉珮，轉身繼續往紫星院走。

寧石揮退了那小丫鬟，快速跟上玉珩的步伐。

他之前眼一瞥，看見自家主子拿了玉珮後，面色比平常更白了，眼中顏色也更黑了一些。

這是他家主子氣極的徵兆……

玉珩握著玉珮疾步走，大步流星，安靜無聲。

了。

他眼神黯淡，心中從紫霞觀回來的那股「千里來相會」的暖意，此刻被這雨水給沖走

這一刻，他只覺得外頭幽幽的春寒，順著冰冷冷的雨水傳到心中，瞬間如萬箭鑽心。

季六這還玉的意思，他竟然、竟然生生看懂了！

「今日之事，我們各自都是迫不得已……動手動腳這些都是迫不得已、沒法之事。回紫霞觀中後，可否一筆勾銷，你我全忘掉，咱們就當今日之事全都沒發生過？」

一想到季雲流之前在山腳說的那些話，玉珩心中的那團火就翻湧而起，突突直冒，擋都擋不住，壓也壓不下。

這個人，過了河就拆橋，上了樓就去梯子，打了勝仗就忘了將軍之人！

一入書房，寧石才跨進來，就聽見玉珩頭也不回道：「你出去，關門！」

那聲音雖平靜無波，但寧石看著玉珩那緊握玉珮到指關節發白的手，垂目應了聲，關上門，一路退出來，打算讓人備午膳。

第十九章

才出去，謝飛昂便帶著兩個食盒跨進來。

寧石見著如此，又一路回去隔著門稟告：「七爺，謝三爺取了食盒過來，尋您一道用午膳。」

不一會兒，門打開，玉珩面色淡漠，目不斜視地走向西廳。

看見玉珩跨步進來，謝飛昂指著桌上的小菜，笑道：「七爺來嚐嚐，這是我特意讓人去山下買的農家野菜。」見他全然沒興趣，謝飛昂仍不客氣地坐下來。「這山上全是素，素得嘴巴淡，反正都來了，我就讓人下山去看看這山野人家到底吃些啥東西？」

玉珩目光下垂，見謝飛昂吃得津津有味，也挾了兩根不知名的紫色菜餚放入嘴中，嚼了嚼。

才嚼兩下，一股苦味湧進嘴裡，還油膩膩的。他立刻放下筷子，拿著寧石遞來的杯子漱口。

本來心裡就已經不是滋味了，被這菜一攪，似乎更不是滋味了！

謝飛昂不知玉珩心思，邊吃邊探過頭去，問出他這次過來的目的。「七爺，昨日這般不管不顧刺殺你的那位是誰？你是否已經知曉了？」

玉珩淡淡「嗯」了一聲。

「那七爺的打算是……」謝飛昂放下筷子。「七爺可要將此事告訴皇上？」

玉珩看著他，道：「這被綁的事，我說了又有何用？不說，我現在亦無損。秦相昨日已知曉紫霞山中出歹人的事情了，今早也過來詢問我，還看了我手上的傷勢，不過這些都不是我對他說的。」

他放下筷子，似笑非笑了一聲。「這股邪火不需要我出手壓制，我的好二哥自個兒就要保不住了。」

謝飛昂目光微動。他不是莊少容那糊塗蛋，是聞弦知雅意的通透人物。

玉珩的三言兩語就讓他把前後理了個順當。

這事不是七皇子親口告知秦相，那就是有人相助了。

今日道法大會之後，秦羽人相請了七皇子入側殿，秦羽人又是秦相的親大伯，這行刺的事情還出在紫霞山……

這樣說來，便是秦羽人相告秦相，紫霞山上有刺客這事。

謝飛昂連連豎起指頭。「七爺這招借力使力實在厲害！指不定幾個月後，皇上想到今日七爺為保住皇家顏面，在紫霞山受了天大委屈也沒有出面指責罪魁禍首，還會封個好屬地給七爺作為補償，那便太好了！」

屬地是皇子手中銀錢的來源，沒有銀錢，可真是什麼事都辦不成，這屬地才是第一要緊的事！

玉珩目光下垂，冷聲笑了笑。

秦羽人當時那句「厚德載物」，他就明白這是告訴自己不要計較這次受襲的事了。那時候，他心中想到要把這麼一個好機會給放棄，確實極不情願，但再想到季六口中的「一念善，吉神隨」，又生生忍下來。

上一世他什麼都要計算清楚明白，別人打我一分，定要討回十分。由松寧縣回來時，也是藉由母后在父皇面前告了二哥一狀，結果還落了個「挑撥」的名頭在那裡。

一想到季雲流，玉珩連吃飯的胃口都沒有了，但看著那黃嫩嫩的芙蓉桂花豆腐，竟然還會想愛吃桂花糕的她，會不會也喜愛這道菜之類的……

簡直煮熟的鴨子天上飛，五神通附體，中邪了！

一筷子擲在桌上，玉珩站起來。

「飽了，你接著吃。」不等謝飛昂出聲，他直接跨出西廳，往東廂的書房走去。

這說不吃就不吃、說走就走的架勢讓謝飛昂嚇了一跳。

看見他那邊門一關，寧石都沒讓進書房，謝飛昂挑了眉，咬了筷子問自己身旁小廝。

「趙萬，你來說說這七爺是怎了？正說到高興處，他自己看著豆腐，哼哼冷笑一聲地走了，這是什麼意思？」

「三爺，」趙萬擦汗道：「小的愚笨，真不知道，但七殿下像是在生氣。」

當今皇子的心思，他們這些做奴才的哪裡敢妄加揣測了？

「生氣？看著還真是像！」謝飛昂轉了轉目光，戳著豆腐。「這天底下，能讓男子心中不爽快的，一是功名，二是家中嫡親，三是錢財，四便是美人。你來說說，有什麼能讓七爺心中不爽快的？總該不是這個豆腐吧？」

趙萬聽著自家少爺的話，猛擦額頭上的冷汗，越擦越多，嘩啦啦的。

少爺，七皇子的事他一點都不想知道。有道是「知道得越多，死得越快」，少爺還是趕緊把嘴閉起來吧！

謝飛昂不知道趙萬的心聲，還在那裡繼續剖析。「七皇子嫡親尚在，錢財目前無缺，所求取的功名麼，今日秦相若一道摺子遞上去，他應該只有高興的分。那麼，剩下來只有……」

目光閃了閃，他拍了下筷子，半晌低聲問：「昨夜明蘭院的那位……」

趙萬立刻上前低聲道：「今早出別院，回紫霞觀了。」

「喔！」謝飛昂再次拍桌。「長相思，能斷人腸！」

書房外，細雨還在淅瀝瀝，院中桃花，被水清洗過更加嬌豔。

玉珩站在窗前，驀然就想到「人面不知何處去，桃花依舊笑春風」的詩句來。

心中一片煩躁，抬手就把這扇窗給關了。

簡直是瘋了！

紫霞觀前院左側的一間廂房中，張元詡正圍著土炕團團轉，手心都覺得急出汗來。

昨日都沒有人提起七皇子被刺客抓走的事，且今日七皇子好端端地出現在道法大會上，那麼季六呢？她是不是也回來了？

他正左右想不通，在門外的小廝「砰」一聲地撲進來。

張元詡正惱著，轉首攏眉喝了一聲。「做什麼！跟著我這麼多年，一直冒冒失失，成何體統？」

「二少爺，國公府莊六公子親自送了一封信來。」幾步併作一步，小廝也來不及道歉喊冤，上前就把信遞給張元詡。「二少爺，適才送信時，小的看見莊六公子的臉色很難看……」那眼神就像要殺了自己似的。

張元詡拽過信封，打開信取出一看，面色瞬間慘白。

而後幾行字看下來，更是不言不語，臉色難看至極。「這、這是誣衊，生生的誣衊！」說著，揚聲把信紙拍到桌上，大步跨出去。

跨出門檻兩步，又提著下襬跑回來。「莊少容是否剛走不久？朝哪邊去了？」

見自家少爺連莊六公子都不叫敬稱，小廝也知事態嚴重，立即頷首。「剛走，剛走不久，大約是回後山的別院去了。」

話沒完，他就看見張元詡宛如狂風一樣地颳走了，小廝連忙追出來。「二少爺等等我，外頭下著雨呢！」

張家小廝才跑出一丈遠的地方，這邊門口一旁卻走出兩個人來。

一人穿繡青花底的白袍，腰繫紅玉珮，同尋常京中貴公子一般打扮。

「世子爺，」身後的小廝看著自家少爺抬眉看廂房的模樣，輕聲道：「這間是張家二少爺所訂的房，適才跑出的就是張二少爺。」

「張二少爺？」貴公子問：「哪個張二少爺？」

「張二少爺正是季家六娘子的訂親之人，禮部侍郎張大人的嫡長孫。」

「喔，季六表妹。」貴公子笑了笑。「張元詡，張家二郎。」

他輕輕拍了拍被灰塵沾染的白袍，抬步就走。「今日聽到的事，你去尋了林嬤嬤說說自己聽到的。記住，一五一十都說清楚了，不必誇大，也不必遮掩，把聽到的說出來便是。阿娘昨日為了這事，似乎也挺憂愁。去吧，現下就去。」

小廝連忙頷首。「那世子爺您……」

「我就在後山走走，你等下去後山的涼風亭尋我即可。」

林嬤嬤正是寧伯府小陳氏身旁的嬤嬤，而這位貴公子正是寧伯府世子，寧慕畫。

梅花院中，眾人用過午膳，季老夫人讓這些小娘子們回去好好午歇。

四個小娘子一回到廂房，宋之畫清亮的眸子看著季雲流。「六妹，妳的腿沒事吧？」

她適才第一眼見到這個從別院回來的六妹，就看出季雲流身上的衣裳是素綃的。這樣的料子，她還是來了季府之後才知曉。那時候她喜愛至極，但這樣的料子的價錢是尋常一件衣物的幾十倍，這樣滿領口與袖口繡花的更是昂貴。

她就算領了月錢，加上母親私下塞的一些私房錢，不夠，也捨不得去買這麼一件衣裳，只能在心底偷偷算著。

她急忙收回目光，只覺自己心中一股窮酸之意漫上來，酸得自己都聞到了。

想著那日見到那腰間配紅玉的少年郎，宋之畫又覺得酸意淡了少許，滿心湧起一股甜意。

「腿沒事的，多謝宋姊姊關懷。」季雲流笑回一句，入了屏風之後。

紅巧給她更衣，卸了頭髮，扶著她上炕，而後又給她的腿蓋上薄被。

季雲薇身為姊姊，亦上前對季雲流說了一些注意身體、需要什麼便開口的體己話。

季雲妙等她們歡聲笑語等得不耐煩，上前兩步插嘴道：「七皇子此次也隨皇后娘娘來了紫霞山中，六姊在別院的時候，可有見到七皇子？」

她只差沒抓著衣領問季雲流：到底在後山有沒有跟他講我的壞話！

季雲流見她眼中灼熱、雙頰有紅意，呵呵一笑，拖長聲音。「七皇子麼……」

季雲妙心中激動，探身前去，打算認真傾聽。

「沒見到過。」季雲流往後一躺。「時辰不早，春困當午眠，七妹也早些歇息吧。」

季雲薇一聽她說自己要歇息了，也就出聲讓小娘子們各自回炕休息。

季雲妙狠狠剜了一眼炕上的季雲流，這才回到自己炕上。

金蓮蓋上被子時，季雲妙心中一轉，又想，也許季雲流不知道後山那人就是七皇子，所以在別院也沒有見到七皇子？

想到此處，她才心中舒坦地閉眼午憩。夢中再想想那翩翩佳公子，才是正經呢！

張元詡在雨中狂追許久，踩著泥潭，終於追上人。「莊少容！你站住！」他疾步上前，在莊少容還未反應過來時，揮拳就往他臉上打去。

莊少容也是個君子書生，這一拳讓猝不及防的他立刻往後仰去。

小廝大文正替他打著傘，看見自家公子被人打，傘一丟，就撲過去抱住張元詡。「張二少爺，您瘋了！竟然在紫霞山打人！」

「打的就是這個不分青紅皂白，胡口亂言的小人！」張元詡青衫上頭全是泥，冠帽都被跑得歪掛在一旁，雨水讓他的頭髮、衣裳全部濕透。「莊少容，你這般誣衊我，可知道後果是什麼！」

「我誣衊你？」莊少容被這一拳打得下巴紅腫，跌坐在地上。通往紫霞後山的路面雖鋪了青石板，可到底是細泥地，這一跌，白衣上全裹上一層黃泥。

這些他都顧不得，「嘩」一聲站起來，指著張元詡道：「你做出這等無恥至極的事時，怎麼沒有想想後果是什麼?!你這樣做，我阿姊日後怎麼見人？她還活不活？虧你還是聖人子弟，讀聖賢書！你就是禽獸不如的畜生！」

「莊少容，你住嘴！你、你信口雌黃，我沒有做過！我沒做過這事！」張元詡急得眼眶都紅了。「我敢對天起誓，我沒有做過那種苟且之事！你若再冤枉我，我與你不死不休！」

「你沒苟且？」莊少容的聲音都拔高了。

大文用力制止張元詡，大叫了一聲。「張二少爺，您還是不要再講了！」說著撲過去，又抱住自家想過來反打的少爺。「六爺！這是在外頭呢！」

一句話讓兩人猛然驚回神，心中立刻冷汗涔涔，全都下意識地四處張望一下，看看有沒有被有心人聽去這事？

他倆都中了什麼邪、用什麼糊了眼，竟公然就開打、開罵了？

兩人同時閉嘴，怒目對視，火光四射，都恨不得捅個對方幾刀幾槍，再給灌幾碗鶴頂紅，毒對方一個七孔流血！

後面一把青油紙傘下，寧慕畫踏雨而來，一步一步。一個習武為主的少爺，這青石板路被走得風生水起。

莊少容先看見他，目光一頓，拱了拱手，朝他行個禮。「寧世子。」

張元詡猛然一轉首，看見這人，臉色幾番變化後，亦是頗尷尬地行了個禮。

也不知道剛才的話語，對方聽到沒有？

寧慕畫給兩人回禮，看著他們狼狽的模樣，露出疑惑神情。「你們這是發生何事了？怎地弄成這般模樣？」

「這……沒什麼事，只是天濕路滑，不下心滑了一跤，撞了莊六郎一下。」張元詡聽到這句問話，心裡明顯一鬆，然後快速朝莊少容拱拱手，歉然笑道：「對不住六郎，冒犯你了，你千萬莫要見怪。」

這樣的假惺惺之人，莊少容更加看不上。就是個偽君子！

「哼！」他重重冷哼一聲，拂袖而去。

看見莊少容絲毫不掩飾地離去，張元詡氣得牙都疼得打顫了，但是一想到之前信上說的，他與莊四娘子有那等苟且之事，更是連心窩都痛起來。這要是傳出去，以後他怎麼見人！

偏生這裡還有個寧慕畫要打交道，實在是惱不得、怒不得，此刻什麼表情全都要放在心裡憋著。

寧慕畫見莊少容一走，也告辭離去。

可走了兩步，他又想起什麼似的，停了腳步，轉過頭，親和地道：「二郎與我那六表妹的喜事日子若定下了，記得可要早些讓人告訴我。於二郎這邊，我是友人，少不得要備賀禮；於六表妹那邊，我是正正經經的表哥，也得好好添上一份妝呢。」

他說得極其和氣，和氣到張元詡就算此刻被小廝打了傘，還是覺得全身都寒透了。

寧世子提起季六，說季六是他表妹，要給她添妝，那麼就是說寧伯府要與三房來往，給季六做場面了？

他連忙拱手作揖，擠出笑容來。「寧世子太客氣了，這些事還早，嫁娶之事還都要由長輩定奪呢。」

「也對，還早。」寧慕畫笑了笑，也不多說，撐著傘，卓然離去。

看著寧慕畫遠遠走掉，張元詡立刻沈下臉，轉回身低聲道：「回去給我換件衣裳，再替我遞張拜帖給二皇子府上，我要立刻回京！」

他不知道莊府出了什麼情況，要是讓莊若嫻把與自己私通的話語都胡說出來，這樣沒臉沒皮、死纏爛打的小娘子，他真不打算再娶了！

第二十章

午後，梅花院中迎來一位女客。

季老夫人聽人稟告，說文瑞縣主遞了帖子過來時，驚了好一會兒。

文瑞縣主可是當今皇帝嫡親的外甥女、長公主的親生女，這大昭能讓皇帝封為縣主的也就這麼一位。

如今這季府是受了什麼天恩、撞了什麼大運，得到這隆重待遇？先是皇后請六娘子過別院住一宿，後又是縣主親自來梅花院。

四合房小，季老夫人與眾人一道出門迎接。

文瑞縣主今日穿了一身白色粉底的長裙，端莊地走進來，目一轉，見眾人一字排開朝自己行禮，擺了手。「皇后娘娘都說在紫霞山中不必如此多禮，妳們自不必再行禮，我最煩這個。」

只一句，就看出這縣主的爽朗性子。

看著季雲薇，文瑞縣主笑顏綻開，上前兩步問她。「昨日咱們不是說好了，妳要來我那兒，今兒怎麼我等妳到申時都沒來？」

「民女的六妹受了些傷，我便留下與她說了些體己話，而後午睏，小憩了會兒，現下正想過去呢，縣主便來了。」季雲薇亦是朝文瑞縣主一笑。

文瑞縣主聽見她的話，目光轉向季雲流，見她烏黑的眸子，長相周正，正笑盈盈看著自己。「妳水靈靈的可真是個妙人，聽說妳是因為扶皇后娘娘才受了傷？」說著，從自己身後的丫鬟手上接過一小盒東西，遞過去。「這是滑肌膏，能讓妳不留疤。待落了疤蓋，用上兩月就不會留疤了，我特意給妳帶的。」

如此熱情待遇，讓一旁的人都驚了驚。

季雲流見她心細又爽朗，說話也不同一般閨秀文謅謅的，笑著接過來，屈膝福了福。「謝謝縣主，那我便厚臉收下了。」

看來昨日季雲薇額頭光潔有好運，就是結交到這位縣主了。這縣主面相富貴、運途和暢，確實是個難得的好手帕交。

季老夫人與陳氏、王氏站在一旁形同虛設。既然知曉文瑞縣主是來找季雲薇玩的，也不再杵在這裡，都進了上房。

廂房太小，於是丫鬟們迅速在廂房前的廊廡下支起座椅，擺上各色糕點、糖水、茗茶，就把這裡當成花廳一般來會客。

文瑞縣主今日自然不是來吃糕點。她昨日答應過季雲薇，要請個紫霞觀中的道人來卜卦。

紫霞觀中的道人不多，若不是皇親國戚，怎麼樣都難輪到這些小娘子能單獨卜上一卦。

如今能得一卦，季雲妙與宋之晝喜笑顏開。

季雲流一面吃著糕點，一面抬首看著那道人卜卦的模樣，看得目不轉睛。

論身分，第一個被卜卦的自然是文瑞縣主。

道人恭敬地問她。「縣主所求何事？」

文瑞縣主也不矯揉造作。「我欲求自己的姻緣親事是否順暢？你照著這個替我卜上一卦吧！」

道人一身白袍，搖著手中龜殼，拋擲六次。

還未等道人開口，季雲流就看出那卦象是蠱卦。

蠱，為蠱惑，以惡害義之象。意思就是，文瑞縣主這親事，不能只聽一面之詞，需要多番思考。

道人看著這卦，亦道：「縣主，這卦象是讓縣主經過幾日思考，就會知道該如何做了。」

文瑞縣主聰慧，一聽這話便道：「意思是，讓我不要衝動盲目地嫁人？」

道人道：「卦意如此，就是讓縣主做這事之前，要經過幾日考慮思索。」話一轉，他又呵呵笑道：「謀事在人，縣主福澤深厚之人，只要遠離奸佞小人，定會亨通順利。」

季雲流看著道人，微微挑眉。紫霞山果然名不虛傳，道人都是有幾把刷子的。

第二個是季雲薇。她所求的早已想好。「我想知道哥哥今年的春闈能否高中？」

文瑞縣主一把撫過她，朝道人道：「不求這個。」

「縣主？」

文瑞縣主指著她道：「科舉讀書高中這事問不得天道。考春闈這事得是妳哥哥自己刻苦讀書讀來的，而不是靠天道庇佑得來的，這事不問，也問不準。」

季雲薇哭笑不得。「那我該問什麼？」

「問姻緣！」文瑞縣主朝道人吩咐。「就求問姻緣，是否是門好親事？」

「縣主，」季雲薇更加哭笑不得。「我阿娘還未給我訂親呢，您這就問是否是門好親事，去問哪家呀？」

文瑞縣主轉了轉眼珠，看著季雲薇，又看看道人，也不管了。「你說，占卜可能卜出她日後的夫君是誰來嗎？」

季雲薇都想從這凳子上滾下去。

道人顯然這些年被客人許多無理取鬧的占卜問題問多了，神情十分平靜。「倒是可以詢問日後姻緣是否順暢。」

季雲薇還未說話，文瑞縣主一錘定音。「就問這個！」

季雲流捏了塊桂花糕，放入口中，細嚼慢嚥，看著道人又在那裡默唸起卦。

不一會兒，道人已經把卦卜出來。是恆卦，只要堅持初衷，便能獲得吉祥順利。

道人笑道：「四娘子命格清貴榮華，佳婿定是人中龍鳳，縣主莫要擔憂。」

文瑞縣主自然笑著對她說恭喜。

季雲流隨著其他姊妹也都笑著恭喜一聲。

與有好運之人交友，亦能分到一些對方運氣。季雲薇與文瑞縣主成了手帕交，確實能改變一些姻緣。

季雲薇被眾人調笑，端莊的面上也顯出一絲小女兒的羞澀，畢竟還是個未出閣的小娘子，對於婚姻大事，總會嚮往一下。

卜完季雲薇的卦，接下來就是宋之畫了。

宋之畫低著眉，靦覥道：「既然縣主與四姑娘都相問姻緣，我便也問問姻緣吧。」臉一紅，她輕聲向道人說：「煩勞師父幫我卜一卜，我與心中那人是否有姻緣？」

「宋姊姊有心上人了？」季雲妙聽見這話，叫道：「是誰家兒郎？前些日子祖母問妳還不是沒有嗎？難不成是昨日在紫霞山看中的？」

「沒、沒，不是……」宋之畫尷尬得不知該如何是好，抬頭看向季雲妙，眸中楚楚。

「七妹，妳……」

季雲薇見了宋之畫的尷尬，出聲圓場道：「這些體己話，咱們姊妹之間說說也沒事，七妹可不能到處傳，知道嗎？」

季雲妙瞥到文瑞縣主的臉色，轉了兩下眼珠子，伸手抓住宋之畫的胳膊搖晃，撒嬌賠禮。「宋姊姊，我只是嘴快了些，沒有笑話妳的意思。紫霞山中歷來出大好姻緣，這是大昭眾人都知曉的，姊姊莫要害羞才是，在這裡看中一家好兒郎，那便是一段佳話。」

先帝曾在紫霞山與碩皇后相遇，後來紫霞山中成就無數好姻緣，在紫霞山結緣的夫妻都恩愛白首，也確實都是佳話。

不一會兒，道人就卜出宋之畫所求的卦意，是無妄卦，就是不要任意妄為，才不會出什麼差錯。

這卦卻不是什麼好卦了。

宋之畫面色越發的白，揪得手絹都快要破了，若不是想知道季雲流與季雲妙的姻緣卦是什麼，都想藉口身子不適進屋了。

季雲妙聽見道人解的卦，目光閃閃，很想嘲笑宋之畫。這卦就是讓她不要癡心妄想，也不看看自己的窮酸樣！但礙於文瑞縣主在這裡，她生生忍住了。

輪來輪去，輪到季雲流。

季雲妙看著她，聲帶催促。「六姊，妳要求何事呢？快讓師父給妳卜上一卦。」一頓，她又說：「不如就讓師父給妳算算妳與張家二郎的婚事吧！」

文瑞縣主也把注意力放在她身上，不看不要緊，一看險些把眼珠都瞪出來。

這桌上本有十幾盤小糕點，才多少工夫，差不多已空空如也，這胃口……

「這些糕點全是妳吃的？」文瑞縣主性子灑脫，有一說一、有二問二之人，有了疑惑就問出口。「妳愛吃糕點？」

即便季雲流臉皮再厚，聽見這句「全是妳吃的」也不好意思起來，臉一紅。「是呢，我可喜歡這些吃食了。莊子上沒這種香軟東西，我便多吃了些，縣主可不要笑話我。」說完，朝縣主眨了兩眼。

文瑞縣主見她灑脫隨興，笑起來。「我那裡也有個廚子做的糕點很不錯，妳若喜歡，我讓他做幾盒給妳嚐嚐。我也愛吃這些江南小糕點，那廚子做的紅豆糕很好吃。」

「真的？」季雲流大喜，當下便詢問文瑞縣主能不能回去就讓廚子做？簡直比卜姻緣卦還要有勁頭。

見兩人一直聊著吃食，季雲妙心中白眼直翻，但看著文瑞縣主在場，只好委婉道：「六姊，師父都要等急了。」天都要黑了，她的卦還沒卜呢！

季雲流目光在那銅錢上掃過，無所謂地笑道：「那就聽七妹的，卜一卜張二郎的事吧！」

道人按意思去卜問，得出一個訟卦。此卦是說凡事都要防患未然，在事情還沒有開始時，就要有最壞打算。

這意思很明白，與張家的親事怕是多半不成了。

季雲薇嘆了一聲，季雲妙面上露出難過，心中卻暢快無比。

宋之畫看了此卦，心中的難過之意似乎也消散一點。相比季六的退親毀名聲，自家的落魄還是好一些的。

只有文瑞縣主直接朝季雲流開口。「妳莫要擔心，錯不在妳，若張家不知羞恥地退親要去攀那高枝，我替妳討回公道。」

季雲流詫異了一下，燦爛地笑起來。「好，多謝縣主。」

終於輪到季雲妙卜卦。她羞答答地說了一句，欲問和心中之人的姻緣事，對於宋之畫與季雲薇的詫異，全然不在意。

道人卜了卦，竟然同宋之畫一樣是無妄卦。這卦，之前讓她自己解釋成癡心妄想的意思。

季雲妙沒有宋之畫的在乎臉面，她聽了這卦，「哇」一聲就大哭出來，邊哭邊站起來。「我身子不適，失陪了……」

說完，也不顧縣主尚在這兒，捣著帕子直撲進屋中，讓季雲薇尷尬得連連向文瑞縣主賠禮。

季老夫人坐在上房看外頭，雖聽不清小娘子們算的內容是什麼，到底看見道人卜卦的事情。待幾個小娘子都算完後，把道人請進來，也給季府卜了一卦。

抛擲六次，得了個「貴人迎門，吉星高照」的好卦象，喜得全屋子的人笑盈盈。

夜晚，小娘子們沐浴過後，各自坐在炕上聊私房體己話。

季雲妙看宋之畫一直在疊帕子，動了動眸子，探頭過去道：「宋姊姊，妳的意中人是誰呀？」

宋之晝一頓，想到午後的卦象，心裡一陣劇痛，輕聲道：「是誰又有何關係，與他又沒有緣分。」

「也不一定呀，師父又沒有把話給說死。」季雲妙看著她。「事在人為嘛！」

事在人為這話打動了宋之晝。她抿抿唇，想到季雲妙與自己一樣的卦象，問她道：「妳欲如何？妳與那人……」

季雲妙笑了笑。「事在人為呀，我說了。」

她想過了，七皇子那樣的人，正妃娶了還是要再娶側妃的，指不定會先娶側妃呢！她就算不能為正妃，側妃也可以。到時候生了長子，再熬個幾年，像自家母親一樣由側扶正，一樣的尊貴，一樣的受寵。

細雨依舊下著，寧石伺候玉珩用了晚膳，跟著他進了書房，立在案桌前，仔細稟告今日打探來的刺客事情。

「小的連夜派人去山下尋找另外兩個刺客的身影，除了一些草木上有人滾落的痕跡，其餘全被清除了。」眼一瞥，見玉珩仔細聽著，他再稟告。「今日一天，紫霞山中一切如常。昨日七爺說的那個農夫，屬下到現在還未找到；南統領午後向皇后娘娘交了紫霞山中的來往人員名單，今日三個送菜的農夫全都說自己便是名單上的人，還說昨日就是他們運送的菜，不曾假手於人。」

「這計劃可做得天衣無縫。」玉珩冷笑一聲。「又剛好遇上道法大會，午後山中眾多人員下山，這樣一來，又把證據全銷了。」

停了一會兒，他吩咐寧石。「你去注意著南梁。他以為他跟了個好主子，卻不想是條毒蛇。事情只要有一絲敗露，我那二哥哪裡會放過他。」

寧石應聲退下。

熏香淡淡，玉珩一一看過寧石打探來的其他消息，然後想起來秦羽人卜的「損卦」，站起來去書架上翻找《周易》。

下人沒有怠慢，手腳勤快，書房書籍雖多，本本不沾灰。玉珩一本本翻來，素手不沾塵，終於在角落處尋得一本《周易》。

拿在手中，他打開第一頁，上頭有幾行字：人身不正，處世即不正。

「易經，周行不易，讀完後，唯留『中正』二字。」落款是秦思齊。

玉珩看著那落款的名字，目光動了動。

這本居然是秦羽人親手翻看過還留字的《周易》。

他拿著書，再翻開一頁，書架上另一本在它旁邊的書籍掉出來。

書籍如磚頭，一鬆動便「砰」一聲砸在地上，也不知道是什麼書，掉落在地之後，直接翻開了。

適才一抽，興許抽得用力了些，把這書也扯出來。

玉珩俯身伸手去拾書，目光低垂，那書上的手抄楷體便躍入眼中。

平生不會相思，才會相思，便害相思。身似浮雲，心如飛絮，氣若游絲。

空一縷餘香在此，盼千金遊子何之。證候來時，正是何時？燈半昏時，月半明時。

燭火從宮燈映出，照亮整間書房。

玉珩看著那書籍上的詩詞許久，眸中水波澄澄，頓了頓，終是垂下眼眸，一伸手，把地上的詩集拾起來。

原來這不是只想要讓她為自己所用，這是相思情動。

玉珩握著書，目光落在窗外的桃花上良久，把書放回架上，再看一眼，回過身，拿著《周易》坐在書案後頭，仔細翻閱。

第二十一章

翌日，細雨停歇，天色陰暗。

梅花院中的四個小娘子早早起床梳洗，準備下山回京。

季雲流見紅巧在炕上選衣裳，指著一套月牙白的衣裳道：「就這件吧。」

這件亦是皇后賞賜的，花色、樣式都不錯。

嗯，今日有喜，得穿得漂亮些。

昨日許多人家都已收拾好箱籠，這日一早，紫霞山中便陸陸續續駛出馬車，一輛接一輛地在官道上行駛著。

季府馬車行到觀外，朱嬤嬤對著馬車內低聲稟告。「大夫人，寧伯府夫人的馬車在那頭。」

陳氏掀開簾子，看見自家妹妹小陳氏。

小陳氏看見陳氏，下了馬車，幾步過來。

眾人團團見禮後，小陳氏笑道：「慕哥兒相約友人一道下山，又不放心我一人回去，想託了姊姊帶帶我，一道回京呢。」說著，指著不遠處立在馬旁的寧慕畫。「喏，這孩子非要看著我與妳們一道，才放心離去呢。」

不遠處，寧慕畫身穿寶藍長袍，腰繫和闐紅玉，風度翩翩，見季府女眷轉眼望過來，拱拱手，做了個到底的長揖。

陳氏看小陳氏雖是在笑，眼中卻絲毫沒笑意，竟還浮出怒意，當下便知她有話要說，直接與她攜手一道上了馬車。

後一輛馬車內，四個小娘子坐在裡面，聽見小陳氏的聲音，季雲妙把簾子一角掀了掀，偷偷往外頭瞧，看見寧慕畫，「呀」了一聲。

「真沒想到，寧伯府的世子爺長得真俊俏，我還以為一直未娶親的他會是什麼歪瓜裂棗呢！」說著，掀得大一些給宋之畫看。「宋姊姊，妳說是不是？」

那簾子一掀起，宋之畫便移不開眼了。

原來之前在紫霞山中幫她撿帕子的男子，就是寧伯府世子，是陳氏的親外甥，竟然這麼巧！

她昨日那顆被道人一卦說得已死的心，似乎又死灰復燃，她不禁緊緊揪著帕子。

季雲妙見她死盯著外頭的寧慕畫，目光轉了轉，笑著撞了她一下。「宋姊姊，妳臉紅成這樣，在想什麼呢？是不是……」

「不是！」宋之畫立刻坐正身體。「不是他。」

本來還不要緊，這話一出，此地無銀三百兩，反而把坐在對面季雲薇與季雲流的目光都吸引過去。

見兩人全都靠著小枕看著自己，宋之畫迅速抬手把簾子扯下來，道：「七妹，還是莫要掀開簾子了，這樣不合禮數。」

最後一眼，宋之畫看見寧世子跨上馬背，目光卻從沒往這車子看上一眼。

季雲妙看著宋之畫笑了笑，往小枕上靠過去。

原來昨日她問卦的對象就是寧世子，怪不得卜了個無妄卦。兩人之間這樣的家世差距，宋之畫就算做個妾都配不上人家吧！

另一輛馬車內，小陳氏正一五一十跟陳氏講起，昨日寧慕畫在紫霞山見到的事。

「妹妹講的這些可是當真？」

陳氏一聽到「也許莊四娘子與張二郎已暗通款曲」時，險些就在馬車內跳起來。「他們真的、真的如此不知禮數？」

「這是慕哥兒親耳聽到的……」而後，小陳氏又把張元詡與莊少容在後山大打出手的事說了。「如今看來，莊家四娘子這落水的事，恐怕都是有意為之的！」

「好妹妹，這些事……」陳氏心神都不寧了，伸手握著小陳氏的手。「讓我緩一會兒，讓我好好想想。」

皇家別院中，皇后亦讓人收拾妥當，定了時辰下山。

玉珩騎著馬，行在皇后的馬車旁邊。

這一日，紫霞山中的官宦之家浩浩蕩蕩下山，馬車眾多，若不是掛了各家的旗號，還真分不出哪家是哪家。

行至觀門外，一抬眼就看見季府馬車上的小旗。

春風吹冷不吹熱，玉珩心中隨著這風冷成一片，疲憊地移開眼。

行至晌午時，皇后的馬車終於到了城外。

謝飛昂一早便派自家小廝回到莊子準備午膳，款待皇后與七皇子。

一行人行至謝家莊子前，還未進莊，不遠處看見季府女眷也正好到了季家莊子前，女眷們正依次讓丫鬟扶著下馬車。

謝府的莊子大，可以直接讓馬車與馬兒進莊，但季府的莊子小，只能把馬車停在莊前。

席善看見那邊的季雲流，低低喚了一聲。「七爺。」

謝飛昂在馬上，只想一鞭子甩到席善身上。

你家主子正相思愁斷人腸，你還要把他往走火入魔的路上逼，這是要把你家主子逼上絕路，燒他澆他烤著他，生生逼死你家主子啊！

一聲「七爺」讓玉珩抬起眸子，順著席善的目光看去。

季府女眷自也看到皇家人了，停了手上之事，紛紛屈膝福身行禮。

此刻的季雲流站在馬凳上，福身行完禮後，正好與玉珩平視。

玉珩看著她行完禮，抬起頭，兩人四目相對，滔滔心事在這一刻席捲而來，把他的心都淹沒。

終於，他冷清清的眼眸只一瞬間又從季雲流身上移過去，落在季老夫人身上，向她點個頭以示回禮。

得到七皇子一個點頭體恤，季老夫人差點感動得流出淚來。

季雲流被紅巧扶著，走下馬凳，再次瞥過馬上的玉珩，垂下眸，進了莊子內。

少年這一眼，她自然也看懂那意思了，那就是——我生氣了！

嘖嘖，這性子耍的……

玉珩的眼角餘光瞥見季雲流最後看過來的那一眼，緊握著馬鞭，面上平靜地進了謝家莊子。

而季雲妙揪著丫鬟金蓮的手，心中激動，面上緋紅一片。

今日她跟在季雲流的身後出馬車，抬眼一望就看見了七皇子，且七皇子那一眼正是望向自己來的，雖只是冷清的一眼，但也是正經的一眼！

眾人在飯桌前坐下，小廝過來稟告，皇后身邊的碧朱姑姑來了。

碧朱一進門便笑盈盈道：「皇后娘娘說這般巧合，連莊子都在一處，想請六娘子一道用膳呢！」

能與皇后一道用膳是何等榮耀的事，當下，陳氏就讓人帶季雲流進內堂再梳妝，讓她去隔壁的莊子伺候皇后。

季雲妙看季雲流被碧朱親親熱熱地挽出門口，只差沒咬碎一口銀牙。

她目光轉了轉，窩到季老夫人身旁，道：「祖母，按理說，皇后娘娘就在隔壁莊子，我們也要過府給皇后娘娘請個安的。」

季老夫人下意識轉眼去詢問自家大媳婦的意思。

陳氏道：「媳婦去遞張拜帖看看。」

謝家別院的東廳中，皇后見了要磕頭的季雲流，和煦笑道：「免了免了，在外頭不必多禮，快過來坐，與我一道用膳。」見季雲流看著滿桌菜色，目光錚亮，又笑道：「我見了這些菜，竟想起妳，才叫碧朱邀妳過來。」

季雲流盈盈露笑。「多謝娘娘厚愛，能得娘娘的恩典，實在是民女三生有幸。」

吃了三天的素，終於趕上葷了！

兩人一道用了午膳，喝了甜湯，皇后問了她的腿傷，正說著，碧朱拿著帖子過來，說季府女眷想過來莊子請個安。

皇后看著那帖子，笑了笑。「妳去回了季大夫人，時辰不早，我也要早些啟程回宮，在外頭就不必如此麻煩了。」說著，又讓碧朱帶上些糕點，把季雲流送回季家莊子，好讓她們早些啟程。

碧朱聽著皇后的話，瞬間明白，娘娘這是不滿季府之前對季六娘子的刻薄態度。

兩人福身行了禮，帶上皇后賞賜的糕點，一道退出院落。

從廊廡下一路出去，那邊，垂花門後進來兩人。

玉珩正帶著席善往這邊過來。

碧朱一抬眼，連忙輕輕一碰旁邊的季雲流示意。

皇家規矩，兩相碰頭，要讓身分尊貴之人先走。兩人停下步子，退到一旁，屈膝行禮，等待玉珩先過去。

玉珩大步而來，就算早早看見了季雲流，依舊不怒不笑，連嘴都沒有動一下。

只是快到她眼前時，終是熬不住，瞥過去窺望一眼。

這一眼，他就看見穿白衣的她正微微抬首，看著自己，嘴唇與眼中都帶著笑意。

瞬息之間，玉珩心中無數念頭湧了上來，雜亂紛紛、不上不下，全部的冷靜自持在這一刻都崩塌了。

他之前蓄滿全身力氣，打算跟對方決一死戰，她卻一拱手，丟了兵器就說自己不鬥了。

他如今放了全身力氣，準備一笑泯恩仇，打算再不理會對方，這人又拔出利劍對自己說，來戰！

什麼都是這人說了算，什麼都不管不顧，不問自己的意願！

她，憑什麼？

兩人屈膝等在一旁，兩人往前走，終是錯身而過。

碧朱垂首，目光隨七皇子素白的手移動。她看見那本來下垂的手被握成拳，握得關節都發白了。

七皇子……這是被昨日六娘子還玉的舉動給氣壞了吧！

看人走出一丈遠，碧朱垂下雙目，目光落在季雲流身上，伸手把她扶起來。「六娘子，我們出去吧。」

季雲流應了一聲。

兩人從垂花門出去，才不見了身影，玉珩腳步驟然停下，「唰」一下直接轉頭看著那人出去的垂花門。

他適才心中有無數衝動，想伸出手把她抓過來，搖晃著問她為何要退了自己那玉，為何今日要再露那樣的笑意！

但是，以他的矜持，終究沒有。

席善看著自家主子這「死鴨子不僅嘴硬，連腿也硬」的架勢，心中連嘆數聲，面上恭敬道：「七爺，可需要小的去喚……」

那邊，門外的碧朱才踏下階梯一步，抓住季雲流，側頭一笑。「六娘子，對不住，前日我忘了將自己備下的小禮送與您，娘子看在我一番心意分上，可否與我一道回去拿？」

說著，腳步一旋，拉上季雲流就回到垂花門內。

席善剛說「小的去喚一下碧朱姑姑……」，那邊，立刻就看見碧朱抓著季雲流從垂花門後走回來。

這這這……話在口中，生生改口「啊」了一聲。

「七爺……」真是好一個天賜良緣，眾人來幫忙！

玉珩的目光還未從垂花門外移回來，驟然又見那白衣人兒躍入目中，來不及躲、來不及避，目光便被她倆抓個正著。

見她又微微一笑，一瞬間，玉珩如青白琉璃的面上立刻幻化出五彩顏色，吃驚到都不知道該做怎樣的表情了。

好在他不是深閨女子，不然也想找個地縫就鑽進去。

碧朱帶著季雲流，看見七皇子果然還沒有走，目中一動，規規矩矩地屈身行禮。

等了一會兒，見七皇子沒有打算要走的模樣，扶起季雲流向廊廡繼續走。

這次，是玉珩帶著席善等著她們兩人緩步過來。

玉珩之前臉面已經丟盡，適才偷看垂花門都被人抓了個正著，賴不掉了，此刻也全豁出去，目光灼灼地盯著季雲流，看著她一步一步走過來。

四人再次要錯身而過時，玉珩目不斜視，伸出手，一把拽住季雲流的手腕，而後重重一扯，把她整個人扯離碧朱手中，一路拖到不遠的廂房中。

整套動作如行雲流水，快到讓人眼花撩亂，似乎七皇子為了此時此刻專門演練了上百遍。

碧朱還未反應過來，就聽見那廂房「砰」一聲地關上門。

席善看見自家主子不管不顧地把人給扯走，差點捣著嘴嘿嘿笑出來。看看，七爺這是被季六娘子逼出真性情了！

莊子房屋建得矮，廂房中這門一關，光線微弱，隱隱透出幾分曖昧的氣氛。孤男寡女共處一室，不過，也不是頭一回了。

季雲流此刻眨巴兩眼，竟然還有空閒去看這房間的佈置得如何？

玉珩把人拉到房中，關了門就把她按在門上，由上往下看她。「季雲流……」

「嗯。」季雲流應了一聲，微仰頭看他。「怎麼了？」

那無辜又一派恬靜的模樣看得玉珩又悔又惱，心頭莫名湧上一股膽怯，一顆心煎熬著，都快熟透，能入盤下酒了。

為何剛才不管不顧地拉她進來？這人就是個沒心沒肺的，他早該看清楚了，就該一刀子捅透了她，把屍體扔到後山餵狼，讓自己解脫了才好！

今日光景比不得上次在莫嶼山中的共處一室。

那時兩人心思清白，身正影不斜，如今一人已動情，一人已信命，這般不言不語，讓這一屋子的旖旎越發濃郁。

玉珩還未嚥下滿腹怒氣，便感覺左手無名指被握住了。

那手暖暖的、柔柔的，如棉絮，如細紗，抹去了他的那股怒氣。

抬眼往下看去，才知道自己適才扯住人家的手就一直沒有鬆開過，此刻只是反握著他的手指而已。

「七爺，」季雲流見他不說話，看著他輕聲地說：「老實說，我現在挺緊張的。」

玉珩心中一顫，眼眸深深地凝視她，想問，她緊張什麼？

還未開口，又聽見她一下句。「你此刻該不是想著，怎麼用刀子捅死我，然後再丟屍荒野吧？」

旖旎氣氛消失殆盡，千種滋味在玉珩心頭漫上來，愛恨嗔癡，堵得他都快喘不過氣了。

他本是明睿博識的皇家子孫，平日驕傲正經慣了，難為他現在為了這麼無恥到不要臉皮之人，弄得不人不鬼，全沒了章法。

「不。」玉珩平平靜靜地說：「我沒有打算棄屍荒野。」

見她似乎鬆下一口氣，他接著實話實說道：「我適才是想丟了妳的屍首去後山餵狼。」

季雲流只覺無言。

反正手被握了，反正臉已經豁出一次，玉珩當下也丟掉全部的矜持，左手一抓，把她的右手全都包住，另一隻手則解下腰間那塊白玉，重新按在季雲流手上。

他目光深深地看著她。「這玉，有本事妳再還我一次。右手還的，我就讓人砍了妳右手；左手還的，就讓人砍妳左手……」傾身更近了一點，皇家惡習本性全暴露出來。「妳莫想著只要不透過自己的手還我就沒事，若妳用其他部位還的玉，我就把妳屍首丟了去餵狼！」

真是，好長又好狠的一句……大情話！

第二十二章

季雲流手中握著玉，還被他大手包覆著，抬眼看他，看見他眼中的情意。

他瞳孔的顏色很深，這麼直視的模樣，彷彿一看就能讓人陷進去，感覺他對自己是情根深種。

這樣傲嬌的少年，也許真的是第一次心動。

兩人就這樣站著，雙手交握。

睿智剔透之人善於抓住時機，玉珩看著她漆黑如晶的雙眼，心神不定，不願再壓抑。

他俯下首，壓上她的紅唇。

只是極輕極輕的一個吻，觸到了雙唇，一觸即分。

光景不同，心境不同，讓這麼一觸即離的吻也帶上了不同。似乎有一股電流，從唇上擴到玉珩的腦中，擴散到整個身體。

情動，原來是這般滋味。

「季雲流……」見她的桃花眼睜得大大地看著自己，玉珩又垂下頭去，氣息全數灑在她面上。「我要娶妳。」

這一次，他不是一碰即分；這一次，他丟掉了全部的矜持，用唇舌覆蓋住她，吞食她的唇瓣，撬開她的牙關……

當了二十幾年的神棍，第一次被人吻著，季雲流沒想到自己居然還能想著，這個人不愧是好基因，嘴巴與舌頭冰冰涼涼的，沒有口臭不說，整個人都挺好聞，天道給她選的老公還真不錯。

真是，年齡越大，尺度越寬，單身了這麼多年，來個高顏值的小鮮肉就讓她舉雙手投降了！

一隻修長的手覆蓋上來，把她的眼給蓋住，那些雜七雜八的心思也一併被蓋住了。

漆黑的世界裡，只能清晰地感覺到覆蓋在唇上摩挲著的舌頭，那樣的柔軟濕潤。

好吧，從來不知男女之情為何物，從今日開始慢慢去了解也是可以的。

不知過了多久，在季雲流感覺要斷氣之前，玉珩終於放開她。

季雲流站在那裡，靜靜呼吸片刻，又聽見那人的聲音。

「季雲流，我要娶妳。」

娶？好吧，是要娶。

其實談戀愛也沒什麼大不了，剛才那樣的濕吻，自己還是挺享受的。

「七爺，你若娶我，那麼……」她整個人都被他的身體覆蓋著，目光對上玉珩的，回握他的手。「樓臺百尺、江山萬里，日後，只能由我陪七爺你一道看這天下壯麗景色。你，可願意？」

就算相信天道，就算要她負起當日那一吻的責任，該說的話還是要說清楚。

她的潔癖不允許自己的後宅有一堆亂七八糟的女人爭一個男人。

時光靜謐，光線朦朧，玉珩深深看著她的雙眼，那雙烏黑發亮的眼眸中再沒有其他，全是自己。

如此模樣，觸動了他心底深處的那抹溫柔。

而她的情話，卻是「天下壯麗江山一道去賞」，而不是小女子心態的「要與我廝守一生」。當下，他心中、腦中都熱血沸騰，流光四溢。

將自己的手與她十指交握在一起，玉珩動情道：「好。季雲流，空中萬星，我只要妳一顆；花海萬朵，我只摘妳一朵；任它弱水三千，只取妳一瓢！」

見他眸子黑到都發出光來，季雲流本想說的「畢竟你我才認識幾日，七爺可以再好好想想」的話又嚥了回去。

是呢，自己都信了天道，認下這人了，哪裡還給他考慮退貨的機會？

季雲流側過頭，緩緩笑開。「七爺，空中萬星，我是那輪獨一無二的明月；花海萬朵，我是那獨占鰲頭的牡丹；繁華三千，這世間只獨獨有我一個季雲流，娶我，你絕不會虧的！」

如此自信，如此自得，如此不同於世俗其他女子！

玉珩眉歡眼笑，雙手捧著她的臉，哈哈大笑起來。

自重回世間以來，他笑得最暢快、最快樂的一刻便是季六給的。

「雲流，妳真是寶。」他亦是一個認定東西就死不放手之人。捧著她的臉，他漆黑的眼睛彷彿雪融。「我玉珩起誓，永不負妳。」

季雲流眨了眨眼，臉色微微一紅。

被這麼「嫩」的少年郎認真表白，其實還挺臊人的。為了轉移尷尬，不如轉移個話題。

「七爺，這玉我帶著若被人抓住把柄，就是私相授受的名頭，還是等——」

不等她把話講完，玉珩抽開玉珮上頭的絡子，將紅繩抽出來，一個打好的絡子瞬間被抽成了兩條紅繩。

而後，他親手把紅繩綁到她脖後，玉珮墜在她胸前。

玉珮觸感冰涼，季雲流被這一舉動弄得頓時無語，話全都堵在肚子裡。

「除非繩子自行斷了，」玉珩用熠熠生光的眼看著她。「不然我掛上去的玉只能由我拿下來，記得了嗎？」

時辰不早，現在兩人總歸是孤男寡女共處一室，即便心意已經說開，也還未訂親。礙於體統與顧忌她的名聲，玉珩拉起季雲流的手，打算開門出去。

季雲流看著他的手，反手握住後，把掌心翻過來。

那掌心正中明堂的地方呈黃色，這代表有「官運」；中指下部的離位為青色，又表示有「暗災」。

玉珩見她盯著自己的左手，收回了開門的手，靜靜站著等著。

季雲流看完他的手掌，抬頭一笑。「七爺，他朝身沾雨露恩，會得君王深顧，恰是富貴正少年哪！」

玉珩黑眸如寒星般清澄。「我若沾雨露恩，得君王顧，大富貴，皆有妳一份。」

「好！」夠義氣！季雲流一手輕拍在他的手心，豪氣宣佈。「若日後我金山積滿屋，定也分七爺你一份。」見他眉頭一攏，又道：「讓我日後夫君拿去隨便花！」

玉珩本來被這人分得清清楚楚的「你我」弄得不痛快，聽見「日後夫君」，又合了手掌，把她的手包在自己掌中，露出笑意。「若要給，亦是我給妳銀子，讓妳隨便花。」

季雲流信手拈來。「那好，我日後便躺著吃喝睡，只管負責花銀子。」察言觀色乃神棍第一要訣，趕緊從善如流把人安撫好才是正經。

他想再緩聲一笑，又聽見她緩緩道：「七爺，回京後，一字記之曰：忍。」

玉珩低首，目光灼灼地看著她。「好，妳那時在莫嶼山中的話，我都記得。」

「昨日我給七爺卜過一卦，損，有孚，元吉，無咎，可貞，利有攸往……」

玉珩握著她的手更緊，胸中激盪。

這卦，在紫霞觀中被秦羽人解過。

他如此反應，季雲流亦感覺到了異常。「這卦，七爺知道？」

「在紫霞觀中，秦羽人幫我解過此卦。」玉珩緩緩道。

「原來如此。」季雲流頷首。「那我便不再多說了。此次回去，若有人饋贈東西，七爺不必推辭，全數接受即可。」

「好。」玉珩一陣心悸，伸手把她擁住。「季雲流，張家的事，妳莫要擔心，一切有我。」

原來，這人歸了自己，是這般快樂與滿足。

「好。」季雲流任他抱著，伸出手指，默唸了幾遍金光神咒，快速做了幾個結印，拂去對方肩頭的一絲煞氣。

玉珩未見到她作法的手勢，只是擁了她一會兒，覺得心頭一陣輕鬆。

「七爺，時辰不早，咱們出去吧。」季雲流微微推開他。「再待下去，外頭的人要等急了。」

門外，席善與碧朱都已經等在外頭。

即便門一開，玉珩就鬆了季雲流的手，卻還是被門外心細的兩人瞧了去。

之前他在房內大聲一笑，席善早已聽到，現在再見這番光景，喜得跟撿了一塊金元寶一樣，眼都快笑得看不見了。

好在他彎腰垂首站著，不然這般淫笑模樣還不被玉珩一腳踹飛出去，把他另一隻腳都踹斷？

季雲流與碧朱一道向玉珩屈膝行了個禮，回身穿過廊廡，由垂花門離去。

第二次看兩人的身影消失在垂花門後，玉珩與一刻鐘前的心情截然不同。此刻，他只覺得天高地闊，連天空沈沈黑黑的雲霧都覺得特別順眼。

「吩咐下去，備馬啟程回京吧。」

回到季家莊子中，眾人也已經準備好，就等著季雲流回來，啟程上路。

陳氏看著被碧朱親自送回來的季雲流，目光動了動才上車。

皇后拒了自己等人的請安，獨獨請了六丫頭一道用膳，若六丫頭真得了皇后娘娘的眼，加上自家小妹適才說的那些若都是真的，與張家退親那就是鐵板上的事，無法挽回了！

眾女眷紛紛上車。

季雲妙在金蓮的攙扶下，動作緩慢、拖拖拉拉，時不時轉首看向一旁謝家的莊子大門，但見那邊已經有小廝拉來馬車，動作更加緩慢。

此次一回季府，也不知道何時才能再見七皇子一面？她心中不斷祈求上天讓她再見七皇子一眼。

許是上天真的聽到她真誠的祈求，她才踩上馬凳，就看見那邊一個紫衣人被一堆人簇擁而出。

紫衣人在首如鶴立雞群，讓人一眼就看見了。

那人出門竟然也是向著季府的馬車望來，目光不躲不避，毫不遮掩。

坐在馬車邊上的季雲流見玉珩遠遠的一望，拿著手上的帕子摀上嘴，移過與他對視的目光。

男人都愛女子臉露嬌羞，即便是這樣一心想當皇帝的少年，對待愛情應該也差不多。

她就算對之前的一吻只有三分羞怯與真心，此刻也該露出十分嬌羞模樣讓他看見。

人生如戲，全靠演技。演戲，她還是可以的！

不知道紫衣少年看見了馬車上的什麼，竟是勾著唇角，微微露了一絲笑意，一瞬間，整個人溫潤如玉。

「啊！」季雲妙情不自禁地呼喊一聲，腳下一拐，摔了下去。

七皇子、七皇子竟然對著她笑了！

季雲妙這一摔，嚇壞旁邊一群人，丫鬟婆子一陣手忙腳亂，連忙過去扶她。

昨日下了一天的雨，如今這地還濕著，細泥多，這一摔，直接讓季雲妙的衣裙都沾上黃土泥。

「全髒了！」她又羞又惱，甩著帕子朝金蓮低聲喊：「快去拿件衣裳來，扶我回去換一換！」

金蓮扶了季雲妙進莊子，又有婆子向陳氏稟告適才種種，她只好讓車隊再等上一等。

馬車上的簾子被放下，宋之畫立刻出聲。「七妹難不成……」

她的話沒說下去，但是車上在座的人都知道下面是什麼意思。

季雲妙滿臉通紅地看著玉珩而滾下車，如果不是對人家上了心，還真找不出第二種可能了。

見季雲流與季雲薇都看著自己，她聲音一頓，尷尬地道：「我不是那意思，我是覺得那人身分這般高，七妹若是有意，恐怕會有損季府……」

「宋姊姊放心，」季雲流隨手翻著胸口那塊玉珩給她戴上的玉珮。隨著她的翻動，玉珮也微微晃動著。「七妹只是小女兒心思而已，過幾日便想開了，當不得真。」

遙想她男人的事情，也只能是站在地上觀星一樣的遙想了，確實當不得真。

季雲薇接道：「六妹說得對，七妹過幾日便會想開了，還望宋姊姊不要取笑七妹這小心思。」

宋之畫滿臉通紅，勉強擠出笑容，應了一聲是。

她本是提起來讓兩人看看季雲妙的妄想，報復一下她戳破自己心思的事，可竟然被季雲流看穿，圓了回來，得了季雲薇一句「不要取笑」的下場。

季雲妙在婆子的連連催促下，換好衣裳再出來。這次她打扮光鮮，把最好的衣服都穿出來，但謝府門口的車隊已人去無蹤影。

她揪著帕子惱了一會兒，上了車。看見車中三人各管各的，她也沒理會眾人，揪著帕子想著之前少年郎對自己露出的那抹笑意。

那樣柔柔輕輕的暖笑，燙得季雲妙心中灼熱灼熱的，此刻，她很需要找個人分享一下自己的喜悅。

一抬眼，就看見對面而坐的季雲流唇瓣通紅，似乎比咬了紅紙還要紅一些，便起話題道：「六姊，妳的嘴怎麼了？似乎都有些腫了。」

季雲流抬首看她一眼，盈盈一笑。「適才見了皇后娘娘那裡鮮湯美味，喝得急了些，被燙到了。」

季雲妙嗤笑。「六姊在娘娘面前一點禮數都不懂，可莫要惹惱了娘娘，把我們季府的臉都丟光了呢！」

「多謝七妹提醒。」季雲流拿起一塊糕點，輕咬一口，嚼了嚼，垂目繼續看書，不再理她。

這舉動把坐在旁邊的季雲薇看笑了。「少吃一些，娘娘賞得再好吃，也要少吃一些，再把這裡的全吃了，仔細妳等會兒肚子不適。」

季雲流向季雲薇展顏一笑，拈起一塊放在她手上。「四姊吃吃看，這白果糕味道很特別呢！」

看著兩人吃著從謝家莊子裡帶過來的糕點，季雲妙的臉上火辣辣的。

她這邊剛剛嘲笑了人家說不要惹惱皇后，那邊人家就拿出皇后賞賜的糕點一陣狂吃。

這是明晃晃地打自己臉面！

第二十三章

張元翃昨日便冒雨下山，連跟友人告辭都未來得及，連夜遞了帖子進景王府，今早才得了入室商議的消息，於是連忙從側門進入王府。

玉琳坐在書房的太師椅上，抬眼看他。「你說見到七皇子被歹人給抓了？」

「回景王，不是見到，是聽到的。是聽到季家六娘子的丫鬟跟七皇子的侍從求助，在下才知道的。」張元翃不敢抬首看玉琳，聲音都一顫一顫的。「那丫鬟說，前日一道被抓的還有在下訂親之人季六娘子，但是、但是……昨日七皇子又完好無損地出現在道法大會了。」

「除此之外，你還知道什麼？」玉琳看著張二郎的頭頂，陰惻惻地再問：「比如，你是否知道是何人抓的，何人救的七皇子？」

「沒沒沒……」張元翃站著，被玉琳的氣勢嚇得腿都軟了。「其餘的……小的一律不清楚，就連七皇子為何能回來，小的也不知道。二殿下，在下與季六娘子的事……」

「張二少爺，」一旁的翁鴻出聲道：「季府裡的那位六娘子，不再是你要娶的小娘子了，你該娶的只能是莊家四娘子！」

張元翃詫異地抬起頭。「可是莊四、莊四竟然對莊家人說我與她已有了夫妻之實，我明明沒有……」

翁鴻對這些不以為意。「這些都不是什麼大事，一個女子不顧自己名聲清白要與你在一起，正是對你情深意重才會如此。這般對你深情的小娘子，你更該珍惜才是。」

見張元詡臉色緩和，他又道：「張二少爺，你現在要做的，便是找個由頭去季府退親，還要把季府與季六的名聲都弄臭才好，這樣在世人眼中，你才站得住理，而不是攀龍附鳳、薄情寡義之人，你說對嗎？」

張元詡想了想，剛剛平緩的臉色又垮下來。「二殿下，我與莊四前日在紫霞山後山相會，被七皇子撞見過……如果七皇子在皇后娘娘面前一說，那我與莊四的事還能成嗎？」

「你怕什麼！」翁鴻聲音洪亮。「只要你與莊四打死不認是私相授受，七皇子還能捨下臉面與你在皇后面前死纏爛打不成？退一步來講，你肯去後山與莊四娘子相會，才能顯出你對莊四的情比金堅。莊家乃皇后的親娘家，七皇子只會認為你是他的一家人，這事被撞破了，不是正好的事？」

玉琳聽著兩人對話，覺得翁鴻說得甚有道理，一掌拍在桌上。「一切便像鴻先生說的那樣。二郎，你且下去吧，好好去莊家說說這親事。我在你下水救莊四那事上費了不少心思，你可不能前功盡棄。再者，莊四哪裡都比那季六好，明擺在眼前的事，你是聰明人，該知道如何抉擇。就算你不喜那莊四，也只是在後宅多個院子安個人而已，難道這事還需我教你不成？」

要人辦事，總要給予甜頭，玉琳當場又許諾他若娶了莊四，投靠了玉珩，便給他何種品階官位。

張元詡臨走時，翁鴻又肅穆地補道：「二少爺，你切記把那季府六娘子的名聲弄得不堪才去退親。」

看張元詡出了院落，玉琳忙問翁鴻。「鴻先生，竟然還有個女人一道與玉珩被綁，若玉珩帶著她往皇上面前一跪，把這事一說，這可怎麼是好?!」

翁鴻道：「二爺不要著急，您該好好想想，這事對您來說只有好事！」

「好事？這怎麼會是好事！」玉琳想都想不透。「如今多了個人證，怎麼會是好事？」

「之前餘下的那兩個死士，已經全被南梁滅口。南梁如今一口咬定，前日紫霞山中的侍衛沒有怠忽職守，若七皇子帶著那季六往皇上面前一告，在所有證據都已銷毀的情形下，怎麼都引不到二爺您身上，反而二爺呢……」笑了笑，翁鴻繼續道：「應該往皇上面前反奏一本，說七皇子與季府的六娘子一道被歹人帶下山，這季六名節毀盡，又與七皇子共患難，就該讓七皇子娶了人家！」

「我還給他作媒？」玉琳聲音都吊起來。「我沒有送他去地府已經、已經……我竟然還去給玉珩作媒？我瘋了不成？」

「二爺，這媒，您還真的得作。」翁鴻笑呵呵道：「您想想，這季六出自季府三房，季府三爺似乎就只是個從七品，這對七皇子來講，不貼補他老丈人都是大喜事了，哪裡還有什麼助力？再者，那季六在農家莊子裡待了兩年，七皇子若娶了那樣的村婦，將來後宅會是如何？這事您覺得呢？二爺。」

玉琳將前後聯繫在一起，想了想，驀然就想通了，拊掌哈哈笑道：「對、對！妙啊妙極！讓他娶個從七品芝麻綠豆小官的女兒，總比娶一品大員的女兒強太多了！日後，他的後宅一片雞飛狗跳也是件暢快的事。這媒，我還真得費盡心思促成他們倆，定要讓父皇聖旨一道給他們指婚了才好，還不能讓玉珩把她給從側門抬進就了事。」

說著，他又喚人備馬。

「鴻先生，你且與我一道去長公主府走一趟。那楚道長說今日可以開壇作法借運了。」玉琳從書案後站起來，負手往門外走。「長公主那麼信那道士，我倒要看看他說的這個借運到底能不能成？」

天空暗沈，季府女眷終於抵達京城。

這京城大門開得有講究，應該亦是請紫霞觀中的高人指點過的。

季雲流坐在馬車內，微微掀開一角，只把這青龍門看了大概。

這大昭，看來能人異士也是頗多。

到達季府，季雲流一仰頭，看見上頭金漆的「季府」兩個大字。

季府的大門開得也有講究，大門開在南邊官位口，前有影壁，旁邊是一對威風凜凜的石獅子，擋著由外往內吹的煞氣。

大門建得二丈六尺高，一旁側門則是一丈三尺，很是工整。有這樣的風水大門，怪不得在季大老爺的官運上能助他一臂之力。

季雲流隨著一行人徐徐往前走，剛穿過正堂到了二門，三夫人何氏就迎出來。「老夫人，兒媳一早得了信，料想著老夫人這個時辰要到了，就等在這兒了，還真沒有算錯。」

看見小陳氏，她又笑盈盈地向小陳氏還有陳氏、王氏屈膝。

其餘的小娘子也向何氏見禮。

季雲流抬眼看何氏，生財之相，但中年夫君亦是自有家花不自愛之人。看來她這個爹，就是個愛拈花惹草的主啊！

何氏動了動嘴，還沒來得及在季老夫人面前訴上一訴，就見她腳步不停，抓著季雲流的手，向邊上的便轎走去。「天色不早，都杵在這裡做什麼？這些虛禮回屋再行也不遲，行了一日的路程，我累極了。」

季府府內有便轎，方便季老夫人使用，如今看她帶著季雲流就坐進去，何氏更是驚得下巴都要掉到地上。

還未想出所以然，又聽季老夫人道：「何氏，妳隨我一道去正院，我有話問妳。」

何氏低眉順眼地應了一聲。

季老夫人一走，陳氏頭一件事就是詢問何氏。「三弟妹，我記得六姊兒以前住的是傾雲院，如今這院子都讓給七姊兒住了，六姊兒的住處，妳是安排在哪兒了？」

「煩勞大嫂記掛著。」何氏笑道：「我早已讓人把傾雲院的東廂房收拾出來，七姊兒與六姊兒都是姊妹，住在一個院落也更方便一些。」

五進的宅子，季老夫人與大房、二房、三房分攤下來，就那麼大的地，根本沒有多餘的院落。

把傾雲院的東廂房收拾出來，還是何氏下了好大決心，覺得虧待自家女兒才做的。

陳氏攏起眉想了想，半晌，看著自己的嬤嬤道：「我記得邀月院還未住人，朱嬤嬤，去讓人把邀月院打掃出來，給六姊兒暫住著。」

此話一出，不只季雲妙，連何氏都瞪大了眼。

這邀月院可是只比她的正院小一些，還是後來買下隔壁的二進院落打通的，一院重建了當花園，一院修繕起來做了邀月院，現在竟然讓沒娘的季六住那裡？她哪裡有這般大的臉面！

何氏目光轉了轉。「大嫂，六姊兒也是我女兒，妳待她好，我心裡也高興得不得了，但是她若住得那麼遠，我做娘的顧及不到，也是很憂心的。」

「弟妹，妳這話說得可真是……」王氏直接摀著帕子笑起來。「這話從妳口中說出來，我可是覺得太新鮮了。但凡妳有一絲記掛著六姊兒，她也不會在莊子住了兩年呢！這話要是傳出去，我們季府的臉可全都丟盡了。」

何氏面上青一片、紅一片，揪著帕子道：「二嫂，六姊兒那時候的水痘來勢洶洶，我這才……」

站在二房前，當著外人的面窩裡吵是大忌。陳氏見兩人不管不顧，喝了一聲。「好了！」掃過兩人一眼，她挽著小陳氏向眾人道：「在這裡站著也不是個事，我們還是一道進去先給老夫人請安吧。」

眾人皆應了一聲，往上房走。

小陳氏本來欲走，可陳氏在馬車上左右勸說，才勸她留在季府住一宿。季六的事情既然是她兒子聽到的，她也該親口告訴老夫人一聲，於是讓人送信回寧伯府，在季府的逸翠院住下了。

玉珩一隊人馬終於抵達皇宮，謝飛昂與他們早已在城門口分開。

才跨進自己的臨華宮，玉珩就吩咐寧石。「你去找個人，每日都給我盯著張元詡，他做過什麼事全都記錄在案，理出能讓季家退親的事，一一送至季府。」

寧石應聲再稟告。「七爺，今日張元詡進了景王府。」

玉珩輪迴一世，再蠢也該想到是玉琳促成莊若嫻落水、張元詡相救的事，聽見寧石的稟告，淡淡「嗯」了一聲。「繼續盯著景王府和張元詡；還有，前日我交代的女侍衛，現在就去物色。」

關於這個，寧石心中已經有人選。「死士裡頭正好就有一個，名九娘，今年正好雙十。

她五歲開始習武，腿腳功夫不錯，若是尋常人，她一打十不成問題。」

皇子一出生，皇家便會給皇子培養幾個死士以保性命安全，席善與寧石便是其中兩個。

玉珩想到上一世松寧縣犧牲的人裡頭是有個女子身影，頷首道：「帶來給我瞧瞧。」

寧石再應一聲，吩咐宮人打水讓玉珩沐浴，就退了出去。

不一會兒，他帶著一名身穿青布衣的女子敲門進入書房。

玉珩坐在案桌後面，看九娘單膝跪在地上。「抬起頭來。」

九娘抬起頭，眼中雖平靜，到底明白自己是下人身分，不敢直視當今皇子。

玉珩看著她的眼，驀然想到第一次季雲流見到自己的情形。

她的目光見了自己從不躲避，那明亮的眸子中，每次都蘊藏著許多不同的意思。

這世間灼灼三千繁華，真的獨獨只有一個季雲流了。

玉珩把目光移到她的手腳上，見她手腳都比尋常女子粗壯一些，卻又不似村野山婦；模樣也是周正，當個尋常丫鬟不會引起他人懷疑，便頷首。

「寧石，你且帶她讓碧朱教導幾日規矩，再讓她去季府的六姑娘身邊伺候著。只須記住一點，敬季六得同敬我一般。」

寧石適才已經從席善添油加醋的口中，知道「七爺與季六娘子手拉手，從謝府廂房出來」的事，聽見這話，眉都沒有動一下，帶著九娘下去了。

張元詡從景王府後門出來時，腳步還是不穩的，小廝連忙扶住他，把他扶上馬車。

坐在馬車裡，張元詡捧著熱茶，心中跟吞了冰塊一樣，冰冰涼涼。

連喝下幾口，再想到二皇子對自己日後的承諾，張元詡這才慢慢從心底暖起來。

要娶莊四，那就娶吧，像二皇子說的，只是一件院子安個人的事。

張元詡看著杯中綠澄澄的茶水，口中嘆氣。「我如此出塵的人物，注定要讓一家女兒為我傷心難過的，上天要我成就大業，必須犧牲小我。雲流，對不住，我終究只能負了妳，妳日後進了道觀，我會託道觀中的道人好好善待妳的。」

說完，揚起車簾子，朝外頭的小廝道：「去二里胡同。」

小廝應了一聲，駕著馬車去了。

這個二里胡同全是一些朝中官員養外室的地方，張元詡坐在馬車內，掀著簾子在一間青石瓦院外等了一會兒，果然等到他想要等的人。

他輕笑一聲，朝小廝道：「你去把季三老爺請過來，往我這車裡坐一坐，說我有話要對他說。」

季府正房的上房內，季老夫人惡狠狠地朝何氏伸手。「妳呀妳，是不是想氣死我這把老骨頭才好！之前把六丫頭送到莊子去也罷了，妳竟然連她的月錢都扣了？妳一個當母親的，至於計較一個女兒的幾兩銀子？季家是少妳吃還是少妳穿了？妳這沒見識的商婦，到底知不知，這事若被御史參上去，後果是什麼！」

小輩們不在，季老夫人唾沫橫飛，足足講了一刻鐘都沒有停嘴。

何氏連辯解都插不上嘴，只能撲在地上一直哭。

她千算萬算都算不到，自己是被親生女兒捅了一刀，這一刀捅得她臉色死白。「我、我……兒媳只是覺得六姊兒年紀小，不懂庶務，打算把她的、她的月錢，幫她、幫她攢起來……」

「砰」！一個茶盞從何氏的身邊砸下來。

季老夫人怒道：「孽障！我限妳三天內，把虧欠六丫頭兩年的月錢，連本帶利全都吐出來！還有，妳讓七丫頭占了六丫頭的院子，也給我收拾出來！」

第二十四章

季三老爺進屋時，何氏哭得妝還未補全。

季三老爺看見自家夫人那半臉的黑點，移過眼。「六丫頭今日回來了？」

說起這個，何氏想到季老夫人要她賠的銀子，眼淚上湧，又想哭了。

季三老爺不學無術，錢財又擺在何氏那兒，見她哭得慘，拉下面子又哄了哄。「算了，阿娘也是為了季府好，妳也就忍忍吧。對了，六丫頭的婚事，妳去找個由頭，跟張家把親給退了。」

「我去？」何氏剛剛沈浸在夫君的溫柔中，聽了這話，直接跳起來，而後又覺得自己大驚小怪了些，連忙柔聲道：「老爺，這事我該拿什麼由頭去呢？我去讓人給退了，老夫人和大嫂問起來，我不就要做這個惡人了？」

「妳是她名正言順的母親，這事不是妳去還能是誰去？誰都找不到理！」季三老爺道：「張家與莊家出了那樣的事，我們哪裡還能與張家結親？為了六姊兒好，也該把這親退了。」

「那張家的意思……」何氏目光轉了轉。「我就這樣上門把親給退了？」

女方上男方家把親給退了，男方礙於臉面都不會同意這事啊！

「不，妳尋個由頭。」
何氏又問是什麼由頭？
季三老爺這輩子文不成，武也不成，全賴了季德正這個尚書郎，才能在京中衙門裡得了個差事，現在讓他想個什麼由頭，還真是難為了他。
張元詡抓住他安置外室的把柄，讓他找個不好的名聲安給自家女兒，讓自己這裡先污了女兒名聲，提出退親。為了官位，他也只能放棄這女兒，只是，他該找什麼名頭？
正說著，小廝過來稟告，說大老爺尋他說話。
季三老爺提著下襬又去了大房的書香院。
書房中，季德正見了自家弟弟也不拐彎抹角。「六丫頭的親事得退掉，你之前與張家交換的那些庚帖與信物沒有弄丟吧？」
季三老爺眼一亮，連忙道：「沒沒沒，這種重要的東西，我怎麼會弄丟？」
真是瞌睡來了有人送枕頭，這才想要尋個由頭把親事給退了，自家哥哥就親自提起！
「大哥，這事你為何——」
話沒完，就聽見季德正拍著桌子道：「你去把那些都拿來給我，明日我就帶著那些東西去禮部，當面丟還給張維楨！」
三老爺聽懵了。丟還給禮部張侍郎？丟？
「大哥，這、這個結親之事不是該去張府……去了張府再行事嗎？」

這去朝堂一丟，不是全禮部上下都知道了？張侍郎這臉得往哪裡擱！

季德正道：「松哥兒，你是不知道，你嫂子帶了寧伯府的寧夫人過來，她親口告訴我，張二郎與莊四娘子不僅私相授受，還有了夫妻之實！」他越說越激動，拍著桌子站起來。「這樣不成體統的人家，竟然還想娶我們季府姑娘！作他娘的美夢！」

在季德正的「你且去把那庚帖與信物都拿來給我」話語下，季三老爺跌出書香院。怎麼辦呢？他的官途、他放在外頭的婉娘，都該怎麼辦呢？

正院的上房怒火滔天，邀月院裡倒是一片和諧。

邀月院是後來修葺的，跨過垂花門就能見到遊廊花園及池塘，是個極詩情畫意的院落。之前，季老夫人見季雲流身邊就紅巧一個丫鬟，還特意把自己身旁的二等丫鬟夏汐撥過來伺候，說過兩日就再買一批丫鬟。

反正，季雲流對於一個人占三畝地的新住宅，還有這麼多人服侍的生活是頗為滿意。

天黑掌燈，她吃完晚飯，捧著肚子在前院的小花園中散步。

此刻，涼風習習，暗香幽幽，很是愜意。

顧嬤嬤扶著她，低聲給她算著這兩年何氏扣下的月錢，加上那些分例、利息該是多少銀錢。

顧嬤嬤在季雲流上紫霞山時，已經帶了兩個婆子與一些箱籠先回來。

本來她也是忍氣吞聲，照著何氏的意思打掃了傾雲院的東廂房，等著六姑娘回來。

適才一聽大夫人吩咐，說要把季雲流安置在邀月院，喜上眉梢，腳不點地就帶著人奔到這裡來收拾了！

如今季老夫人還說要還自家姑娘月錢，可不就連夜算起來了嘛！

兩人繞著花園一邊走，季雲流一邊抬頭望天。

她看著這幾日依舊沒有弱下來，只是被烏雲遮住的天狼星，微微攏起眉。

如此說來，七皇子身邊還是危機四伏，她還是有可能一不小心就成寡婦了。

驀然，季雲流停下腳步，看著不遠處那不斷浮上黑氣的半空。

這是，有人作法在借運，還是那樣的邪法！

「姑娘？」顧嬤嬤見季雲流不走了，不禁出聲詢問。

「顧嬤嬤，」季雲流指著前面的天空。「不知道這圍牆之外都是住些什麼人？」

顧嬤嬤笑道：「西面是三井胡同，三井胡同裡住的全是一些寒門官家，咱們這裡就是在三井胡同買下的呢。」

季雲流再問：「出了三井胡同再往西去，又是哪裡？」

「出了三井胡同，熱鬧點的是西京大街，再往西麼……」顧嬤嬤仔細想了想。「再往西，約莫就是那些落魄人家的宅子了吧？」

季雲流目光動了動，難得心緒不穩起來。那人竟是要借貧民身上的運道！

貧民之所以貧窮，就是缺乏運道，本就微弱的運道若再被借走，指不定那裡就要發生什麼災難，導致家破人亡了。

看著黑氣越來越濃，她也不再逛園子，立刻轉身回屋，屏退了丫鬟婆子，就讓紅巧拿朱砂與黃紙給她。

會這種借運之法的道人，定不是尋常人家能請到的，以防萬一，她還是給自己身在皇宮內的姘頭畫張符，保個平安才是。

季雲流全神貫注，心神合一，口中默唸「金身咒」一遍，落筆成符。

一刻鐘之後，平安符便畫成。

看著靈力充沛的道符，季雲流十分滿意，摺了摺，把黃紙摺成一道好看的心形。

誰說平安符只能是三角形的，她就是要摺個心形，怎麼了！

季三老爺磨磨蹭蹭地回到自己院落，問何氏拿了庚帖與信物。

穿過遊廊，季三老爺又在垂花門前猶豫了。

這庚帖要是一遞，他在外頭安置外室的事就包不住了！

想了再想，季三老爺來來回回踱步，一股腦兒往季雲流的邀月院走去。

不然，只要說服了六姊兒肯為妾，婉娘與官位就都能保住了！

季三老爺過來時，季雲流正跟著紅巧編小絡子，打算掛在平安符上。

西花廳中，季三老爺顧不得這邊還未收拾好的雜亂，看見季雲流，邁進來就道：「六姊兒，為父有事與妳商量，讓妳的丫鬟都先避避。」

房中只剩兩人，季三老爺拿出庚帖與信物，一句廢話都不多說，拍在桌上，開門見山。「六姊兒，妳大伯要把妳與張家的親事給退了。」

「嗯，」季雲流看著那庚帖，一挑眉。「挺好的。」

「妳說什麼？」季三老爺連腔調都變了。「妳、妳一個女兒家家，竟然想著退親挺好？這可是辱沒季府門風的大事！」

「那阿爹以為呢？」季雲流隨手翻著庚帖，看著張元詡的生辰八字。「女兒應該嫁到張家為妾，這才是光耀門楣的事？」

「妳、妳、妳……」季三老爺被一語說中心事，簡直噎得話都說不出來。

「阿爹覺得女兒講錯了？」季雲流一臉無辜，欲從椅上站起來。「那女兒還是去問問祖母和大伯看看，是不是該去張家做妾好？」

季三老爺冷汗都被嚇出來，暴怒之下拍桌而起。「放肆！妳個不肖女！婚姻大事乃是父母之命，哪裡有妳拒絕的餘地！」

季雲流放下庚帖，抬眼看了他一眼，面上沒半點害怕，還伸手給他倒茶。「阿爹這是在氣女兒不聽阿爹的，不去給張二郎做妾嗎？」

季三老爺臉色都被說白了，剛想張嘴再罵，見她端著茶，雙手奉上來。「阿爹切莫氣女兒不肖。竟然惹阿爹生氣，女兒向您賠禮認錯。」
季三老爺剛想緩口氣，找個臺階下，又聽見她清晰道：「阿爹也只是遇上了桃花劫才這麼憂煩而已，這不是什麼大事，尋人化解一下便好了。」
「妳、妳說什麼？」季三老爺差點就跳起來。「誰、誰告訴妳這個、這個我惹、惹……的事?!」
「阿爹可不能生氣，先喝口茶。」季雲流遞上茶。「阿爹嚐嚐，這是四川的蒙頂茶，皇后娘娘賞賜的。」
皇后娘娘四字，讓季三老爺立刻雙手捧上茶杯。
「六姊兒，這……」季三老爺怒氣不見了，臉色卻更白了。「這事……難道……」難道自己養外室的事，連皇后都知道了？他有這麼大的臉面？
「阿爹不要擔心，」季雲流從季三老爺的那雙手上收回目光，捧著自己的茶杯，笑了笑。「只是女兒在紫霞山別院，有幸得皇后娘娘垂憐，可以卜問一卦。那一卦女兒想來想去，如何都得以孝為先，便讓紫霞觀的仙師給阿爹卜了。」
「不錯，妳也是個有心的。」這馬屁拍得季三老爺瞬間臉色紅潤，急急又問：「那卜出的卦象呢？仙師替為父卜出的卦象是什麼？」
「那仙師說，阿爹近日紅鸞星動，會尋到一生摯愛之人。」季雲流看他額中帶黑紅、眼角放水花的徵兆，笑了笑。

季三老爺連連點頭。婉娘確實是他一生摯愛之人，他人至中年才尋到此生掏心挖肺之人，怎麼捨得放棄她？

「只是，這摯愛之人，阿爹卻不能帶回來。如此佳人，不僅不得名分，」季雲流吹開杯中茶葉，惋惜道：「還要被人當作把柄抓在手裡，讓阿爹惹上官非，實在可惡。」

她剛才送茶時一瞥，可是看清楚了，季三老爺掌中有桃花紋，正是「中年單戀外室花」之相；眼角開了月角紋，又是「色字惹上官非」相，這把柄要是沒有被抓住，半夜會來這裡才有鬼了！

什麼都被說中，分毫不差，季三老爺還有什麼不信服的？連忙捧著茶採過頭去，迫不及待問：「六姊兒，那仙師可有說為父這個桃花劫該要如何破解？」

他從起先的一腔怒火到現在的柔聲相問，簡直判若兩人。

「阿爹可否先告訴女兒，」季雲流抬眼看他。「讓女兒為妾的事，是誰提出的？張家？」

季三老爺抿抿嘴，忍了忍，終於心一橫，把自己養了婉娘在外頭，被張元詡抓住把柄威脅的事情給說了。

「原來如此……」季雲流聽完，微微笑開。「這事，張二郎還是在幫阿爹呢！」

「幫？他怎麼幫我了？他拿此事威脅我！」季三老爺惱道：「他說，我若不尋個妳名聲不好的名頭去張家退親，他就把婉娘的事情告訴妳大伯！那樣的卑鄙小人！」

「那阿爹就去告訴大伯這事。」季雲流微啟唇角，笑了一聲。「阿爹親自把這事去告訴大伯。」

「妳瘋了！」季三老爺抖著唇喃喃。「這事若是、若是被妳大伯——」

一語未完，他就看見季雲流笑得越發明媚，面上那笑容裡的光芒比東方日出的朝陽還要亮。

季三老爺跨出邀月院，捧著庚帖與信物，穩步走進書香院。

季德正看見自家弟弟手中的東西，沒見他表情。「東西全都拿來給我，明日我就帶過去。」

季三老爺捧著東西，「撲通」一聲跪在地上。「大哥，你打死我吧，我活不下去了，也沒臉再活著了！」

「做什麼？」季德正嚇一跳。「好好的說什麼活不下去的混帳話！六姊兒退親的事只有好處，那樣的人家，咱們不要也罷！退了親，哪樣的人家沒有？」

「張家不是東西，我知道！六姊兒乃是我親生閨女，我自然也想要給她找戶好人家，可是，我、我……我對不起她啊！」季三老爺把頭垂得低低的，懷中的蔥蒜熏得他眼淚、鼻涕一直流，止都止不住。「我對不起六姊兒啊！我讓她受了這麼多苦，如今我明知道張家那樣的人不是東西，我還……我還是死了算了吧！」

「你起來再說！」季德正被他哭得頭都痛了。「你有話直說就是，一個大老爺們，哭哭啼啼成何體統！」

「我、我被人陷害了，大哥！」季三老爺死都不起來。一起來就要被他大哥聞到蔥蒜味了，絕不能起來。「我活不成了！我都不活了，還算什麼大老爺們！」

六姊兒可是一五一十給他交代清楚了，要一直哭跪到大哥答應為止。

「你倒是說說，為何就活不成了？」季德正扶著額，壓抑著怒氣。

「大哥，我苦命啊……張家陷害我，他們在我一日下衙後，讓我撞見了婉娘，我、我那時喝多了，被她一扶，一個道歉，便把婉娘收用了……」

季三老爺痛哭流涕講著自己被人陷害，當覺得美人是無辜的，想救她脫離苦海，因此把她安置在外頭，最後張家找上門用此事威脅他，要他把季雲流名聲弄臭再退親的事情給講了個清楚明白。

「你、你、你……」季德正聽了大半時辰，把前後理清楚後，臉色鐵青，很想甩自家這個蠢弟弟一個嘴巴子。

但是手伸出來，見這個弟弟哭得慘絕人寰，哭得自己老娘是誰都不知道時，火氣頓時又消了一大半。

眼睛都哭腫了，定也是悔極了。

「你先起來。那什麼婉娘，你現在就去讓人給處理了！」季德正轉念一想，又拍桌道：

「不可以，現在去打發掉她或是發賣都太遲了！你現在去讓人把她接到府裡來，把她給過了明路抬了姨娘，這樣張府就是想抓把柄也沒有了！」

季三老爺聽完後，嘴巴張得大大的。

他驚喜交加，眼淚鼻涕流到地上。「大哥，我、我可以把婉娘抬進來？」

季德正點頭。「為今之計只能如此，不然明早我去找張家一退親，張家把這事一抖，官途不保不說，還要被反咬一口！你連夜就去把那個婉娘抬進府裡來，不要讓她說出任何事情。你自己的人，你給我管好了，日後還有這樣的事，我就打斷你的腿！」

季三老爺連連唉了兩聲，而後轉了轉眸子。「那大哥，阿娘那裡……」

「你還知道阿娘！」季德正甩了袖子。「我現在就去給你跟阿娘說。阿娘為了顧及你與季府的名聲，也會同意的，這事你本就是被陷害的。」

季三老爺丟下庚帖與信物，連滾帶爬、連哭帶笑，直接跑了。

他走出院子，哈哈大笑起來，拍著自己小廝的肩膀，笑得眼睛都看不見。

「去，去帳上給六姑娘支一千兩銀子，讓她拿去買些小玩意兒。」他想了想，又道：「一千兩不夠，送兩千兩去！再給六姑娘送幾斤血燕，就說讓她在莊子受苦了，往後老爺我必定好好待她，把她當神一樣供起來！」

說完後，季三老爺背著手，得意地笑，笑著出門，名正言順地接自己「此生摯愛」去了。

第二十五章

翌日早朝後，大昭當今皇帝在御書房內拿著奏摺，怒火沖天。

「好啊！紫霞山都敢出刺客抓朕的兒子，真是反了天了！昨日有人敢在紫霞山行歹，明日是不是要進朕的皇宮來行刺了！」

左右宮人全都垂首俯身站著，大氣都不敢出。

內閣大臣蘇紀熙就在御前，上前兩步，有條不紊地道：「皇上，這事恐怕宜小不宜大，宜輕不宜重。紫霞山乃聖潔之地，若讓眾人知曉山中出歹人，連七皇子都敢擄，只怕人心惶惶，日後朝中人心不固。」

「太子，這事你怎麼看？」皇帝轉首，平了聲音問玉琤。

玉琤正想著昨日府中歌姬那嫋嫋身影，忽然被皇帝這一問，差點找不到南北。好在他也是經歷大風大浪的老油條，立刻臨時抱佛腳道：「皇上，兒臣認為蘇大人所說不無道理。」

一旁的秦相也道：「皇上，就算如同蘇大人所說宜小不宜大，但這賊人是誰、源頭在哪兒，還得抓出來，不然我朝威信何在？」

蘇紀熙俯著身皺了皺眉，想辯上一辯，但皇帝面前，他造次不得。

皇帝看著秦相親手寫來的摺子，深深攏眉。「紫霞山侍衛南梁呢？把他帶來，朕要當面審問！」

盯著御案下的那條威嚴翔龍，蘇紀熙聲音平靜。「回皇上，昨夜南統領自知罪孽深重，在家中畏罪自殺了。」

秦相詫異地轉首，瞥了蘇紀熙一眼。

在皇后面前口口聲聲說自己無罪的人，竟然畏罪自殺了？

「好好好，他死了倒一了百了，也省得我們再費神費事。」皇帝面帶怒容，轉過首去，盯著玉琤細細看，看得他快要無所適從。

「父皇？」

「傳令下去，奪了南梁五品官銜，家中眾人統統發放到西北。」半晌，皇帝移開目光。「你們全都退下去吧，這事如同蘇卿所說，宜小不宜大，先莫要向他人提起。」

季德正回了禮部，客套都沒做，拿著庚帖與信物就擲在張維楨案桌上。

「張侍郎，令孫與我姪女的親事，你給個交代吧！下值後，我與你一道上張府，你將六姊兒的庚帖還了我，再讓張二郎過我季府，親自登門道歉！」

「季大人，這是……」張維楨盯著前面的兩樣東西，臉色青一陣、紫一陣。他知道季德正的性子，若無大事，斷不會這樣讓自己難堪。

「一門親事本就是結兩家之好，但令孫如此作為，莫說兩家之好，只怕張侍郎這是在同我們季府結仇！」季德正說一不二。「咱們兩家這親，無論如何，你必須給我退掉！」

張維楨被這話說出了七分火。「季大人，你若說的是景王府那件事，難不成我們二郎該生生看著人被淹死才是合禮數？」

「哈！」季德正拍了下桌子。「說起落水這事，我現下都覺得這就是個陷阱，你們張府有意讓我們六姊兒為妾的陷阱！」

「季大人你——」

「張維楨，你們張家的長子嫡孫捧著碗裡的，想著鍋裡的，想壞我季府姑娘名聲，此事若是不給我們交代，再像昨日一樣做些骯髒手段脅迫我們季府中人，我就把張二郎與莊四娘子私通這事告到大理寺，說你們張家是早早謀劃的騙婚！」季德正甩下庚帖，拂袖而去。

自家嫡孫與莊四娘子私通？私通?!

張侍郎牙齒都咬出血來，他捂著胸口，拿上庚帖與信物，想告假回府好好問問自家孫子，哪裡知道一站起來，直接氣暈過去。

當張侍郎被抬出宮外時，這季尚書在當值宮門內親自甩庚帖退親的事，自然就被有心人全知曉了。

玉珩吃過午膳，聽見寧石在案前把這事一五一十地稟告。「季尚書說，張家這是在騙親，還說要把這事告到大理寺去，張侍郎直接氣暈過去，是被人抬出宮外的。」一頓，他又道：「昨日張二郎還去尋了季府三老爺，小的派人去查探一下，是季三老爺在外頭置外室的事被張二郎抓住把柄。小的正打算把這事告知季府大老爺，哪裡知道昨夜三更時分，就看見季府把那外室給抬進府。季三老爺一邊出府，一邊哈哈大笑說自己有個好女兒，要好好補償季六娘子。」

「讓季尚書去把張家告了大理寺才好。」玉珩端著甜湯。本不喜愛吃甜食的他，覺得今日的湯特別甜，都甜到心窩去了。「看來，季六自個兒都能把季府把持住，不需要我去費心。」

聽著自家主子溫柔到都能滴水的聲音，寧石瞬間起了滿身雞皮疙瘩。

正垂著頭，又聽見玉珩道：「你去好好查探一下，季六如今住在季府哪個院落？」

這話讓寧石頭一次有雙腿打顫、獻上膝蓋的衝動。莫不是……自家主子還想半夜翻牆不成?!

定了定心神，他又開始稟告正事。「七爺，秦相今日向皇上遞了摺子了，但皇上沒有在朝堂上追究此事，只是在御書房跟秦相、太子和蘇大人商議。」

玉珩目光一寒。「繼續說。」

「大約只商議了一刻鐘，三人又退出御書房。蘇大人直接告假出宮，往景王府去了。」

講起大事，寧石聲音沈重。「皇上要召見南梁，但南梁昨夜喝毒酒，死了。」這事他還是費了一番工夫，親自去盯梢才知道的。

「蘇紀熙是不是說南梁是畏罪自殺的？」玉珩聲音冷肅。「我二哥這招毀屍滅跡做得是越發好了。」

兩人在書房商討著，席善進門稟告。「七爺，長公主進宮面聖了。」

「最後讓長公主保他人頭也使出來了。」玉珩冷笑更甚，一瞥書桌前的桃花，想到那句「一字記之曰忍」，又靜下心。「罷了，隨他們去，你且給我繼續監視景王。」

「是！」席善聽見繼續監視，便把一處奇怪之事給說了。「七爺，昨日酉時，二皇子出府，去了西祠胡同內的一座民宅中，約莫待了一個時辰才離去。小的今日去問了問，那宅子沒有住任何人，早已空置許久。」

「空置許久？」玉珩前後一想。「他去沒人住的宅子做什麼？」

「小的也不甚明白。」

「你且繼續去讓人盯著。」

秦相在衙務處才剛食用了小廝送來的午膳，就聽見皇帝宣召。

那領命召人的公公也是內行，一邊引路，一邊低聲道：「秦大人出去後，長華長公主在萬歲爺的御書房待了一會兒，這會兒，萬歲爺連午膳都還未用。」

皇上連午膳都未用就召見自己，這恐怕是大事了。

秦相步進御書房，目不斜視，撩起官袍跪地請安。

書桌後的大昭皇帝不抬首，翻著書籍。「秦卿，七哥兒玉珩再過兩月也要成禮賜府邸搬出宮外了，你可有適合的表字？若有，講出來與我聽聽吧。」

秦相深深一震，不敢在皇帝面前表露出來。

這表字，哪個皇子不是由禮部擬定出來，讓皇帝選取一個賜予的。如今只經這一事，皇上竟要親賜表字給七皇子？

他想了想，謹慎開口。「七殿下心靈通透，勇猛過人，獨自從刺客手中逃回來不說，此次受驚、受委屈，第二日竟毫不失態地出席道法大會。這分氣度，老臣都自嘆弗如。」

皇帝停了手中的翻書動作，抬首。「七哥兒為保存皇家顏面，這份隱忍的心境實屬難得。」

秦相揣測準了皇帝的脾氣，立刻接著道：「珩字，美玉、璞玉也，七殿下確實如這璞玉一樣無瑕通透。」

皇帝點頭，唸著「玉珩」兩字。「璞玉無瑕，無瑕璞玉。」想了想。「如此，七哥兒不如表字為『無瑕』吧！」

「無瑕？」秦相放在口中回味兩遍，跪地恭賀。「皇上這表字取得貼切無比。」

「秦卿，你起來吧。」皇帝站起來，把一旁的宮人都屏退。「咱們講講家常話。」

皇帝這架勢讓秦相戰戰兢兢地站起來，上前兩步，扶著從案桌後走出來的皇帝。「皇上，聽說您午膳都未食用，可注意身體哪。」

「唉！」皇帝拿著桌上的奏摺，與秦相走了幾步。「臨源啊，我這心裡不好受啊！」

這一聲，瞬間讓秦相眼眶通紅。「皇上……」

「今日長華來尋我，哭著說想念娘親，還說太祖當年打下這江山，取國號大昭，就是想要昭化興盛，玉家這皇位世代永傳。」

事關大昭開國太祖皇帝，秦相不敢接話。

「臨源啊，」皇帝拿著奏摺，輕擲到光潔的青石地板上。「這摺子上的事，你莫要再追查下去了。」

秦相連忙撩官袍跪地。「微臣不敢。」

「這事不是太子做的。」皇帝嘆息。「今日我看出來，不是太子做的，但肯定是我的哪個兒子做的，其他人，恐怕也沒這個膽了。」

秦相嘆息一聲，一句話也不敢說。

皇帝仰面道：「太子雖不睿智，到底有顆容人之心。他為皇家長子嫡孫，先皇親賜的太子之位，為大昭的祥瑞，我身後這椅子，只能是他的。」

秦相垂首。「微臣謹記。」

皇帝看著窗外，又是一嘆，很是憂愁。

「太子之位是先皇親定的，可他的眾多兄弟卻個個不服他……只有二哥兒一直站於他身後。臨源，看著他們兄弟相殘，我這心裡不好受啊！」

「是微臣無能。」秦相老淚縱橫。「不能幫皇上解憂。」

「今日為保皇家顏面，為了穩固朝堂人心，委屈了七哥兒……」皇帝轉身，看著他。「臨源，我本欲把漠北那地封給七哥兒，如今看來，還是挑一處西南富饒之地封給他吧！至於他的宅子，你且讓禮部重新選一處好的。」

想到七皇子之前請奏要入朝求事做的摺子，他頓了一會兒，再道：「傳旨下去，且讓七哥兒在戶部領個差事，讓他歷練歷練。」

秦相仰頭道：「皇上聖明，七殿下定會感恩在心。」

「我只望他們明白我的苦心，不要再兄弟相殘了。」皇帝嘆息。

禮部張侍郎是躺著被送出去的。

到底季尚書更氣定神閒，秦相過來時，他身子筆直地坐在案桌後頭批改公務。

秦相沒有拐彎抹角，打開天窗說亮話。「你挑的那些宅子得再拔上一級，按皇上親賜表字的意思選。再者，讓戶部撥款修繕宅子時，一一問過七皇子再定奪。皇上剛下了口諭，讓七皇子進戶部歷練，約莫這宅子也是讓他親自處理的意思了。」

按表字的意思來？季德正想了想。無瑕，完美無瑕……這宅子找個完美無瑕的，可還真不好找了！

季雲流今早剛起床不久，還未用早膳，就看見顧嬤嬤捧著兩個箱篋走進來，臉上表情複雜。

「姑娘，這是……這是三老爺讓人送來的，說是給姑娘買些小玩意兒。」

在季雲流的示意下，顧嬤嬤把箱篋打開，裡頭閃亮亮的東西嚇了她一跳。「姑娘，這……」

裡頭不僅有銀錠、碎銀子，還有銀票和各種頭面、珠翠。

顧嬤嬤連忙又把另一個大一點的箱篋打開來，裡面的油紙上整齊放著一盞盞血燕，足有三斤模樣。

她瞬間滿臉淚水。「老天開眼了、開眼了！三老爺終於知道要疼姑娘了！」說著，一邊用帕子壓著眼角，一邊交代旁邊的紅巧。「妳且拿著血燕去廚房讓馬廚娘先燉著，給姑娘備著當午後小點心。」

「送來的謝禮還挺不少，阿爹對這『摯愛』真是挺上心的。」季雲流隨手在滿是銀子、銀票的箱篋翻了翻，從裡頭翻出幾支珍珠簪子和翠綠鐲子，讓拿著血燕的紅巧一道帶下去。「把這些也拿去，讓院子裡的人自己各挑兩樣喜歡的。」

「姑娘？」顧嬤嬤捨不得。這些都是好東西，尋常人家的姑娘也只有這等頭面。

「拿去分吧，人心比銀錢重要。如今在這兒，我們也算人生地不熟的。」季雲流沒了什麼興趣，從箱篋中收回手，淨了手又吩咐。「嬤嬤，妳今日午後讓人去注意注意，西街那邊若是有什麼走水傷人的大事，妳回來告訴我。」

顧嬤嬤想起昨日姑娘問過西邊住人的事，應了一聲，退出去。

不一會兒，夏汐提著食盒，笑盈盈地走進來。「姑娘，今個兒廚房做了水晶包，我帶了幾個過來，姑娘嚐嚐這味合不合胃口？」

她昨夜才被撥過來伺候，今早就得了一支珍珠簪子和一只翠鐲的賞賜，能不高興嗎？可是比她在老夫人那邊半年的月錢還要多，她恨不得在這院子裡伺候季雲流終老。

擺好早膳，夏汐想起一件事，笑道：「姑娘，我昨夜在外頭聽了些事，姑娘可要聽著解解悶？」

見季雲流眼皮抬了抬，夏汐嘰嘰喳喳就開口講了。「昨夜三老爺接了一個外室女子進院，三夫人得到信的時候，人都已經被接進府裡了。三夫人昨夜哭到老夫人面前，又哭回三老爺那邊，但老夫人昨夜就替三老爺抬了那人為姨娘，把人安置在和風院，一句重話都沒有說。」

季雲流垂目笑了笑，靜靜喝著粥。

這樣的事都能打聽到，這個夏汐在府裡倒是頗有些人脈。

夏汐偷偷瞧了一眼季雲流的臉色，見她沒有責怪自己嚼舌根的意思，再開口道：「昨夜，大夫都連夜被請到花蘭院，三夫人這一下估計氣得不輕，七姑娘還連夜跑到和風院大鬧一場。據說，七姑娘當場被三老爺甩了一耳光，更被老夫人禁足。」

季雲流聽完整件八卦，看了紅巧一眼。

紅巧學聰明了，飛快摸出一塊碎銀子塞到夏汐手裡。「姑娘賞妳的。」

夏汐見自己說了一件事，又得了賞，立刻喜笑顏開地福身謝禮。

臨退出時，卻聽見耳邊傳來季雲流不緊不慢的聲音。「夏汐，若想在邀月院伺候，頭一件事就是外頭的事可以傳進來，這裡的事不能傳出去。」

夏汐心頭一跳，連忙幾步進來，跪地磕頭。「姑娘，奴婢萬萬不敢把咱們院的事傳出半句。若奴婢有半點二心，就讓天上神明剜了舌頭去。」

以神明起誓，在大昭來講實為最虔誠的起誓了。

「嗯，妳放心，妳若盡心伺候，我不會虧待妳。」季雲流慢聲細語。「待在邀月院，我頭一條要的便是忠誠二字。」

夏汐連忙又磕頭表忠心。

第二十六章

用過早膳，季雲流又帶著紅巧往正院走。

季老夫人昨夜雖聽大兒子的，把那什麼婉娘抬了姨娘、過了明路，心頭到底不是滋味，見誰來請安都是無精打采，只是看見季雲流，想到道人口中的「貴人迎進門」，心中才高興了一些，讓一眾小的回去，自己則拉著季雲流嘆氣。

「六丫頭，今日妳伯父就要帶著之前與張家交換的庚帖與信物去退親了。妳莫要難過，張二郎那樣的兒郎不是好良配，這親咱們退了就退了。如今這事不礙妳名聲，理全在咱們這邊，妳放心，祖母必定再給妳找戶更好的。」

「張二郎？」季雲流早已知這事，不過多條罪名總是好的。「孫女年少不懂事，說起這事，還得向祖母您請罪了。」

「妳做了什麼事？」季老夫人身體坐直，連帶陳氏也心中一頓。

「孫女之前在紫霞山後山中，見到張家二郎與莊四娘子，他倆、他倆……」季雲流聲音一頓，季老夫人急道：「他倆在後山怎麼了？」

季雲流聲音帶著一絲哽咽。「他倆在後山，四手一起拿了一把畫有並蒂蓮的摺扇，談笑自如，於是孫女就當場說了要與張二郎相決絕的話語來。」

季老夫人「啪」一聲，老當益壯地拍了下一旁的茶几。「好哇，這親就這麼退了，還真是便宜了張家！莊四姑娘無德失禮，真是好個國公府！」緊握著季雲流的手，季老夫人又語重心長道：「六丫頭，妳放心，這公道祖母定要替妳討回來！」

「好，孫女全憑祖母作主。」季雲流從善如流。

「真是苦了妳了，妳昨日在邀月院住得可還習慣？若不習慣、缺什麼的，儘管告訴祖母。」季老夫人不再提那些傷心事，看著陳氏，她想了想。「我見著那傾雲院給六丫頭住著也不適合，老三昨日哭著跟我說，說這些年有愧六丫頭，要好好補償她。既然如此，就讓六丫頭好生住在邀月院吧，何氏那性子……唉，不提也罷。」

季雲流等的可不就是這句，當下就偎著季老夫人道：「祖母，孫女想沒規矩地跟您討個私心。」

「好，妳說吧，祖母知妳不是沒規矩的人，妳這個沒規矩倒是講來給祖母聽聽。」季老夫人和藹地開口。

季雲流笑盈盈道：「孫女想讓祖母賞個小廚房在邀月院，讓孫女能單獨開個小灶呢。」

「這事啊，這事好辦。」季老夫人摟著她。「妳那邀月院裡好像就有廚房，也甭讓人重砌了，請個廚娘便好。」

說著便讓陳氏去留意手腳乾淨的廚娘。

陳氏應了聲，接著笑道：「我見著那院裡還少兩個丫頭與粗使婆子，兒媳等下就讓人去尋兩個手腳靈活的。」

屋外，眾女眷正欲回各自院落，還未出正院，迎面就看見一少年器宇軒昂地走過來。兩相碰頭，雙方團團見了禮。

小廝向王氏介紹道：「二夫人，這位是寧伯府的寧世子，欲去正房給老夫人請安。」

王氏想到小陳氏，知道這位寧世子今日是親自來接母親了，和藹笑道：「寧世子真是個有孝心的。」說著向後頭介紹。「這是妳們寧表哥。」

還未出閣的季府嫡出三姑娘與四姑娘、庶出的五姑娘與宋之畫全都屈膝給寧世子見禮。寧世子風度翩翩，坦然抱拳回禮，而後雙方又錯開，各自離去。

宋之畫見寧慕畫離去，手上抓著帕子，險些把手都勒出紅印來。

寧世子來了季府，竟都沒看她一眼！是不是上次在紫霞山，自己戴著紗帽，所以寧世子才不認識自己？

宋之畫心中難受，揪著帕子道：「我身子不適，先回去了。」說著匆匆帶著丫鬟往一旁垂花門走去。

季五姑娘看著那邊從垂花門離去的宋之畫，垂下目來，對王氏道：「母親，女兒也先回去了。」

而後，帶著自己的丫鬟從與宋之畫一道的垂花門離去。

宋之畫帶著丫鬟停在一座假山後等了一會兒，見時辰差不多，又往來時的路走回去。

丫鬟瑤瑤看著自家姑娘的舉動，沒有說話，垂著首，跟在後面。見宋之畫走了，季五姑娘從假山另一邊走出來，扯出帕子，拍了拍自己沾了塵的裙襬。

「回雪，妳適才可有看見宋姊姊看那寧世子的眼神？」

回雪道：「姑娘，奴婢之前不敢看，可後來覺得表姑娘見完寧世子後，一路都是恍恍惚惚的。」

「真是心比天高，竟然看中寧世子，也不瞧瞧自己的身分。」季五姑娘笑了一聲。「我們也去瞧瞧宋姊姊到底要怎麼個偶遇寧世子？」

寧慕畫到了正院時，季雲流與陳氏都還未退出來。

之前已經聽見下人稟告過，這會兒見了人，季老夫人亦是在他見禮後笑盈盈地寒暄幾句，而後又給季雲流介紹。

「六丫頭，這是寧世子，妳要喚他一聲表哥。」

季雲流站起來屈膝行禮，寧慕畫拱手回禮。

兩人模樣，季老夫人竟然還看著挺相配，微笑滿滿，又誇了幾句慕哥兒是個有孝心的。越看越喜歡，季老夫人又問他喜愛吃什麼，晌午留下一道用了午膳再回去這樣的話語。

「好啦好啦，時辰不早，我這個老人家就不留你啦，你且去你母親院子中吧，可須記得，在府中用了午膳再走。」

如此這般說了好些話，季老夫人才讓他離去。

轉眼見到一旁似乎心不在焉的季雲流，季老夫人又笑了笑，擺擺手，讓她也回邀月院休息。「妳也回去吧，我這兒可沒有那些甜膩膩的糕點，我可聽見妳肚子都叫了。」

季雲流便被打發出門外。

看兩人一走，季老夫人看著陳氏，問了一聲。「我記得寧家的慕哥兒還未訂親？」

陳氏揪著帕子，手一頓。「是呢，還未訂親。慕哥兒去西南待了兩年，又去塞北待了兩年，若不是茗之逼著，只怕這時人還在塞北不回來呢。唉，茗之為了他的親事也是犯愁不已，這不，今年都十九了。」

「十九了。」季老夫人唸了一聲。「這年紀是相差得大了些……」

陳氏一口氣提上來，吊著膽。她婆婆這是要給慕哥兒亂點鴛鴦譜了？

可是慕哥兒都十九了，若等六姊兒及笄，那還得等上兩年才能娶人過門！

剛前後這樣一想，就聽見季老夫人道：「不知道寧伯侯夫人同不同意慕哥兒的婚事再等上兩年？」

陳氏只想拿條白綾把自己給當場吊死！老夫人若讓她做這媒人，她該怎麼對自家妹妹開這個口？

「老夫人，慕哥兒可倔著呢，茗之這幾月裡給他相看了多少小娘子，都沒入慕哥兒的眼，這事……」陳氏嘆口氣。「與六姊兒怕是多半不成。」

「各花入各眼，這事啊，說不準。」季老夫人呵呵一笑。「過幾個月，似乎是寧伯府大姊兒嫁親？」

「是呢，慕哥兒便是為這事才從塞北回來的。」

季老夫人道：「六丫頭若被這親事一鬧，怕是一時半會兒會想不開，妳到時且把她也帶去，在寧伯府住上幾日，讓她散散心，在新娘子身邊沾些喜氣。」

話都說到這種露骨的分兒上，陳氏也無法再拒絕，應了一聲。

最後，季老夫人站起來，斂了笑。「大媳婦兒，妳且去讓人遞張帖子給張家，這口氣，咱不能白嚥了！」

張家欺人太甚，他們季府還真是不怕他們！

宋之晝帶著瑤瑤一路回了適才正院出來的必經之路，站在那裡，揪著心左右踱步，團團轉著。

她只要同寧世子說上一句也夠了。

瑤瑤躲在茂竹後，遠遠看見寶藍衣袍的一角，小跑回來對宋之晝道：「姑娘，寧世子來了。」

「來了?!」宋之晝更加緊張。「瑤瑤，我衣服、我妝面、我頭髮……可還算周正？」

「周正，都周正，姑娘今日很好看！」瑤瑤寬慰著。「姑娘，您莫緊張，寧世子與咱們在紫霞山說過話，是個翩翩少爺，不可怕的。」
「是呢，說過話的，說過話的！」宋之畫揪著帕子，喃喃自語。她手中這帕子，就是他替她撿的，他們兩人連名字都是匹配的。
眼看人越來越近，宋之畫鼓起勇氣，上前幾步，視死如歸一般，恰守在遊廊下路。
寧慕畫走出上房不久，眼光一瞥，就見適才同在上房中的季雲流也跟出來。想到之前季老夫人看自己與她的模樣，冷笑一聲，繼續抬步向前走。
已訂親的小娘子，還想配給他不成？
然而，卻見後面那人一直同自己保持距離，一點也沒有上前搭話的意思。
眼角餘光不見了人，寧慕畫眉一挑。這六娘子倒是個知規矩的。
一路走來，穿過遊廊，前面驀然迎面嫋嫋走來一個人。
寧慕畫一目瞥過去，見那人朝自己俯身行禮，再見她衣著，帶著丫鬟，當下覺得是府中姑娘。
一轉念，他立在那裡，坦然一拱手。「慕畫唐突表妹。」而後見她起身，打算就此與她錯身而過。
卻聽見那小娘子怯怯的聲音響起來。「寧表哥，請等一下。」
「寧表哥。」宋之畫見他停了腳步，擰著手中帕子，垂著眼眸不敢看他。「之畫是、是想多謝寧表哥當日在紫霞山幫之畫拾了手帕。那日表哥匆匆而去，之畫來不及說感謝。」

她當時脹紅了臉，低聲說了一句「多謝」，卻見當時的寧慕畫已經走掉，因此這句感謝來不及說，也是屬實。

「喔。」寧慕畫自然記不得什麼紫霞山中拾手帕的事，就算有，也該是他的小廝拾了還給人家，而不是自己。「表妹不必如此多禮，咱們本就是一家親人。」

遊廊南北通暢，寧慕畫側身站著，眼一瞥，見季雲流也到遊廊前了。

與姑娘家單獨在廊中相談，就算是表兄妹亦不能久談。寧慕畫打算告辭，正邁開步子，又聽見宋之畫喚了一聲。「寧表哥等等。」

塞北民風豪放，寧慕畫人如其名，風采如畫，乃是塞北那些姑娘心目中真真的情郎，這般被人「偶遇」、「道謝」不知示愛過多少次，若此刻還看不出來宋之畫的心思，他這麼多年在外頭也真是白走了。

「寧表哥，我昨日聽姨母有幾聲咳嗽，許是在山中受了些風寒。我之前隨母親下江南，聽人說用雞蛋拌白糖經蒸煮後服用，效果很好……」

寧慕畫站在遊廊下頭，聽著宋之畫的斷斷續語，目光瞥向遊廊前的茂竹後頭。

他看見季雲流一身櫻色衣裳落坐在竹後的石凳上，又看見她手肘拄著下巴看著前頭的竹子，似乎還豎著手指數那竹子有幾節，一點也沒有打算來這裡「抓姦」的意思。

寧慕畫的目光又瞥向不遠處的遊廊下，看見一片緋紅衣角露出來，那緋衣人倒是蠢蠢欲動，正是要數好時機跳出來。

這季府中的娘子，可是真有趣了。

「寧表哥可讓姨母照此方法試上一試，這方法總比吃藥好。古人云，是藥三分毒……」

宋之畫站在這邊講，那邊一聲輕笑，果然算好時機走出來一個人。

「宋姊姊，我近日覺得自己有些頭昏，不知道宋姊姊有沒有聽到一些偏方，讓我也試試？」

宋之畫正鼓足勇氣在心上人面前展示自己，突然聽見這道聲音，簡直嚇了一跳，再見季五姑娘笑盈盈地看著自己，眼中全都是嘲笑之意，臉色通紅。「五妹，我不懂醫理，我只是聽過此方法，讓姨母試上一試……」

季五姑娘款步走來，在寧慕畫面前福了福，行了一禮。

寧慕畫看著兩個小娘子耍心機，笑了笑。拿自己尋樂子的事，可真讓人快活歡喜不起來。

「兩位表妹有話只管直說，再著，這府中小廝丫鬟也多的是，何必這樣彎彎繞繞巧遇在下，又來個人贓俱獲呢？」他拱手一禮。「在下還有事，恕不奉陪兩位表妹耍大戲了。」

寧慕畫抬步離去，最後一眼瞥過那邊坐在茂竹後的季雲流，卻見她拄著手肘，頭要垂不垂，似是快要睡著了。

「寧表哥，我只是……」

清冷的聲音迴蕩在清風裡，讓季五姑娘與宋之畫兩個小娘子全都白了一張臉。

寧慕畫那個「巧遇」咬得特別重，似乎就在說她是那麼不要臉，做出這等不知禮數之事。

宋之畫用帕子捣上臉，肝腸寸斷地哭起來。「五妹，妳這是要逼死我嗎?!」說著，腳一跺，跑了。

季五姑娘雖當場揭穿宋之畫心思，但被寧慕畫冷冷的「人贓俱獲」一說，也掛不住臉色。見宋之畫跑走，哼了一聲。「連姨母都叫出口了，也還想要臉？」一甩帕子，也離開了。

茂竹後頭，紅巧見那群人都走光，連忙輕搖季雲流一下。「姑娘、姑娘，醒醒……」

季雲流睜開眼，問了一聲。「她們走了？」

「走了，都走了。」說著，紅巧扶起季雲流。「姑娘可是餓了？」

如今，她都記得自家姑娘一天吃的頓數了，這可是頭一要緊的事！

「嗯哪，我餓，餓極了，我腿都軟了。」季雲流聲音委屈至極。「紅巧，下次來祖母這兒，妳記得帶些糕點出來……不對，是無論去哪裡都帶著糕點！」

走路還能遇上表白，怎麼就一條路，一個出口！

「好，我看姑娘是真的餓極了，臉色都餓白了，咱們趕緊回去。奴婢早晨出來時，讓廚房燉了百合小米粥，現下回去便正好可以食用。」紅巧連哄帶騙，扶著季雲流出了遊廊。

兩人一出遊廊，茂竹後，一個寶藍衣袍的人跨步走出來。

寧慕畫看著主僕緩步而走的背影，若有所思。

本以為這事會被她們主僕倆拿來說笑一番，若如此，他也要像適才警告那兩個小娘子那樣警告一番這季六，卻不想主僕倆心思全不在此，似乎沒見到這番情景一樣，竟是一直聊著吃食。

第二十七章

張府內，此刻正在雞飛狗跳。

禮部侍郎暈著被送回府，府中各女眷一見早上好好去當值，不一會兒便被抬回來的人，自然嚇壞了，全都哭哭啼啼的。

正哭著，聽見下人稟告，季老夫人與季尚書夫人過府來了。

張老夫人繞著屋內團團轉，正不知如何是好，聽說季老夫人過來，當下就讓人把她們引到東花廳。

看著面色不善的季老夫人，張老夫人的臉色也非常不喜。

回來的小廝可是說了，是季尚書把自家老爺給氣暈過去的！

「季老夫人這賠禮來得有些晚了吧？」張老夫人坐在首座的太師椅上，寒暄這些表面工夫都不做，出言相嗆。「且季老夫人兩手空空過府，真是誠心來賠禮的？」

「賠禮？」季老夫人冷冷笑了一聲。「我需要賠什麼禮？我這是來找妳們要理的！」

「妳！」張老夫人嗆人不成反被嗆，臉都紅了。「你、你們季府說自己是勛貴了，可真是有了天大的派頭，連禮數都不顧了！」

張家大媳婦施氏上前兩步，福身笑著勸道：「季老夫人，咱們兩家是不是有什麼誤會？

這日後咱們還是親家，常來常往的——」

「誤會？」不等施氏說完，季老夫人便開口。「這不是什麼誤會，我此次過府，就是尋你們張家退親的！你們家二郎做了那樣的事，就不要有臉再提與我們季府的親事。把我們季府與你們交換的庚帖與信物交還過來，我今日連官媒都請了，就是為這事做個見證！」

「退親？為何退親？」施氏一愣，攏眉。「那樣的事？老夫人，我們二郎做了哪樣的事？」

她本就瞧不上季府三房的六娘子，如今自己都還未說嫌棄，季府倒是先帶人上門退親了？

「對，我們詡哥兒做了哪樣的事？」張老夫人聲音高起來，不似平常語調。「季老夫人，妳一個誥命夫人不懂禮數也罷，竟然過門就口出污言！」

「哼！哪樣的事？」季老夫人咬著牙。「這景王府中下水救莊家四娘子的事，咱們就此不提。你們張家當初說，張二郎是救人心切，壞了莊四娘子名聲還有愧人家，好！我們季府大度，不計較這事。救人後，你們兩家相互謝過，是不是這事就該揭過去，兩兩相忘了？」

季老夫人咄咄逼問，張老夫人也絲毫不讓。「我們詡哥兒最知禮數，這事自然是——」

「最知禮數？」不等張老夫人說完，季老夫人又立刻開口。「你們家的二郎與莊家四娘子後山私自幽會，送並蒂蓮的畫扇，可是被我們六丫頭親眼撞破的！」

「什麼！」張老夫人與施氏全都跳起來。「不、不可能！妳血口噴人！」

「不僅如此，張二郎更與莊家四娘子不知羞恥地有了夫妻之實！這事，可是寧伯府世子親耳聽到。寧世子仁義大度，也說願意來與你們親口對質。」季老夫人冷冷一笑。「退親之事，我和和氣氣來找妳們講，沒有撕破臉拿著證據告上張家宗府內，已經算是仁至義盡，妳們若是再把我們季府當猴耍，我便一五一十把這事讓我家大郎告到大理寺去！」

季老夫人戰績猛烈，親自打頭陣，都不用陳氏幫忙，講得施氏整張臉色雪白。

「妳、妳個老匹婦！妳血口噴人！」張老夫人渾身顫抖，厲喊一聲，朝季老夫人撲過去，一巴掌搧在季老夫人的臉上。「妳休得在這裡胡言亂語！明明是你們季府的季六一點禮數都不懂，是個鄉野村婦！今日季德正氣倒了我家老爺不說，妳們還來污衊我家詡哥兒！」

張老夫人以前為姑娘時，乃是落魄秀才家的女兒，張侍郎娶了她後，只因家中羞澀，張老夫人為打理好內宅，與張侍郎的那些敗家兄弟鬥，與那些凶悍妯娌鬥，鬥出了一身可以拿刀劈人的肝膽來。

此刻凶氣一上來，真是寶刀未老，直接把比她年邁的季老夫人打了個南北不分。

「老夫人！」陳氏站在後頭，看自家婆婆被甩了一耳光，嚇得驚叫起來，伸手扶住她。

「妳們、妳們……」

施氏都被這一巴掌看懵了。

她嫁到張家十幾年，知道自家婆婆厲害，卻不知道竟然厲害到這種程度。

張侍郎剛剛醒來，就聽說季老夫人來了，連忙要起來穿衣，出去親自會客。只是這邊才剛穿好衣服，那邊就聽見下人稟告，季老夫人被張老夫人狠狠打了一巴掌！

張侍郎雙眼一翻，又想暈過去，但此事關乎重大，他強撐著身子直接趕到季老夫人那兒。

就見季老夫人要走，他忙拖住人道：「老夫人，這事咱們好好說……」

季老夫人哪裡會鬆口。「沒什麼好說的，還是大理寺見吧！張家出了如此醜聞，便讓京中百姓都知道，你們張家教出來什麼樣一個好二郎！」

施氏連忙把之前季老夫人說的那些話對張侍郎全數說了一遍。

「寧世子親口作證？」張侍郎聽到這句之後，身體一軟，整個癱坐下來。

半晌後，他滿臉疲憊地道：「將六娘子的庚帖還給老夫人吧！」

「老爺！」張老夫人如何能接受這樣退親，如此一來，不是自己孫子名聲盡毀？

「不必再說！」張侍郎一臉堅決。「待明日，讓詡哥兒親自上門賠禮道歉！」

於是便在官媒見證下，兩家交換庚帖，就此退了親事。

入夜時分，席善匆匆邁步走進臨華宮，直奔玉珩書房。

書房內，他再次稟告西祠胡同裡的奇異之事。

「七爺，昨夜景王所待的宅子旁一戶人家，一個時辰前走水，燒死了一家五口，全都沒有逃出來。」

「走水？」玉珩頭一件事便是轉首瞧窗外。

窗外正淅瀝瀝地下著雨，這樣的天會走水？

「是的，小的適才派人去查探，那一家五口據說走水時都在睡覺，因而一個都沒有逃出來，全燒死了。」席善的聲音中帶了絲不可置信。

他也這樣想，這樣連續幾日下雨的天竟然會走水?!

玉珩站起來，背手走了幾步，又踩回來。「順天府衙門接了這案子？」

「是。」席善道：「但一時半會兒，順天府衙門也不知道為何會走水，這事還在查。」

「查明白了稟告我。景王若再去那宅子，也即刻稟告我。還有，把他與何人去的那宅子查出來。」玉珩一樣一樣吩咐寧石。「你再仔細進景王待過的宅子裡頭看看，看那裡可有留下什麼蛛絲馬跡？順道盤問一下左鄰右舍的口供。」

翌日，玉珩就坐在案桌後頭，聽寧石講順天府斷案出來的消息。「江府尹把西祠宅子的案子結了，說是那戶人家蠟燭倒翻在榻上，導致整屋起火，其他都沒有不妥之處，這事也就這樣了結。」

「景王近幾日呢？」玉珩問：「有何動靜？」

「景王沒有再去那宅子裡，昨日申時往長公主府去了一趟，待了一個時辰才回府。」說著，寧石從腰包裡拿出一塊白色帕子，打開呈上。「七爺，這是小的在景王所待過的宅子中找到的。」

玉珩仔細看帕子中的東西，是一片焚燒後的黃紙。「這是……道符？」

「這黃紙嶄新，焚燒痕跡也不久，約莫就是兩天前焚燒後留下的。」寧石一一講來。

「也許就是景王去的時候焚燒留下的。」

「去西祠胡同。」玉珩站起來，臉色十分不善。「讓人備馬車。」

重回一世，他信天道命理，這幾日也看過許多道法之書。前日看了《道法會元》，其中有一篇令他印象深刻，說可用道術借運勢，幫人改運續命！

季雲流在內宅，消息沒有那麼靈通，得到西祠胡同走水的消息時，已經是事發的第二日午後。

「那裡頭還有兩個剛滿十歲的娃娃，一對在擺攤做陽春麵的夫妻，還有個老婦，全燒進去了。」顧嬤嬤講著打探過來的消息，心中一顫一顫的。「這樣的天，全是雨水，怎地就失火了呢？這事可真是太蹊蹺了！」

她抬眼看季雲流，只見她捧著那本厚厚的書籍，動也不動，只是眼神一直停在書上，也不翻閱。

半晌，季雲流才抬起頭，看著窗外的細雨。「我知道了。嬤嬤，妳去看看那人家有什麼需要幫忙的，遞些銀子聊表心意。」

這戶人家果然被借去了運道，且連一線生機都不留給人家。

顧嬤嬤應聲退出去。

季雲流下了榻，捏起一旁的杯子，走到西面窗旁，喝了口杯中水，對著窗外一噴而出，而後起道指唸咒語。「太上敕令，超汝孤魂……明死暗死，冤曲屈亡……敕敕等眾，急急超生。」

待她替那家無辜死亡的五口人唸完「救苦往生神咒」，紅巧剛好端著燕窩進來，見季雲流站在窗前。「姑娘，外頭雨大，您小心些，沾濕了容易著涼。」

季雲流轉過頭，看著紅巧身上櫻草色的裙裳，瞇了瞇眼。「紅巧，妳幫我換件衣裳，我要去祖母那兒請安。」

這外頭，她得出去一趟。

只是能作為出去藉口的，也只有那些買首飾的銀樓了。這藉口用掉一次就要再宅很久。

唉，這個萬惡的封建社會！

次日一早，得了季老夫人同意的季雲流坐上馬車，帶著紅巧直接奔出季府。

第一件事自然不是去什麼勞什子的銀樓，而是去案發現場看一看。

季府車夫駕著馬車到了西祠胡同口。

天空細雨不停歇，在胡同口倒還有人，拐到巷子內便空無一人。

兩人一前一後，由紅巧撐著傘走到走水的那座宅子前。

風兒乍起，冷風都從骨子裡頭滲進來，紅巧不由得哆嗦一下，四下觀望了下，抖著身子，顫顫巍巍地往前走。

總覺得這地方陰森森的，好可怖。

衙門封了宅子前的一段地，季雲流站在宅子大門前，左右觀望。

觀望了一會兒，她對紅巧道：「妳且幫我看著一些。」話落，她伸出道指，往額中一點，而後手中快速結印，一直默唸咒語。

「姑、姑娘？」紅巧看著自家姑娘手速如飛，快得幾乎讓她看不清什麼手勢，直接傻眼在原地。

好在她被紫霞山一事嚇出膽子來了，不再大吼大叫。

季雲流現在唸的是道家八大神咒之一的「安土地神咒」，要讓這裡殘餘的借運煞氣散掉，不再驚擾旁邊百姓。

——未完，待續，請看文創風665《老婆急急如律令》2

2018年8月出版

老婆急急如律令

文創風 664～667

雖然穿成了爹不疼、娘沒了的千金小姐，
幸好還有一身真本事，掐掐指、卜卜卦、占個星，
也能趨吉避凶，混個好日子，
但一不小心卜到自己的姻緣與夫君，
會不會太巧了呀……

降妖除魔收服夫君　神棍也能變王妃／白糖

季雲流自小學習道術，穿來了崇尚道術的大昭朝，
即便親爹不疼、親娘沒了，她憑著一身本事，好歹還能趨吉避凶；
只是她不過想為自己卜個卦，怎麼就卜到未來夫君了？
這意思是姻緣天注定，讓她這個尚書家的小姑娘擄獲當朝七皇子，
順利成為未來的皇妃？！問題是七皇子根本對她沒意思啊……

萬貴千金

文創風 661～663

從今以後，天高任鳥飛，海闊憑魚躍！
再也沒有人能夠阻礙她的前行之路。

同病不相憐　攜手度風霜／幽蘭

身嬌體弱在大戶人家是千金，在農家就成了「廢物」。
阮玉嬌人如其名，因而被家人輕視厭惡，
雖然奶奶護著她，卻也讓她心中毫無成算，
結果奶奶逝去，她便毫無反抗之力被繼母賣了。
而後當丫鬟的生活，充滿委屈、坎坷，
最終她為了保全名節，落得撞牆自盡的下場。
如今莫名重生，前世經驗成了她的寶，
繼母、繼妹的小心思對她全無威脅。
對親人的冷漠、自私，她不是沒有恨，
但今生，她只想要離開這個冷漠的家，
保護好失而復得的奶奶，兩人一起過上好日子。

為流浪貓狗加油 和貓寶貝 狗寶貝

廝守終生(一定要終生喔！)的幸福機會

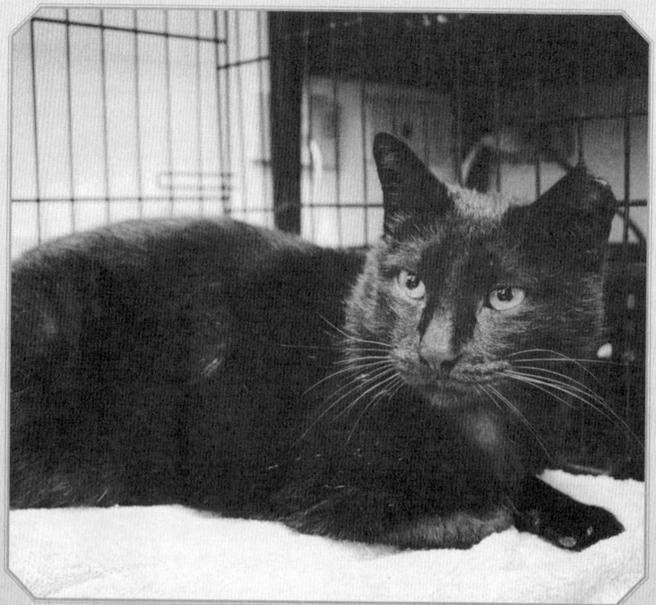

對人來說，貓寶貝狗寶貝只是生活的一部分，但妳（你）對牠們來說，卻是生活的全部，領養前請一定要考慮清楚——

▲ 佛系且沉穩的貓大叔 Neko桑

性　　別：男生
品　　種：米克斯
年　　紀：約10歲
個　　性：沉穩溫和、有點傲嬌、熱愛貓抓板
特　　徵：看起來像隻小黑豹
健康狀況：已結紮、打過預防針；因腎臟狀況，只能吃處方飼料；有貓愛滋
目前住所：輔仁大學愛狗社

『Neko桑』的故事：

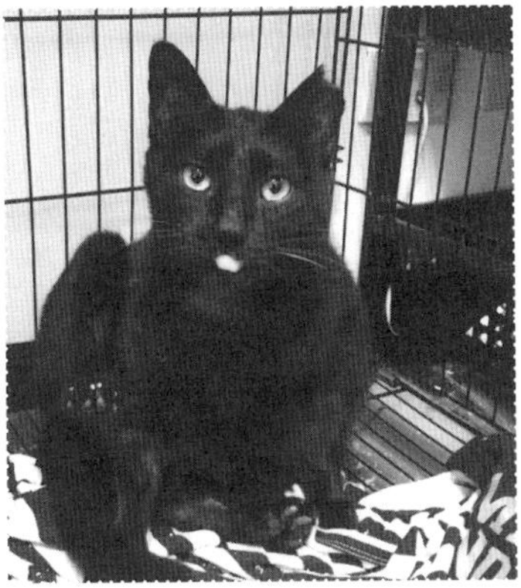

Neko桑是輔大旁514巷的浪浪，看起來就像是曾闖蕩街頭多年的飄泊浪子。今年年初，牠因為打架而嚴重受傷，便被同學們和附近店家的老闆聯合誘捕，並送去給獸醫治療。經醫生診斷，Neko桑不適合再放回原處，於是中途就希望可以幫Neko桑找一個安心居住的家。

中途說，Neko桑的外表帥的像隻小黑豹，毛也很柔順、蓬鬆，且滿愛唱歌的。中途還逗趣地表示，Neko桑大概是一隻「佛系」的貓大叔。可能是過去「貓生」的歷練，使牠的個性溫和，幾乎不會生氣，平時喜歡靜靜待在一旁，不會賣萌、不會調皮，時候到了，自然有人會跑去摸摸牠（笑）。

Neko桑雖然是隻貓大叔，但偶爾會想撒嬌一下、玩一會兒，也會偶爾想喵喵叫一下；牠亦喜歡被摸摸頭、摸摸臉頰。而Neko桑最大的樂趣是抓貓抓板、吃一些貓草（不過牠能克制自己不要吃太多）。

偏愛成熟、穩重又溫和的貓大叔嗎？可以考慮收編Neko桑當家人喔！歡迎來電0929-369-187，或傳訊息至Line ID：shine0990（陳小姐）。

認養資格：

1. 認養者須年滿20歲，有穩定經濟能力，並獲得全家人的同意（無論是否同住）。
2. 須同意簽認養寵物切結書，並提供照片讓中途瞭解Neko桑以後的生活環境。
3. 同意送養人日後之追蹤探訪，對待Neko桑不離不棄。
4. 未來不會因生病、搬家、結婚、生子、長輩等因素而退養Neko桑。
5. Neko桑有時會喵喵叫，若住處不能過於吵雜，請先審慎評估。
6. 當Neko桑受傷或生病時，務必請給獸醫師妥善醫療。
7. 不排斥新手認養，但請先做好養育動物所需要的學習，如飲食、基本照顧等。

來信請說明：

a. 個人基本資料：姓名、性別、年齡、家庭狀況、職業與經濟來源等。
b. 想認養Neko桑的理由。
c. 過去養寵物的經驗，及簡介一下您的飼養環境。
d. 若未來有結婚、懷孕、出國或搬家等計劃，將如何安置Neko桑？

文創風
664

老婆急急如律令 1

國家圖書館出版品預行編目資料

老婆急急如律令 / 白糖著. --
初版. -- 臺北市 : 狗屋, 2018.08-
冊 ; 公分. --（文創風）
ISBN 978-986-328-897-8（第1冊 : 平裝）. --

857.7 107009609

著作者	白糖
編輯	張蕙芸
校對	黃薇霓　簡郁珊
發行所	狗屋出版社有限公司
地址	台北市104中山區龍江路71巷15號1樓
電話	02-2776-5889～0
發行字號	局版台業字845號
法律顧問	蕭雄淋律師
總經銷	知遠文化事業有限公司
電話	02-2664-8800
初版	2018年8月
國際書碼	ISBN-13　978-986-328-897-8

本著作物由起點中文網（www.qidian.com）授權出版

定價250元
狗屋劃撥帳號：19001626
網址：love.doghouse.com.tw　E-mail：love@doghouse.com.tw